大秦帝国

第六部 下卷

帝国烽烟

孙皓晖 著

中信出版集团 | 北京

图书在版编目（CIP）数据

大秦帝国．第六部．帝国烽烟．下卷 / 孙皓晖著
．—北京：中信出版社，2016.7（2025.1 重印）
ISBN 978-7-5086-6414-9

I. ①大… II. ①孙… III. ①长篇历史小说—中国—当代 IV. ① I247.5

中国版本图书馆 CIP 数据核字（2016）第 151761 号

大秦帝国
著者： 孙皓晖
出版发行：中信出版集团股份有限公司
（北京市朝阳区东三环北路 27 号嘉铭中心 邮编 100020）
承印者： 河北鹏润印刷有限公司

开本：787mm×1092mm 1/16 印张：14 字数：209 千字
版次：2016 年 7 月第 1 版 印次：2025 年 1 月第 23 次印刷
书号：ISBN 978-7-5086-6414-9
定价：598.00 元（全 17 册）

献给中国原生文明的光荣与梦想

目录

第五章　残政如血

第六章　秦军悲歌

第七章　帝国烽烟

第五章 残政如血

一 赵高给胡亥谋划的圣君之道

大泽乡出事的时候，咸阳庙堂仍继续着噩梦般的荒诞日月。

大肆杀戮皇族同胞之后，胡亥亢奋得手足无措，立即丢开繁剧的政事开始了做梦都在谋划的享乐生涯。胡亥认定父皇很不会做皇帝，将数也数不清的只有皇帝才可以享受的乐事都白白荒废了，除却用了几个方士治病求仙，胡亥实在看不出父皇做皇帝有甚快乐。最大的憾事，是父皇将囤积四海九州数千过万的美女统统闲置，当真暴殄天物也。父皇安葬时，胡亥下令将所有与父皇有染的女子都殉葬了，可数来数去连书房照应笔墨的侍女算上，也只有三十多个。胡亥惊讶得连呼不可思议，最后对赵高说："父皇甚乐子也没有过，连享用女人都蜻蜓点水。大度些个，凑个整数给父皇显我孝心。"赵高问一千如何？胡亥立即连连摇头："多了多了，可惜了，一百足矣！"赵高大笑，会意地连连点头。

于是，除了殉葬的一百女子，除了父皇在世时派往南海郡的宫女，整个皇城女子少说也还有三五千之多。胡亥谋划的第一件大乐之事，是专一致力于享受这些如云的美女。阅遍人间春色之后，胡亥的第二件大乐事，是亲自出海求仙，将父皇期许于方士的求仙梦变成自家的真实长生乐事，长生不老活下去，永远地享受人间极乐。为此，胡亥生出了一个宏大谋划，阿房宫建成之后用五万材士守护，专一囤积天下美女，将美女们像放逐猎物一般放逐于宫室山林，供自己每日行猎取乐……谋划归谋划，目下的胡亥还只能在皇城深处另辟园林密室，一日几拨地先行品咂这些胭脂染红了渭水的数也数不清的如云丽人。可无论胡亥如何不出密室，每日总有大政急报送到榻前案头，也总有李斯、冯去疾等一班大臣嚷嚷着要皇帝主持朝会商讨大事。

胡亥不胜其烦，可又不能始终不理。毕竟，李斯等奏报说天下群盗大举起事，山东郡县官署连连叛离，大秦有存亡之危！果真如此，胡亥连头颅都要被咔嚓了，还谈何享乐？怏怏几日之后，胡亥终于亲自来到了连日不散却又无法决断一策的朝会大殿。胡亥要听听各方禀报，要切实地问问究竟有没有大举起事反秦，究竟有没有郡县叛离？

那日，山东郡县的快马特使至少有二十余个，都聚在咸阳宫正殿焦急万分地乱纷纷诉说着。李斯拄着竹杖黑着脸不说话，冯去疾也黑着脸不说话，只有一班丞相府侍中忙着依据特使们的焦急诉说，在大板地图上插拔着代表叛乱举事的各色小旗帜。胡亥一到正殿，前行的赵高未曾宣呼，大殿中便骤然幽谷般静了下来。李斯立即大见精神，向胡亥一躬便点着竹杖面对群臣高声道：“陛下亲临！各郡县特使据实禀报！”胡亥本想威风凛凛地一个个查问，不防李斯一声号令，自己竟没了底气，于是沉着脸坐进了帝座，心烦意乱地开始听特使们惶急万分的禀报。

“如此说法，天下大乱了？”还没说得几个人，赵高冷冷插了一句。

“岂有此理！”胡亥顿时来气，拍打着帝座喊道，“一派胡言！父皇尸骨未寒，天下便告大乱！朕能信么？郎中令，将这几个谎报者立即缉拿问罪！”赵高一摆手，殿前帝座下的执戈郎中便押走了几个惊愕万分的特使。如此一来举殿死寂，没有一个人再说话了。

“老臣以为，仍当继续禀报。”李斯鼓着勇气说话了。

“是当继续禀报。报了。”赵高冷冷一笑。

“好！你等说，天下大乱了么！”胡亥终于威风凛凛了。

“没……”被点到的一个特使惶恐低头，“群盗而已，郡县正在逐捕……”

“业已，捕拿了一些。陛下，不，不足忧。”又一个特使吭哧着。

“如何！”胡亥拍案了，笑得很是开心，“谁说天下大举起事了？啊！”

“老臣闻，博士叔孙通等方从山东归来，可得实情。”赵高又说话了。

“好！博士们上殿禀报！”胡亥一旦坐殿，便对亲自下令大有兴致。

“博士叔孙通晋见——！”殿口郎中长宣了一声。

一个须发灰白长袍高冠的中年人，带着几个同样衣冠的博士摇摇而来。当先的博士叔孙通旁若无人，直上帝座前深深一躬：“臣，博士叔孙通晋见二世陛下！”胡亥当即拍案高声问：“叔孙通据实禀报！天下是否大乱了？山东郡县有无盗军大起？”叔孙通没有丝毫犹疑，一拱手高声道：“臣奉命巡视山东诸郡文治事，所见所闻，唯鼠窃狗盗之徒扰害乡民，已被郡县悉数捕拿归案耳。臣不曾得见盗军大起，更不见天下大乱。”

“李斯冯去疾，听见没有！”胡亥拍案大喝了一声。

“你，你，你，好个儒生博士……”李斯竹杖瑟瑟颤抖着。

“叔孙通！你敢公然谎报！”冯去疾愤然大喝。

“尔等大臣何其有眼无珠也！”叔孙通冷冷一笑，“大秦自先帝一统天下，自来太平盛世，万民安居乐业，几曾天下大乱盗军四起了？若有盗军大举，尔等安能高坐咸阳？二世陛下英明天纵，臣乞陛下明察：有人高喊盗军大起，无非想借平盗之机谋取权力，岂有他哉！”

“其余博士可曾得闻？”赵高冷冷一问。

“臣等，未曾见闻乱象。”几个博士众口一声。

“先生真大才也！”胡亥拍案高声道：“下诏：叔孙通晋升奉常之职。”

“臣谢过陛下——！”叔孙通深深一躬，长长一声念诵。

一场有无群盗大起的朝会决断，便如此这般在莫名其妙的滑稽荒诞中结束了。李斯不胜气愤，夜来不能成眠，遂愤然驱车博士学宫，要与这个叔孙通论个究竟。不料到得学宫的叔孙通学馆，厅堂书房却已经是空荡荡了无一人，唯有书案上赫然一张羊皮纸几行大字：

庙堂无道　天下有盗
盗亦有道　道亦有盗
有盗无道　有道无盗
道灭盗起　盗灭道生

“叔孙通也，你纵自保，何能以大秦安危做儿戏之言哉！”

李斯长长地叹息了一声，没有下令追捕缉拿叔孙通等，踽踽回府去了。

叔孙通说得不对么？庙堂没有大道了，天下便有盗军了。盗之骤发，为生计所迫，此生存大道也，你能苛责民众么？大政沦丧，为奸佞所误，岂非道中有盗也！最叫李斯心痛的，便是这句“道亦有盗”。顺孙通所指道中盗者何人耶？仅仅是赵高么？显然不是。以叔孙通对李斯的极大不敬，足以看出，即或柔弱力求自保的儒生博士们，对李斯也是大大地蔑视了，将李斯也看做“道中之盗”了。李斯素以法家名士自居，一生蔑视儒生。可这一次，李斯却被儒生博士狠狠地蔑视了一次，让他痛在心头却无可诉说，最是骄人的立身之本也被儒生们剥得干干净净了。第一次，李斯体察到了心田深处那方根基的崩溃，心灰意冷得又一次欲哭无泪了……

散去朝会之后，胡亥自觉很是圣明，从此是真皇帝了。

回到皇城深处的园林密室，胡亥对郎中令赵高下了一道诏书，说日后凡是山东盗事报来，都先交新奉常叔孙通认可，否则不许奏报。赵高跟随始皇帝多年，自然明白此等事该如何处置。然则，此时的赵高已经是野心勃发了，所期许的正是胡亥的这种自以为圣明的独断，胡亥的诏书愈荒诞滑稽，赵高心下便愈踏实。一接如此这般诏书，赵高淡淡一笑，便吩咐一名贴身内侍去博士学宫向叔孙通宣诏。赵高着意要这位长于诓骗的博士大感难堪，之后便在他向自己求援时再将这个博士裹胁成自己的犬马心腹。毕竟，天下乱象如何，赵高比谁都清楚。唯其如此，赵高已经预感到更大的机遇在等待着自己，从此之后，赵高的谋划不再是自保，不再是把持大政，而是帝国权力的最高点，是登上自己效忠大半生的始皇帝的至尊帝座。而要登上这个最高点，毕竟是需要一大拨人甘效犬马的，而叔孙通等迂阔之徒既求自保又无政才，恰恰是赵高所需要的最好犬马。

“禀报郎中令，叔孙通逃离咸阳！”

赵高接到内侍禀报，实在有些出乎意料。这个叔孙通被二世当殿擢升为九卿之一的奉常，竟能弃高官不就而秘密逃亡，看来预谋绝非一日，其人也绝非迂阔之徒。虽然，叔孙通逃亡对赵高并无甚直接关联，可赵高还是感到了一种难堪。毕竟，叔孙通的当殿诓骗是他与这个博士事先预谋好的，而在其余朝臣的心目中，则至少已经将叔孙通看成了他赵高的依附者。也就是说，叔孙通逃离咸阳，至少对赵高没甚好处。思谋一夜，赵高次日进了皇城。在胡亥一夜尽兴又酣睡大半日醒来，正百无聊赖地在林下看侍女煮茶时，赵高适时地来了。

“郎中令，朕昨日可算圣明？”胡亥立即得意地提起了朝会决断。

“陛下大是圣明，堪与先帝比肩矣！”赵高由衷地赞叹着。

“是么？是么！”胡亥一脸通红连手心都出汗了。

“老臣素无虚言。”赵高神色虔诚得无与伦比。

“朕能比肩先帝，郎中令居功至大也！”

骤闻胡亥破天荒的君临口吻，赵高几乎忍不住要笑出声来。然则，在胡亥看来，赵高仅仅是嘴角抽搐了一下而已，反倒更见真诚谦恭了。赵高一拱手道：“老臣之见，陛下再进一步，可达圣贤帝王之境也。”

“圣贤帝王？难么？”胡亥大感新奇。

“难。”赵高一脸肃然。

“啊呀！那不做也罢，朕太忙了。”胡亥立即退缩，宁可只要享乐了。

“陛下且先听听，究竟如何难法。天赋陛下为圣贤帝王，亦未可知也。”赵高分外认真，俨然一副胡亥久违了的老师苦心。不管胡亥如何皱眉，赵高都没有停止柔和而郑重其事的论说，“圣君之道，只在垂拱而治也。何为垂拱而治？只静坐深宫，不理政事也。陛下为帝，正当如此。何也？陛下不若先帝。先帝临制天下时日长久，群臣不敢为非，亦不敢进邪说。故此，先帝能临朝决事，纵有过错，也不怕臣下作乱。陛下则情势不同，一代老臣功臣尚在，陛下稍有错断，便有大险也。今陛下富于春秋，又堪堪即位年余，何须与公卿朝会决事？不临朝，不决事，臣下莫测陛下之高深，则人人不敢妄动。如此，庙堂无事，天下大安也。政谚云：天子所以贵者，固以闻声，群臣莫得见其面，故号为‘朕’。愿陛下三思。”

“天子称朕，固以闻声？天子称朕，固以闻声……”胡亥转悠着念叨着，猛然转身一脸恍然大悟的惊喜，“这是说，甚事不做，只要说说话，便是圣君了？”

“陛下圣明！”赵高深深一躬。

“不早说！朕早想做如此圣君也！”胡亥高兴得手舞足蹈。

“国事自有法度，陛下无须忧心矣！”

“好！国事有大臣，朕只想起来说说话，做圣贤帝王！”

“老臣为陛下贺。”赵高深深一躬。

于是，大喜过望的胡亥立即做起了圣贤帝王，不批奏章，不临朝会，不见大臣，不理政事，每日只浸泡在皇城的园林密室里胡天胡地。皇皇帝国的万千公文，山东战场雪片一般的暴乱急报，全部都如山一般堆积在了郎中令赵高的案头。赵高的处置之法是：每日派六名能事文吏遍阅书文奏报，而后轮流向他简约禀报，赵高择其“要者”相机处置。所谓要者，所谓相机处置，便是赵高只将涉及人事兵事的公文择出，由他拟好诏书再禀报胡亥加盖皇帝玉玺发出，其余“诸般琐事”一律交丞相府忙活。

其间，赵高唯一深感不便的是，每加皇帝印玺便要去找胡亥。从法度上说，此时的赵高是郎中令执掌实权，也仍然兼领着符玺令，符玺事所的吏员都是其部属。然则，皇帝印玺加盖的特异处在于：每向诏书或公文国书等加盖印玺，必得皇帝手书令方可。实际则更有一处特异：无论符玺令由何人担任，实际保管并实施盖印的印吏，从来都是皇族老人，没有皇帝手令，即或符玺令赵高本人前来也照样不行。如此法度之要义，便是确保皇帝印玺实际执掌在皇帝本人手中。对于赵高而言，虽说糊弄胡亥根本不是难事，然则也难保这个聪明的白痴冷不丁问起某人某事，总有诸多额外周旋，是以赵高每每为这加盖印玺深感不便。

这日，赵高接少府章邯紧急奏章，请以骊山刑徒与官府奴隶子弟编成大军平定暴乱。赵高立即拟定了皇帝诏书，可一想到要找胡亥书写手令便大大皱起了眉头。平定山东盗军自然要做，否则赵高也照样要被咔嚓了。可赵高不想让胡亥知道天下大乱，赵高要让胡亥沉湎于奇异享乐不能自拔，成为自己股掌之间的玩物。然则不找胡亥又不能加盖印玺，赵高一时当真感到棘手了。

"召阎乐。"思忖良久，赵高终于低声吩咐了一句。

早已经是赵高女婿且已做了咸阳令的阎乐来了，带着一队随时听候命令的驻屯咸阳的材士营剑士。两人密商片刻，立即带着剑士队向符玺事所来了。阎乐虽是犬马之徒，然赵高很明白此等大事必须亲临，印玺要直接拿到自己手中，不能在任何人手中过渡。符玺事所在皇城深处的一座独立石墙庭院，虽大显幽静，却也有一个十人队的执戈郎中守护着。赵高是郎中令，统辖皇城所有执戈郎中，到得符玺事所庭院外立即下令护卫郎中换防。十名郎中一离开，阎乐立即下令剑士队守护在大门不许任何人靠近，便大步跟着赵高走进了这个神秘幽静的所在。

"郎中令有何公事？"幽暗的正厅，一个白发老人迎了出来。"皇帝口谕：交皇帝印玺于郎中令。"赵高很是冷漠。"郎中令敢矫诏么？"老人冷冷一笑。

"足下该当明白：皇帝印玺必须交郎中令。"阎乐阴狠地一笑。

"大秦社稷依旧，大秦法统依旧……"

话音未落，阎乐长剑洞穿了老人胸腹。老人睁着惊愕愤怒的双眼，喉头咕咕大响着终于颓然倒地了。赵高冷冷一笑，一把揪下了老人胸前硕大的玉佩，大步走进了石屏后的密室，片刻之间便捧出了一方玉匣。见赵高点头，阎乐走到门外一挥手，剑士队立即冲进了庭院各间密室，几乎没有任何呼喝动静，片刻间便悉数杀死了符玺事所的全部皇族吏员。

当夜，赵高向章邯发出了加盖皇帝印玺的诏书。之后，赵高小宴女婿阎乐与族弟赵成贺功。阎乐赵成都没见过皇帝印玺，一口声请赵高说说其中奥秘。赵高也有了几分酒意，说声"索性教尔等开开眼界"，便搬出了那方玉匣打开，拿出了那方人人只闻其名而不见其实的天下第一印玺。那是一方在灯下发着熠熠柔润的光泽而说不出究竟何等色彩的美玉，其方大约三四寸许，天成古朴中弥漫出一种荧荧之光。

“一方石头，有何稀奇？”赵成很是失望。

“你知道甚来！”赵高训斥一句指点道，“夏商周三代，青铜九鼎乃是王权神器，于是有楚庄王中原问鼎之说也。自九鼎神奇消遁而战国一统，这皇帝印玺就成了皇权神器。为甚？秦之前，臣民皆以金玉为印。自始皇帝以来，天子独以印称玺，又独以玉为印材，臣民不能以玉成印。故此，玉玺便成皇帝独有之天授神器也！这印钮是何物？知道么？”

“这……”阎乐赵成一齐摇头。

“这叫螭兽钮。螭者，蛟龙之属也，神兽之属也，头上无角，若龙而黄。所以如此，秦为水德，蛟龙以彰水德也。”赵高对学问之事倒是分外认真，“这印面刻着八个秦篆文字，知道是甚？”

“受命于天，既寿永昌！”阎乐赵成异口同声。

“何人写的？”

“李斯！”

“对了。”赵高嘴角抽搐着，“李斯此人，老夫甚都不服他，就服他才艺。你说这个老儿，非但一手秦篆惊绝天下，还能制印！这皇帝玉玺，当初连尚坊玉工也不知如何打磨，这个李斯亲自磨玉，亲自写字，亲自刻字，硬是一手制成了皇帝玉玺！人也，难说……”赵高一时大为感喟了。

“听说，这块石头也大有说头。”赵成兴冲冲插话。

“再说石头，割了你舌头！”赵高生气了，“这叫和氏璧！天下第一宝玉！是楚人卞和耗尽一生心血踏勘得来，后来流落到赵国，幸得秦昭王从赵国手中夺来也。不说皇帝之玺，也不说印文，只这和氏璧，便是价值连城也！若是当年的魏惠王遇上和氏璧，你教他用都城大梁交换，只怕那个珠宝痴王也是乐得不得了也！”

这一夜，赵高醉了，李斯老是在眼前晃悠……

二　逢迎反击皆无处着力　李斯终归落入了低劣圈套

天下暴乱之初，李斯由难堪而绝望，几次想到了自杀。

自七月以来，丞相府每日都要接到山东郡县雪片般的告急文书。先是大泽乡，再是蕲县，之后便是一座座县城告破，一处处官署溃散；职司捕盗的郡县尉卒被暴乱的潮水迅速淹没，郡守县令背叛举事者不可胜数。盗军势力大涨，夺取郡县城邑连打仗都用不上，只派出一群群乱哄哄的人马鼓噪举事，且公然号为“徇地”。短短月余，暴乱飓风般席卷天下，除了岭南、陇西、阴山、辽东等边陲之地，整个帝国山河都不可思议地风雨飘摇了。长子李由为郡守的三川郡，也是好几个县接连出事，县令逃跑了，县吏举事了，官署溃散了。李由为抗御盗军四处履险疲于奔命，然始终无法挽回颓势，终究被吴广的数万盗军围困在荥阳。三川郡是关中的山东门户，消息传来，咸阳庙堂顿时骚动了。依附赵高的新贵大臣们纷纷攻讦丞相府，说李斯身为三公，竟令天下群盗蜂起，该严加治罪以谢天下。李斯大感难堪，几次对冯去疾示意，老臣们该出来说说公道话，天下盗民蜂起究竟罪在何方？然仅存的几个功勋元老素来对李斯在始皇帝病逝后的种种作为心有疑忌，包括冯去疾在内，始终没有一个人为李斯说话。

正当此时，赵高送来了一件胡亥批下的奏章，李斯顿时惶恐不安了。这是此前李斯给胡亥的上书，请皇帝大行朝会，议决为天下减轻徭役并中止阿房宫修建。胡亥在这件奏章后批下了一大篇话，先说了《韩非子》中对尧帝禹帝辛劳治民的记述，而后显然地宣示了对尧帝禹帝的不屑：“然则，夫所贵于有天下者，岂欲苦行劳神，身处逆旅之宿，口食监门之养，手持臣虏之作哉！此不肖人之勉也，非贤者所务也。彼贤人之有天下也，专用天下适己而已矣！此所以贵于有天下也。”这等荒谬之极的强词夺理，李斯连对答的心思都没有，只有轻蔑了。因为，照胡亥这般说法，始皇帝一代君臣的奋发辛劳也就是“不肖人”了。但是，胡亥后面的责难却使李斯如芒刺在背了：“夫所谓贤人者，必能安天下而治万民，今身且不能利，将恶能治天下哉！故，吾愿赐志广欲，长享天下而无害，为之奈何？”

李斯立即嗅到了这件问对诏书潜藏的杀机，此等辞章陷阱，绝非胡亥才具所能，必有赵高等人在背后作祟。然则，这是明明白白的皇帝诘问臣下的诏书，你能去追究赵高么？天下大乱之时，皇帝问如何能安天下而治万民，身为丞相，能说不知道么？以自古以来的政道法则，三公之天职便是治民以安，民治不安，责在三公。今天下群盗蜂起，丞相能说这是皇帝过失而自己没有过失么？况且，丞相儿子身为大郡郡守，也是丢土失城一片乱象，皇帝若从了一班新贵攻讦，将李氏灭族以谢天下，又有谁能出来反对？其时，李斯白白做了牺牲，也还是百口莫辩，又能如何？诚然，李斯可以痛快淋漓地批驳胡亥之说，可以留下一篇媲美于《谏逐客书》的雄辩篇章，全然可以做另外一个李斯。然则，必然的代价是李氏举族的身家性命，甚或三族六族的灭门之祸。一想到毕生奋争却要在最后惨遭灭族刑杀，李斯的心头便一阵猛烈地悸动……反复思忖，李斯终觉不能与这个绝非明君的胡亥皇帝认真论理，只有先顺着他说话，躲过这一举族劫难再说了。

当夜，李斯写下了一篇长长的奏对。

此文之奇，千古罕见，唯其如此，全文照录如下：

夫贤主者，必且能全道而行督责之术者也。督责之，则臣不敢不竭能以徇其主矣！此臣主之分定，上下之义明，则天下贤不肖莫敢不尽力竭任以徇其君矣。是故，主独制于天下而无所制也，能穷乐之极矣。贤明之主也，可不察焉！

故申子曰“有天下而不恣睢，命之曰以天下为桎梏”者，无他焉，不能督责，而顾以其身劳于天下之民，若尧、禹然，故谓之“桎梏”也。夫不能修申、韩之明术，行督责之道，专以天下自适也，而徒务苦行劳神，以身徇百姓，则是黔首之役，非畜天下者也，何足贵哉！夫以人徇己，则己贵而人贱；以己徇人，则己贱而人贵。故徇人者贱，而人所徇者贵。自古及今，未有不然者也。凡古之所以尊贤者，为其贵也；而所为恶不肖者，为其贱也。而尧、禹，以身徇天下者也，因随而尊之，则亦失所为尊贤之心矣夫，可谓大谬矣！谓之为“桎梏”，不亦宜乎？不能督责之过也。

故韩子曰“慈母有败子而严家无格虏”者，何也？则能罚之加焉必也。故商君之法，刑弃灰于道者。夫弃灰，薄罪也，而被刑，重罚也。彼唯明主，为能深督轻罪。夫罪轻且督深，而况有重罪乎？故民不敢犯也。是故韩子曰“布帛寻常，庸人不释；铄金百镒，盗跖不搏”者，非庸人之心重，寻常之利深，而盗跖之欲浅也；又不以盗跖之行，为轻百镒之重也。搏必随手刑，则盗跖不搏百镒；而罚不必行也，则庸人不释寻常。是故，城高五丈，而楼季不轻犯也；泰山之高百仞，而跛牂牧其上。夫楼季也而难五丈之限，岂跛牂也而易百仞之高哉？峭堑之势异也！明主圣王之所以能久处尊位，长执重势，而独擅天下之利者，非有异道也，能独断而审督责，必深罚，故天下不敢犯也。今不务所以不犯，而事慈母之所以败子也，则亦不察于圣人之论矣。夫不能行圣人之术，则舍为天下役何事哉？可不哀邪！

且夫俭节仁义之人立于朝，则荒肆之乐辍矣；谏说论理之臣间于侧，则流漫之志诎矣；烈士死节之行显于世，则淫康之虞废矣。故明主能外此三者，而独操主术以制听从之臣，而修其明法，故身尊而势重也。凡贤主者，必将能拂世磨俗，而废其所恶，立其所欲，故生则有尊重之势，死则有贤明之谥也。是以明君独断，故权不在臣也。然后能灭仁义之涂，掩驰说之口，困烈士之行，塞聪掩明，内独视听。故，外不可倾以仁义烈士之行，而内不可夺以谏说忿争之辩。故，能荦然独行恣睢之心而莫之敢逆。若此，然后可谓能明申、韩之术，而修商君之法。法修术明而天下乱者，未之闻也。故曰“王道约而易操”也，唯明主为能行之。若此，则谓督责之诚，则臣无邪。臣无邪则天下安，天下安则主严尊，主严尊则督责必，督责必则所求得，所求得则国家富，国家富则君乐丰。故，督责之术设，则所欲无不得矣！群臣百姓救过不给，何变之敢图？若此，则帝道备，而可谓能明君臣之术矣！虽申、韩复生，不能加也。

李斯这篇上书，被太史公斥为“阿意求容”之作，诚公允之论也。此文之奇异，在于极力曲解法家的权力监督学说，而为胡亥的纵欲享乐之道制作了一大篇保障理论，对法家学说做出了最为卑劣的阉割。二世胡亥说，我不要像尧帝禹帝那般辛苦，我要使天下为我所用，广欲而长享安乐，你李斯给我拿个办法出来！于是，李斯向二世胡亥屈服了，制作了这篇奇异的奏章，向胡亥献上了以“督责之术”保障享乐君道的邪恶方略。

在这篇奏章中，李斯是这样滑开舞步的：首先，明白逢迎了胡亥的享乐君道，赞颂胡亥的“穷乐之极”是贤明君道；其次，引证申不害的恣意天下而不以天下为桎梏之说，论说胡亥鄙薄尧禹劳苦治国的见识是圣明深刻的，最终得出尧帝禹帝的辛苦治理“大谬矣”，是荒诞治道，而其根本原因则是不懂得督责之术；再次，引证韩非的慈母败子说，论说以重刑督责臣民的好处，肯定这是最为神妙的“圣人之术”；最后，全面论说督责术能够给君主享乐腾挪出的巨大空间，能够使君主“荦然独行恣睢之心而莫之敢逆”，“督责之术设，则所欲无不得矣！”“群臣百姓救过不给，何变之敢图？”

李斯的这篇奏章，再一次将自己钉在了历史的耻辱柱上。

如果说，李斯此前的与政变阴谋合流，尚带有某种力行法治的功业追求，尚有其惧怕扶苏蒙恬改变始皇帝法治大道的难言之隐的话，这次上书阿意，则是李斯全然基于苟全爵位性命而迈出的背叛脚步。这篇卑劣奇文，意味着李斯已经远远背离了毕生信奉并为之奋争的法家学说，肆意地歪曲了法家，悲剧性地出卖了法家。盖法家之“法、术、势”者，缺一不可之整体也。术者，法治立定之后的权力监督手段也。法家之术，固然有其权谋一面，然其原则立场很清楚：确保法治之有效执行，而最大限度地减少种种贪赃枉法，并主张对此等行为以严厉惩罚。也就是说，作为“法术势”之一的“术”，必须以行法为前提，而绝不是李斯所说，离开整体法治而单独施行的督责术。李斯不言法治，唯言督责术，事实上便将督责官员行法，变成了督责官员服从帝王个人之意志，其间分野，何其大哉！后世对法家的诸多误解，难免没有李斯此等以法家之名涂抹法家的卑劣文章所生发的卑劣功效。李斯之悲剧，至此令人不忍卒睹也。

“若此，则可谓能督责矣！”

这是李斯上书三日后，胡亥再次批下的“诏曰”。

赵高特意亲自上门，向李斯转述了皇帝的喜悦。赵高不无揶揄地说：“陛下读丞相宏文，深为欣然也！丞相能将享乐之道论说得如此宏大深刻，果然不世大才，高望尘莫及矣！”第一次，李斯难堪得满面通红，非但丝毫没有既往上书被皇帝认可之后的奋然振作，反而是恨不得找个地缝钻将进去。即或是面对赵高这个素来为正臣蔑视的内侍，李斯也前所未有地羞惭了。赵高还说，皇帝已经将丞相上书颁行朝野，将对天下臣民力行督责，举凡作乱者立即灭其三族，着丞相全力督导施行。李斯惭愧万分又惊愕万分，可还是不得不奉诏了。

果然，最教李斯难堪的局面来临了。

李斯上书一经传开，立即引发了庙堂大臣与天下士子的轻蔑愤然，更被山东老世族传为笑柄。人心惶惶的咸阳臣民，几乎无人不愤愤然指天骂地，说天道不顺，国必有大奸在朝。连三川郡的长子李由，也从孤城荥阳秘密送来家书询问：“如此劣文，究竟是奸人流言中伤父亲，抑或父亲果然不得已而为之？诚如后者，由无颜面对天下也！”面对天下臣民如此汹汹口碑，李斯真正地无地自容了。自来，李斯都深信自己的劳绩天下有目共睹，从来没有想到过自己会被天下人指斥为“奸佞”之徒。而今，非但天下汹汹指斥，连自己的长子都说自己的上书是“劣文”，且已无颜立于天下……如此千夫所指众口铄金，李斯有何面目苟活于人世哉！更有甚者，盗军乱象大肆蔓延，二世胡亥竟听信一班博士儒生诓骗之言，生生不信天下大乱。李斯身为丞相，既不能使皇帝改弦更张，又不能强力聚合庙堂合力灭盗，当真是无可奈何了。及至九月中，频遭朝局剧变又遭天下攻讦的李斯愤激悲怆痛悔羞愧，终于重病卧榻了，终于绝望了。病榻之上的李斯实在不敢想象，自己如何能亲眼看着渗透自己心血的皇皇超迈古今的大帝国轰然崩塌，且自己还落得个“阿主误国”

的难堪罪名……

绝望羞愧之下，李斯想到了自杀。

那日深夜，昏睡的李斯蓦然醒来，清晰地听见了秋风掠过庭院黄叶沙沙过地的声音，只觉天地间一片萧疏悲凉，心海空虚得没有了任何着落。李斯支走了守候在寝室的夫人太医侍女人等，挣扎着起身，拄着竹杖到庭院转悠了许久。霜雾笼罩之时，李斯回到了寝室，走进了密室，找出了那只盈手一握的小小陶瓶。

这只陶瓶，伴随了李斯数十年岁月。自从进入秦国，它便成了李斯永远的秘密旅伴，无论身居何职，无论住在何等府邸，这只粗朴的小陶瓶都是李斯的最大秘密，一定存放在只有李斯一个人知道的最隐秘所在。

李斯清楚地记得，那是在离开兰陵苍山学馆之前的一个春日，自己与同舍的韩非踏青入山，一路论学论政，陶陶然走进了一道花草烂漫的山谷。走着走着，韩非突兀地惊叫了一声，打量着一丛色泽奇异的花草不动了。李斯惊讶于从来不涉风雅的韩非何能驻足于一蓬花草，立即过来询问究竟。口吃的韩非以独特的吟诵语调说，这是他在韩国王室见过的一种剧毒之物，名叫钩吻草！如此美景的兰陵苍山，如何也有如此毒物？一时间韩非大为感慨道："良药毒草，共生于一方也！天地之奇，不可料矣！"李斯心头怦然一动，竟莫名其妙地想将这蓬草挖出来带回去。然则，李斯还是生生忍住了。过了几日，李斯进兰陵县城置办学馆日用，又进了那片山谷，又见了那蓬钩吻草。终于，李斯还是将它挖了出来带进县城，找到了一个老药工，将钩吻草制成了焙干的药草，装进了一只粗朴的小陶瓶。李斯再去兰陵拿药时，那个老药工说了一句话："此物绝人生路，无可救也，先生慎之。"李斯欣然点头，高兴地走了。

李斯始终不明白，自己何以要如此做。李斯只觉得，不将那个物事带在身边，心下总是忐忑不安。后来的岁月里，李斯每有危境，总是要情不自禁地摸摸腰间皮盒里的那只小陶瓶，心头才能稍稍平静些许。被逐客令罢黜官职逐出秦国，走出函谷关的时刻，李斯摸过那只陶瓶；体察到始皇帝末期对自己疏远时，李斯摸过那只陶瓶；沙丘宫风雨之夜后进退维谷的日子，李斯也摸过那只陶瓶……然则，摸则摸矣想则想矣，李斯始终没有打开过陶瓶。毕竟，曾经的绝望时刻，都没有彻底泯灭过李斯的信念，总是有一丝光明隐隐闪现在前方。然则，时至今日，一切不复在矣！天下风雨飘摇，李斯始作俑也！叛法阿意之劣文，李斯始作俑也。如此李斯，何颜立于人世哉！

也就是在这个秋风萧疏的霜雾清晨，李斯蓦然明白了，自己之所以数十年不离这只陶瓶，根源便是自少年小吏萌生出的人生无定的漂泊感，也是自那时起便萌生出的人生必得冒险，而冒险则生死难料的信念。唯其如此，李斯不知道自己能走到哪里，李斯准备着随时倒下，随时结束自己的生命……

“大人！捷报！三川郡捷报！”

若非府丞那万般惊喜的声音骤然激荡了李斯，便没有后来的一切了。当李斯走出密室，听府丞念完那份既是公文更是家书的捷报时，木然的李斯没有一句话，便软倒在地上了……良久醒来，李斯仔细再读了战报，又听了李由派回的特使的正式禀报，白头瑟瑟颤抖，老泪纵横泉涌了。在万木摧折的暴乱飓风中，独有李斯的儿子巍巍然撑起了中原天地，独有三川郡守李由激发民众尉卒奋力抗敌，硬生生将盗军假王吴广的十余万大军抗在荥阳城外，何其难也！儿子挽狂澜于既倒的喜讯，使李斯心田弥漫出一种从来没有过的坚实的暖流。所有关于李斯的责难，都将因李由的孤绝反击而消散。李斯对帝国的忠诚，将因此而大大彰显。李斯因拥立胡亥而遭受的老臣们的抨击，将因此而大大淡化。李斯因无奈自保而写下的阿意上书，将因为李由的坚实风骨而变为周旋之举。李斯在事实上已经失去的权力，将因此而重新回归。李斯在帝国庙堂的轴心地位，将因此而重新确立……暖流复活了死寂荒疏的心田，善于权衡全局的李斯，立即洞察了三川郡抗敌的所有潜在意义。

李斯神奇地走下了病榻，重新开始了周旋。

深秋时节，周文盗军数十万进逼关中，图谋一战灭秦。李斯立即与冯去疾召太尉府并少府章邯秘密会商，迅速拟出了以骊山刑徒与官府奴隶子弟成军，以章邯为大将，大举反击盗军的方略。李斯明白剖析了大势：目下盗军初起战力不强，无须动用九原大军，只要章邯战法得当，后援不出纰漏，击败盗军并非难事。章邯素来景仰李斯，慨然拍案道：“只要丞相后援不断，我二十余万刑徒军定然悉数扫灭盗军！”李斯倍感振奋道：“当此关中危难之际，陛下必能尽快决断，扫灭盗军，重振大政，必指日可待也！”于是，三府合署连夜上书，各方都开始了紧急谋划。果然不出李斯所料，这次上书批下得很快，只隔了一个晚上。李斯自信地以为，这便是李由三川郡孤守的影响力，皇帝再也不能说盗军只是几群正在追捕的作乱流民了，只能倚重一班老臣平定天下了。李斯反复思忖，纵然这个皇帝远非自己当初预期，也不至于昏聩到连大秦河山都不要了的地步，而只要欲图守定天下，舍李斯其谁也！

其后，章邯连战皆捷，李由连战皆捷，朝局果如李斯所料有了明显转机。最显然的不同，便是那个寻常不出面的赵高又来拜谒丞相府了。赵高一脸恳切地诉苦说：“关东群盗日见多也，皇帝却急于征发阿房宫徭役，聚狗马无用之物。在下多次想谏阻皇帝，奈何位卑人贱，言语太轻。此等大事，正是君侯高位者之事也，君何不出面谏阻皇帝？”受到久违了的敬重，李斯顿时被赵高的恳切言辞打动了，长叹一声道：“当然如此也，老夫欲谏阻皇帝久矣！然皇帝不坐朝廷，只在深宫。老夫欲谏，无法见到皇帝也，奈何哉！”赵高恳切道：“丞相诚能谏阻，在下自当为丞相留意陛下行踪，但有时机，在下立即知会丞相。”李斯很是感谢了赵高一番，此后便一边筹划进谏一边静候赵高消息。

为这次进谏，李斯做了最充分的筹划：联结冯去疾、冯劫一起联署奏章，而由自己出面晋见皇帝说话。二冯同为三公。冯去疾是右丞相，是李斯副手，素来在大政事项上以李斯决断为取向，一说向皇帝进谏减民赋税徭役，立即欣然赞同。冯劫情形不同，其御史大夫的三公职权已被免去，然爵位仍在言权犹在，却是赋闲在家终日郁闷，早已经对这个二世胡亥大是恼火，多次要李斯出头联结老臣强谏，都因李斯百般迟疑而作罢。这次李斯一说，冯劫虽指天骂地发作了一阵，最终还是欣然赞同了进谏。三人商定后，李斯主笔草拟了一道上书，言事很是简约直接：

臣李斯、冯去疾、冯劫顿首：关东群盗并起，秦发兵诛击，所杀甚众，然犹不止。盗多者，皆因戍漕转作事苦，赋税大也。为天下计，老臣等三人请：中止阿房宫建造，减省四边之屯戍转作，以安天下民心也。非此，盗不足以平，国不足以安，陛下慎之慎之！

诸事就绪，赵高处却迟迟没有消息。这日冯劫冯去疾大是不耐，力主不能信赖赵高，该当立即上书。李斯不好与这两个老臣再度僵持，便决意进宫了。不料正在此时，赵高派了一个小内侍匆忙送来消息，说皇帝回到了东偏殿书房，请李斯即刻去觐见。

李斯没有丝毫犹豫，立即登车进了皇城。可走进东偏殿一看，二世胡亥正在一排裸体侍女身上练习大字，提着一管大笔忙碌得不亦乐乎！李斯大窘。胡亥则很是不悦，偏偏不理睬李斯，只径自提着朱砂大笔在一具具雪白的肉体上忙活。李斯在外室静待了片刻，终觉太过难堪，还是走了。又过几日，李斯又得赵高消息，立即匆忙赶到了兰池宫。不料又是胡亥与一大群妇女光溜溜鱼一般在水中嬉戏，半个时辰还不见出水迹象，李斯只得又踽踽去了。不过数日，李斯又得赵高消息，匆忙赶往章台宫，其所见无异，又是胡亥与一群裸身女子做犬马之交的嬉闹。李斯不堪入目，立即转身走了。

如是者三，李斯自然不会再相信赵高了，然欲见皇帝，又确实难以觅其行踪。万般无奈，李斯只有依着上书程式，将三公上书封好，交于每日在皇城与官署间传送公文的谒者传车呈送皇帝书房。如此一天天过去，上书却作了泥牛入海。李斯终日皱眉，冯劫骂树骂水骂天骂地痛骂不休，冯去疾则黑着脸不说一句话，三人一时都没辙了。

却说胡亥三次被李斯滋扰，不禁大为恼怒，召来赵高愤愤道："我平日闲暇也多，丞相都不来觐见。如何总是在我燕私之乐时，老来滋扰生事！"赵高的回答是："丞相所以如此，殆（托大）矣！当初沙丘之谋，丞相与焉。今陛下已立为帝，而丞相权贵未曾大增。丞相之心，欲图裂地而王也。陛下不问，臣不敢言，还有一件大事：丞相长子李由为三川郡守，楚地大盗陈胜等，都是与三川郡相邻之民，也都是与丞相故里相邻之民。楚地群盗公行，根由在此也！群盗流过三川郡，李由非但不击杀治罪，反与其文书往来……高早闻此事，只是未经勘审，不敢报陛下。再说，丞相居外事大政，权力之重犹过陛下，老臣为陛下忧心也！”

胡亥被赵高说得心惊肉跳，惶恐问道：“那，能否立即治罪李斯？”

赵高道：“若急治李斯，其子李由必作乱也。冯去疾、冯劫一班老臣，亦必趁势通联施救也。老臣之见，还当先治李由，削李斯羽翼为上。”

“那，三公上书，朕当如何处置？”

“先行搁置，待机而作。”

“好！先治李由，叫李斯外无援手。”胡亥思忖一番，大觉赵高说的有理，立即下令赵高派出了特使秘密案验三川郡守李由通盗事。

不料，李斯却意外地知道了这个消息。

在帝国功臣家族中，李氏与皇室关联最是紧密，虽蒙氏王氏两大首席功臣亦不及。李斯的儿子都娶了始皇帝的女儿为妻，李斯的女儿都嫁了始皇帝的皇子为妻。以秦法之公正严明，以始皇帝之赏功正道，不可能以此等联姻之法做额外赏赐。更重要的是，战国传统下的所谓皇亲国戚，还远远不是后来那般具有天然的权力身份，李斯的儿子没有一个因为是始皇帝女婿而出任高官显爵的，长子李由也不过是一个郡守而已。所以如此，最大的可能是李斯多子女，且个个都相对出色。而蒙恬蒙毅之蒙氏，王翦王贲之王氏，则可能因为毕生戎马征战居家者少，后裔人口繁衍便不如李氏旺盛。由于这一层原因，李氏家族与皇城各色人等多有关联，说千丝万缕亦不为过。除却李斯丞相身份所具有的种种关联，每个儿子女儿还都有各自的路径。寻常之时，这些路径也并不见如何举足轻重，危难来临，却往往立见功效。

“禀报大人，长公主求见。”

“长公主？噢，快教她进来。”

这夜枯坐书房的李斯，正在费心地揣摩着连续三次觐见皇帝遭遇尴尬的谜团，突然听说长媳求见，不禁大感意外。长公主者，长子李由之妻也。李由是李斯长子，其妻也是始皇帝的长女。胡亥杀戮诸皇子公主之时，因长公主出嫁已久且已有子女，故未遭牵连而幸存。此后年余，长公主闭门不出，与皇城事实上已经没有了往来。即或于丞相府，另府别居的长公主也极少前来，可以说，李斯这个公爹与这个长媳事实上也很是生疏。如此一个长媳能夤夜来见，李斯心头怦然一动，不自觉站了起来。

长公主匆匆进来，一做礼便惶急地说，赵高撺掇皇帝，要派密使“案验”李由通盗事！李斯惊问，长公主何以知晓？长公主说，是她的乳母进皇城探视女儿听到的消息。乳母的女儿不是寻常侍女，是皇帝书房职司文书典籍的一个女吏。这个女吏与一个侍女头目交谊甚厚，是侍女头目听到了赵高与皇帝的说话，不意说给了女吏。因与李由相关，女吏才着意告知了母亲。李斯问，此话在何处说的？长公主说，在甘泉宫。李斯问，大体说得几多时辰。长公主说，大约顿饭辰光。

骤然之间，李斯心头疑云豁然大明，一股怒火顿时腾起。

赵高能出如此恶毒主张，根源自然不在李由，而在李斯。皇帝能与赵高说起李斯，必是因自己三次连番晋见而起。皇帝必责李斯无端滋扰，赵高必诬李斯居心险恶。厚诬李斯之余，又诬李由通盗。案验李斯二冯心有顾忌，于是便拿李由开刀了。李斯毕竟久经沧桑熟悉宫廷，一听些许迹象，立即便推断出这则阴谋的来龙去脉，不禁对赵高恨得入骨三分。这个赵高，以如此低劣之圈套愚弄老夫陷害老夫，下作之极也！沙丘宫密谋以来，虽说李斯对赵高之阴狠时有察觉，然赵高毕竟没有直接以李斯为敌，故李斯始终对赵高只以“宦者秉性，卑贱自保”忖度其言其行，而没有将赵高往更恶更坏处想去，更没有估量到赵高的吞国野心。

李斯始终有着一种深厚的自信：以自己的功业声望，任何奸佞不足以毁之。唯其如此，即或三公九卿一个个倒下，李斯也始终没有想过竟会有人公然诬陷他这个赫赫元勋。如此心态之李斯，自然不会有洞察赵高野心阴谋之目光了。目下李斯对赵高的愤怒，与其说是洞察大奸巨恶之后的国恨，毋宁说是李斯深感赵高愚弄自己之后的报复之心。当然，若是赵高仅仅愚弄了李斯，而没有实际直接的加害作为，很可能李斯还能隐忍不发。毕竟，李斯也不愿在这艰难之后刚刚有所复苏的时刻，同赵高这个“用事”近臣闹翻。然则今日不同，赵高要一刀剜了李由，显然是要摧毁李斯方始艰难恢复的声望权力，要一举将李斯置于孤立无援之境，是可忍，孰不可忍也！

反复思忖，李斯决意先行搁置三公上书之事，而先使自己立于不败之地。欲待如此，只能设法晋见二世胡亥，痛切陈说赵高之险恶，即或不能逼二世皇帝除了赵高，也必得罢黜赵高，使其远离庙堂，否则后患无穷。然则，此时的皇帝已经很难见了，且此前三番难堪，已经使这个享乐皇帝大为不悦，要谋求一次痛切陈说之机，还当真不是易事。当然，再要清楚知道皇帝行踪，赵高是无论如何不能指望了。于是，李斯秘密叮嘱家老，派出了府中所有与皇城宫室有关联的吏员，各取路径秘密探查皇帝行踪，务必最快地清楚皇帝目下在何处。

如此三日之后，各路消息汇集一起，李斯却犯难了。二世胡亥已经离开咸阳，住到甘泉宫去了。这个胡亥近日正忙于一宗乐事，在材士营遴选了百余名壮士做“角抵优俳”，每日论功行赏不亦乐乎。赵高的族弟赵成率领三千甲士守护着甘泉宫，赵高则亲自在甘泉宫内照应，若不与赵氏兄弟沆瀣一气，根本不可能进得甘泉宫。

所谓角抵者，角力较量也，跌跤摔跤也。优俳者，滑稽戏谑也。战国秦时，将街市出卖技艺的“优”者分为两大类：歌舞者称“娼优”，滑稽戏谑者称“俳优”。优俳者，俳优之别说也，实则一事。用今人话语，角抵俳优便是滑稽摔跤比赛。胡亥整日寻求乐事，万千女子终日悠游其中犹不满足，又日日寻求新奇之乐。赵高便指点阎乐生发出这个滑稽摔跤戏，乐得胡亥大笑不止，日日与一大群妇女“燕私”之后，便要赏玩一番滑稽跌跤，只觉这是人间最快乐的时光，任谁说话也不见。

无奈，李斯只有上书了。

李斯一生写过无数对策上书，然弹劾人物却是唯此一次。其书云：

臣李斯顿首：臣闻之，臣疑其君，无不危国；妾疑其夫，无不危家。今有大臣于陛下擅利擅害，与陛下无异，此甚不便。昔者司城子罕相宋，身行刑罚，以威行之，期年遂劫其君。田常为简公臣，爵列无敌于国，私家之富与公家均，布惠施德，下得百姓，上得群臣，阴取齐国，杀宰予于庭，即弑简公于朝，遂有齐国。此，天下所明知也。今，高有邪佚之志，危反之行，如子罕相宋也；私家之富，若田氏之于齐也；兼行田常、子罕之逆道，而劫陛下之威信，其志若韩玘之为韩安相也。陛下不图，臣恐其为变也！

上书送达甘泉宫三日，没有任何消息。

李斯正在急不可待之时，一名侍中送来了二世胡亥在李斯上书之后批下的问对诏书，全然一副严词质询的口吻："丞相上书何意哉！朕不明也。夫赵高者，故宦人也，然不为安肆志，不以危易心，絜行修善，自使至此，以忠得进，以信守位；朕实贤之，而君疑之，何也？且朕少失先人，无所识知，不习治民，而君又老，恐与天下绝矣！朕非属赵君，当谁任哉？且赵君为人精廉强力，下知人情，上能适朕，君其毋疑也。"

李斯越看越觉心头发凉，愣怔半日回不过神来。二世皇帝的回答太出乎李斯的意料了，非但没有丝毫责备赵高之意，且将赵高大大褒奖了一番，将皇帝对赵高的倚重淋漓尽致地宣示了一番，太失常理了！以寻常君道，即或是平庸的君主，面临一个领政丞相对一个内侍臣子的怀疑追究，纵然君主倚重这个内侍，至少也得交御史大夫府案验之后说话，何能由皇帝立即做如此分明的判定？因为，任何一个大臣都有举发不法逆行的职责与权力，此所谓言权也。若以二世胡亥所言，李斯的上书完全可以看做诬告举发，全然可以反过来问罪于李斯。世间还有比这般行为更为荒谬的事体么？一心谋国，反倒落得个疑忌用事之臣，当真岂有此理！

李斯的这件上书与胡亥的这件批示诏书，是全然相互错位的历史滑稽戏也。以李斯而论，胡亥分明是个昏聩不知所以的下作皇帝，李斯却偏偏将其当做能接受直谏的明君或常君对待，每每以正道论说对之，无异于缘木求鱼也。以韩非《说难》，说君的轴心法则便是"非其人勿与语"——不是明君雄主，便不要与之谈论为政大道。李斯恰恰反其道而行之，"非其人而与语"，硬纠缠着一个下作昏君听自己的苦心谋国之言，结果招来一通全然文不对题的斥责之词，滑稽也，怪诞也。李斯是大法家，不能以范蠡式的全身而退的自保术为最高法则，要求李斯作出或退隐去官或不言国事的选择，那不是战国大争之风，更不是法家大师的风骨。历史要求于李斯的，是正道谋国该当具有的强硬抗争品格，与出色的斡旋能力。不求其如商君护法之壮烈殉身，亦不求其如王翦王贲那般可能的拥兵除奸。然则，至少求其如吕不韦的精妙斡旋与强硬秉持，以及最后敢于结束自己生命以全秦国大局的勇气。然则，李斯没有做到任何一种的铮铮硬骨，而只是絮絮叨叨地力求下作昏君接纳自己，力求下作昏君拒绝奸佞。此等要求苍蝇不要逐臭的作为，实在教人哭笑不得了。

以实情论之，其时，李斯面前至少有两条路可走。一则是正道：以三公上书为契机，联结冯去疾冯劫章邯等一班功臣老将，大张旗鼓地为天下请命，威逼二世胡亥诛杀赵高改弦更张。以当时天下之乱象，只要李斯敢于奋然呼吁，帝国庙堂很有可能就此改观。二则是权谋机变之道：将赵高比作齐桓公末期的易牙、竖刁两个内侍奸佞声讨之，给赵高设置一个谋逆罪案，公然举发，而后径自秘密拿人立即斩决！依据胡亥后来“恐李斯杀之（赵高）”的担心，可以判定：李斯密杀赵高并非没有能力，而在于敢不敢为。

不合李斯既不走正道，也不走旁道，偏偏一味地私欲为上迂阔到底，只用胡亥赵高最听不懂的语言说话，自家津津乐道，却遭下作君主无情地一掌掴来。以李斯上书而言，分明要除赵高，说词却全然不着边际：李斯上书所列举者，都是此前战国历史上著名的权臣之乱，而此等权臣之乱，至少也得有李斯一般的重臣地位才能发生。赵高无论多么奸佞，无论多么野心，此时也只是一个从老内侍擢升的郎中令，以此等权臣作乱比照赵高，实在不伦不类，正好使赵高反咬一口，说李斯才是田常。也就是说，遇到赵高这般精于权术又心黑手狠的千古奸徒，唯以强力，唯以正道，可成其天敌也！若李斯这般不具强硬风骨，唯图以才具说动下作昏君的童稚举措，注定地要一步步地更深地落入更为卑劣的圈套。

李斯没有想到这些。

李斯依然南辕北辙地走着自己的路。

次日，李斯赶赴甘泉宫求见胡亥，欲图为自己的上书再度陈述。可连山口城门都没进，李斯便被守在城头的赵成挡了回来。赵成只冷冰冰一句话：“皇帝陛下有诏，大臣可上书言事，不可无召晋见。末将不能禀报。”李斯苦苦守候了两个时辰，赵成却铁石一般矗在城头毫不动摇。天及暮色，李斯终于愤然难耐，当时便在车中写下了几行字，装入上书铜匣，派一个侍中送进了甘泉宫。又过两个时辰，城头风灯摇曳，山谷秋风呼啸，城头还是没有任何消息。李斯冷饿疲惫已极，万般无奈只好登车回程了。李斯没有料到，正是这几行急就章，使他陷入了最后的泥沼。

忙碌一夜的胡亥，直睡到日色过午才醒了过来。

书房长史送来李斯昨日的上书。胡亥惬意地呷着刚刚煮好的新茶，说了一个念字。长史便打开铜匣拿出了一方白帛展开，高声地缓慢地念了起来：“陛下诏书，老臣以为不然。夫赵高者，故贱人也，无识于理，贪欲无厌，求利不止，列势次主，求欲无穷。老臣故曰，赵高殆矣！”胡亥听得大皱眉头，破天荒拿过上书自家看了起来。

显然，李斯对自己这个皇帝褒奖赵高很是不满，竟再次对这个忠实于朕的老臣大肆攻讦了。这李斯也忒是狠也，将赵高连根骂倒，说赵高生来就是个贱人，贪欲求利不止，权势已经使皇帝无足轻重，还骂赵高恶欲无穷，骂赵高已经有了险象等等，李斯汹汹然想做甚？想杀赵高？对！一定是李斯想杀赵高！李斯若要杀赵高，可能么？可能！且不说李斯有长子李由的外势可借，李斯只要与冯去疾冯劫章邯等任何一个老臣联手，那些个个都有效力死士的老臣老将谁不敢将赵高剁成肉酱？蓦然之间，胡亥很为自己的这个机敏发现自得，觉得自己这个皇帝圣明已极——胡亥再也不是从前那个需要赵高呵护的少皇子了，胡亥可以保护老功臣了！惊喜欣然之下，胡亥立即吩咐召见赵高。

“郎中令且看，此乃何物耶？”胡亥指了指案头帛书。

“这……陛下，李斯上书……”

“李斯如此说法，其意如何啊？”见赵高惶恐模样，胡亥既得意又怜悯。

“老臣寸心，唯陛下知之也……”赵高涕泪唏嘘了。

“不怕不怕，有朕在也！”胡亥又是抚慰又是拍案担保，忙得不亦乐乎。

“老臣已衰迈之年，一命何惜？老臣，为陛下忧心也。”

“噢？朕有可忧处么？”胡亥惊讶疑惑。

“丞相势大，所患者唯赵高也。赵高一死，丞相即欲为田常之乱……”

“啊！”胡亥大惊，“是说，李斯要弑君夺位？”

“陛下圣明。自古作乱，唯有权臣，不见小臣……”

“对也！”胡亥恍然大悟，“李斯是丞相三公，只有他能作乱！”

“唯其如此，丞相之攻讦老臣，掩人耳目而已。”

“丞相丞相，别叫他丞相！听着烦人！”

“陛下……”

“对了，方才说甚？掩耳盗铃？对！李斯掩耳盗铃！”

“陛下圣明。李斯是盗，窃国之盗。”

“李斯！朕叫你窃国！”胡亥一脚踢翻了案旁正在煮茶的侍女，气咻咻一阵转悠，猛然回身高声道，“下狱！以李斯属郎中令！叫他窃国，窃个鸟！”气急败坏的胡亥脸色苍白，恶狠狠骂得一句，又狞厉地笑了。

“陛下圣明！”赵高立即匍匐在地高声赞颂一句，又恭敬地道，“然则，老臣之见，治李斯之先，必先治冯去疾、冯劫。此两人与李斯一道上书攻讦陛下君道，是为大逆，不可留作后患也。”

“好！郎中令操持便是，朕忙不过来。”

“陛下毋忧，老臣定然诸事妥当！”

一场帝国历史上最大的冤狱便这般荒诞地开始了，没有逻辑，没有罪行，没有法度，没有程序，没有廷尉，没有御史。有的只是一道诏书，一支马队，一个奉诏治狱的老内侍赵高。当阎乐的三千材士营马队轰隆隆开进咸阳三公府的时候，任谁也没有想到，帝国末期的浴血残政再度开始了连绵杀戮。

那一日，冯劫正到冯去疾的右丞相府，会商如何了结这件三公上书事。冯去疾之意，还当联结章邯、王离等一班大将联署强谏。冯劫却断然摇头，说任何上书都不会有用，要想扭转朝局，只有一个办法：举兵肃政，废黜了这个胡亥，杀了这个赵高！冯去疾大惊，思忖一番却也不得不点头，遂低声问：“还是要丞相发动么？”冯劫拍案道：“此人私欲过甚，不能再指望他举事。他若跟着来，再说。”冯去疾道：“胡亥之后，拥立何人为帝？”冯劫成算在胸道：“子婴！子婴临危不逃，身有正气，当得三世皇帝！”一番秘密会商，两人大是振奋，最后议定：冯劫秘密赶赴中原，之后再往九原，秘密联结章邯王离妥当之后，三人立即率军杀回咸阳……

“皇帝诏书！冯去疾冯劫接诏——！”

当阎乐的喊声与马队甲士的轰隆声回荡在庭院时，两位老臣相对愕然了。在秋风萧疏的庭院，阎乐板着脸念诵了胡亥的一篇长长的问罪诏书，最后的要害是：“……今朕即位二年之间，群盗并起，三公不能禁盗，却要罢先帝之阿房宫！如此三公，上无以报先帝，次无以为朕尽忠，何以在位哉！着即下狱，属郎中令勘审问罪！此诏！秦二世二年春。”

“阎乐，竖子钻阉宦裤裆，女婿做得不错也！”冯劫哈哈大笑。

“拿下两个老匹夫！”阎乐脸色铁青一声怒喝。

“退下！”冯去疾霹雳怒喝一声，顿显大将威势。

“箭弩伺候！”阎乐声嘶力竭。

“竖子可知，将相不辱也！”冯去疾锵然拔出了长剑。

“老哥哥有骨头！将相不辱！”冯劫大呼长笑，拔出长剑与冯去疾并肩而立。

“走！去见始皇帝——！”

一声大呼，两人同时刎颈，同时倒地，鲜血顿时激溅了满院黄叶……

三　饱受蹂躏的李斯终于走完了晦暗的末路

三川郡一道快报传来，李斯顿时昏厥了。

谁也没有料到，李由骤然战死了，且死得那般惨烈，被那个江东屠夫项羽将头颅挂在了外黄城头……消息传来如晴天霹雳，合府上下顿时一片恸哭之声，几乎要窒息了。好容易被救醒过来的李斯，听得厅堂内外一片悲声，已没有一丝泪水。思忖良久，李斯正待挣扎起身，又见家老趺趺撞撞扑进厅堂哭喊："大人！长公主刎颈了！……"李斯喉头咕的一声，又颓然跌倒在榻，再度昏厥了过去……夜凉如水的三更，李斯终于又醒了过来。隐隐哭声随风呜咽，偌大厅堂死一般沉寂。守在榻前的两个儿子与几名老仆太医，都是一身麻衣一道白帛，人人面如死灰声息皆无。见李斯睁开了眼睛，次子李法、中子李拓[1]蓦然显出一丝惊喜，老太医也连忙过来察看。李斯艰难地摆了摆手，拒绝了太医诊视，也拒绝了家老捧过的汤药，没有一句话，只以目光示意中子李拓扶起了自己，艰难地走出了门厅。

聪慧的李拓素知父亲，顺着父亲的脚步意向，将父亲一步步扶到了匆忙搭起的灵堂。李斯走进麻衣一片的灵堂，隐隐哭泣立即爆发为痛楚无边的悲声。李斯走到两方灵牌下的祭案前，大破葬礼之仪，瑟瑟颤抖着深深三躬，向长子长媳表示了最高的敬意。之后，李斯走到了灵堂口的书案前，目光注视着登录祭奠宾客的羊皮大纸，光洁细密的羊皮上没有一个名字，空旷得如同萧疏的田野。李斯嘴角蓦然一丝抽搐，盯住了那管已经干涸了的大笔。李拓会意，示意身旁一个姐姐扶住了父亲，立即到书案铺开了一方白帛，又将大笔饱蘸浓墨，双手捧给了父亲。李斯左臂依旧被女儿搀扶着，只右手颤巍巍接过铜管大笔，笔端颤巍巍落向了白帛，一个个苍老遒劲的大字艰难地生发出来——乱世孤忠，报国双烈，大哉子媳，千古犹生！最后一字堪堪落笔，大汗淋漓泪如泉涌的李斯终于酸软难耐，大笔当啷落地……

旬日之间，李斯再度醒来，已经是形容枯槁满头白发了。

李拓禀报父亲说，皇城没有任何关于大哥战死的褒扬封赏消息，大哥与长公主的葬礼规格也没有诏书。章邯将军派来了一个密使，已经秘

---

[1] 李斯多子女，长子李由之外无姓名记载，子女数目亦不详。"中子"为《史记》原词，当指排行居中的几个儿子之一。

密运回了大哥的无头尸体。章邯将军说，那几个案验大哥通盗事的密使，还在三川郡折腾，看情势赵高一党还要纠缠下去。李斯思忖良久，嘶哑着长叹一声："勿望皇室也！既有尸身，以家礼安葬便了……"吩咐罢了，李斯抱病离榻，亲自坐镇书房，一件一件地决断着长子长媳这场特异的葬礼的每一个细节。想到长子李由孤忠奋烈于乱世危局，最终却落得如此一个不明不白的归宿，而自己这个通侯丞相竟至无能为力，李斯的愤激悲怆便翻江倒海般难以遏制，又一次绝望得想到了死。然则，李斯终究强忍了下来，没有他，偌大的李氏部族立见崩溃，李由的冤情也将永远无以昭雪。为了这个家族部族的千余人口，他必须挺下去，为了恢复自己暮年之期的名望权力，他更须撑持下去。死固易事，然身败名裂地死去，李斯不愿意，也不相信有这种可能。毕竟，三公仍在，章邯王离大军仍在，除却赵高并非丝毫没有机会……已经在巨大的无可名状的苦境中浸泡麻木的李斯，目下只有一个决断：安葬了长子长媳，立即与冯去疾冯劫秘密会商，不惜法外密行联结章邯王离，一定要除却赵高，逼二世胡亥改弦更张！

行将入夏之时，李氏家族隆重安葬了李由夫妇。

皇城无人参与葬礼，大臣也无一人参与葬礼，昔日赫赫丞相府的这场盛大葬礼，倒像是无人知道一般。然李斯断然行事，无论皇城官署如何充耳不闻，葬礼都要"礼极致隆，大象其生"。李斯第一次认真动用了领政丞相的残存权力，以侯爵规格铺排葬礼。李斯的丞相府葬礼官书知会了皇城与所有官署，题头都是"先帝长公主瑆并三川郡守李由葬礼如仪"，以皇族嫡系公主之名处置这场葬礼，李斯相信二世胡亥也无可阻拦。果然，一切都在皇城与各方官署的泥牛入海般的沉默中径自进行着。出丧之日，盛大的列侯仪仗引导着全数出动的李氏部族，数千人的大队连绵不断地开出了咸阳北门，开上了北阪，开向了北阪松林的预定墓地。使李斯稍觉欣慰的是，咸阳国人一路自发地设置了许许多多的路边祭奠，"国之干城""抗盗烈士"的祭幅不绝于目，哀哀哭声不绝于耳……

从北阪归来，疲惫不堪的李斯彻夜昏睡，次日正午醒来，觉得轻松了许多。

李斯没有料到，便在他用过午膳，预备去见冯去疾冯劫的时刻，府丞惊恐万状地跌撞进来，报说了两冯在阎乐军马缉拿时愤然自刎的消息。李斯大是惊愕，良久愣怔着说不出一句话来。中子李拓也得知了消息，匆匆前来劝父亲立即出关，奔章邯将军或王离将军处避祸。李斯却缓缓地摇了摇头，依旧没说一句话。便在父子默然相对之时，阎乐的材士营马队包围了丞相府。耳闻沉雷般的马蹄声，李斯没有惊慌，只对李拓低声重重一句："不许都搅进来！"便撑着李拓含泪捧过的竹杖，一步一步走出了门厅，来到了廊下……

虽是夏日，云阳国狱的石窟却阴冷潮湿得令人不堪。

李斯做过廷尉，云阳国狱的老狱令曾是其信赖的部属。对丞相李斯的突然入狱，云阳国狱的老狱令与狱吏狱卒们无不惊愕莫名。在大秦法界各署吏员中，李斯的行法正道是极负盛名的，即便后来的廷尉姚贾，也不如李斯这个老廷尉深得帝国法界这般认可。李斯入狱，国狱官吏们无不认定是冤案，是以各方对李斯的照拂都很周到，李斯的消息也并不闭塞。老狱令搬来了一案酒食为李斯驱寒。饮酒间，老狱令对李斯说，郎中令署的案由是"斯与子由谋反，案验问罪"，丞相府的宗族宾客已经被尽数缉拿，据说与冯去疾冯劫族人一起关押在南山材士营，只丞相一人被关在云阳国狱。

"嗟乎！悲夫！不道之君，何可为计哉！"

那日，李斯第一次在万般绝望下平静了，清醒了，无所事事地痛饮中感慨着唏嘘着，时而拍打着酒案，时而拍打着老狱令的肩头，说出了许许多多积压在心头的话语。老狱令也是老泪纵横，听得懂听不懂都只顾点头，只顾一碗又一碗地向李斯斟酒。

"老狱令啊，且想想古事。"李斯万般感喟唏嘘，"夏桀杀关龙逢，殷纣杀王子比干，吴王夫差杀伍子胥，不亦痛哉！此三臣者，岂不忠哉！然而不免于死，身死而所忠者非人，不亦悲乎！今日，我智不及三子，而二世之无道则过于桀纣夫差，我以忠死，宜矣！然则我死之后，二世之治岂不乱哉！老令不知，胡亥夷其兄弟而自立，杀忠臣而贵贱人赵高，作阿房宫，又赋敛天下，诚无道也！我非不谏，二世不听我哉！凡古圣王，饮食有节，车器有数，宫室有度。出令造事，加费而无益于民利者，禁止不做，故能长治久安也！今二世如何？行逆于昆弟不顾其咎，侵杀于忠臣不思其殃，大作宫室厚赋天下而不爱其费！三者并行，天下安能听哉！目下，反者已有天下之半矣！而二世之心，尚在懵懂也！二世以赵高为辅佐，我必要见寇盗进入咸阳，见麋鹿兽迹游于庙堂了！……”

终李斯末期全部言行，唯独在云阳国狱的这番感慨尚算清醒。清醒之根本点，在于李斯终于清楚了乱国乱天下的根基在胡亥这个皇帝，而不在赵高这个奸佞。然则，李斯对胡亥的斥责，却仅仅限于对传统昏君的杀忠臣、杀兄弟、侵民利的传统暴行的指斥。李斯在最后的时刻，依然没有痛切体察胡亥这个下作昏君败坏秦法的特异逆行。身为大法家的李斯，身为创立帝国法治的首席功臣，李斯在最后的悔悟中，依然囿于一己之忠奸甄别，而没有悔悟到自己对胡亥即位该当的罪责，更没有悔悟二世最大的破坏性在于以疯狂发作的兽行颠覆了帝国的法治文明……如此悔悟，诚可叹也。

李斯备受照拂的日子，很快便告结了。

对李斯的案验，赵高不假手任何人，事无巨细皆亲自过问。首先，赵高先行撤换了云阳国狱的全部官吏，一律由材士营将士替代。其次，赵高亲自遴选了几名对李斯有种种恩怨的能吏，又由这几名能吏遴选出十余名法堂尉卒，专一作李斯案验勘审，只听从于赵高一人号令。再次，赵高对勘审人马定下了必须达成的方略——以各式执法官署名义连续勘审，反复榜掠，不怕反供，直至李斯甘心自认谋逆大罪！诸事谋定，这班勘审人马便开始了对李斯的无休止的折磨。

开初几次勘审，李斯一直都是声嘶力竭地喊冤，坚执认定是赵高图谋陷害自己。可一班乔装吏员根本不听李斯辩冤之说，只要没听到认罪两字，便喝令行刑手榜掠，直打到李斯没有力气开口说话为止。榜通搒，捶击抽打之意。其时所谓榜掠，实则是非刑打人的一种通常说法。也就是说，榜掠不是一个法定刑种，更没有法定刑具，棍棒竹片手脚等等皆可施为，与市井群殴几无二致，只任意捶击抽打便是。赵高此等谋划极为恶毒，一则可辩之为没有用刑，二则极大地辱没李斯的尊严。于是，十数名壮汉轮流任意殴打李斯，拳脚棍棒竹条任意加身，除了不许打死之外没有任何顾忌。此等榜掠的侮辱意味，远远大于法定酷刑。冯去疾冯劫所言之将相不辱，尚且说的是狱吏酷刑之辱，而没有包括此等更为卑劣的辱没，故而宁愿一剑刎颈。而目下这种频频榜掠，对于李斯这个毕生受人景仰的国家勋臣，无异于最下作的痛苦羞辱。

然则，李斯终究有李斯的特异之处。这一特异，便是面临此等下作侮辱，反倒奇迹般地激发出李斯少年时期的市井本性——你打我么，我不怕！你想叫我不堪受辱而死么，我偏不死！非但不死，我还要辩冤！当然，终究很难说清其中缘由，总归是榜掠李斯“千余”次，而李斯竟奇迹般地活了下来，虽不胜苦痛，终究认了罪，然却以奇特的认罪方式坚执地为自己辩冤。

记不清几多次的榜掠之后，有一日的勘审官自称是谒者署巡视国狱，询问李斯可有认罪书上达皇帝？李斯身为丞相，自然清楚这谒者署是职司各种公文传递兼领巡视治情的官署，虽非九卿重臣，却可直达皇帝书房。于是，一闻问讯，李斯便点头道：“足下稍待。笔墨白帛。”那个谒者很是欣然，立即吩咐随从拿来了笔墨白帛。李斯略一思忖，提笔写去，便留下了一件中国历史上最为奇特的认罪书：

> 臣为丞相，治民三十余年，素有大罪矣！先王之时，秦地不过千里，兵数十万而已。臣尽薄材，谨奉法令，阴行谋臣，资之金玉，使游说诸侯；又内修兵甲，饰政教，官斗士，尊功臣，盛其爵禄；故，终以胁韩弱魏，破燕赵，夷齐楚，卒兼六国，虏其王，立秦为天子。此，臣罪一矣！地非不广，又北逐胡貉，南定百越，以见秦之强。此，臣罪二矣！尊大臣，盛其爵位，以固其亲。此，臣罪三矣！立社稷，修宗庙，以明主之贤。此，臣罪四矣！更剋画，平斗斛度量，文章布之天下，以树秦之名。此，臣罪五矣！治驰道，兴游观，以见主之得意。此，臣罪六矣！缓刑罚，薄赋敛，以遂主得众之心，万民戴主，死而不忘。此，臣罪七矣！若斯之为臣者，罪

足以死，固久矣！上幸尽其能力，乃得至今，愿陛下察之！

“这，这也算得认罪书？”

此番乔装谒者的勘审官秉性迂阔，对李斯此等认罪之法大为不解，可又不敢不原件带回呈给了赵高。赵高接过白帛抖开浏览了一遍，嘴角一抽冷冷道：“此等小伎俩糊弄老夫，李斯也敢？”一伸手将白帛向书案的砚池中一摁，白帛字迹立即被墨汁淹没得一团墨黑，“狱中之囚，安得上书！”假谒者恍然大悟，连忙一拱手道：“禀报郎中令，李斯认罪伏法，并无向皇帝上书！”赵高淡淡点头：“自然如此，用得说么？”

此后月余，又是御史、侍中、谒者诸般名目的不断勘审。李斯只要提起上次的认罪书，或据实辩冤，立即便招来一顿拳脚交加或竹片棍棒横飞的侮辱性殴打。只要李斯认罪，勘审官便立即下令停止榜掠。如是日久，遍体鳞伤的李斯再也没有了翻供的心思。赵高看看火候已经到了，便特意晋见胡亥，报说李斯案验已经初定，请陛下派出特使做最后查勘。胡亥对赵高的忠心大为赞赏，立即煞有介事地派出了御史大夫府的官员做最后勘定。

这一日是六月末，云阳国狱的大堂依旧是幽暗冰凉。

厅堂中央的大案上横架着一口尚方金剑，一位高冠中年官员正襟危坐案前。当李斯被新狱吏们强行摆弄着换上了一件干净的囚衣被押进来时，中央案侧的一名文吏高声宣呼了一句：“御史中丞奉诏查案，李斯据实辩说——！”李斯头也没抬，只木呆呆地默然站立着。中央大案后的官员一拍案道：“李斯，本御史奉皇帝尚方剑查案，但据实辩说无妨。大秦律法，你自熟知，不需本御史一一解说。”

李斯蓦然抬头，眼中星光一闪却又瞬间熄灭了。李斯分明看到了御史两侧的四名甲士后的那两排熟悉的榜掠打手，正冷冰冰盯着自己。李斯突觉天旋地转，直觉棍棒拳脚风雨呼啸劈头捶击四面而来，闷哼一声便昏厥在地了……片刻醒来，李斯眨了眨干涩的老眼，还是没有说话。

“人犯李斯，可有冤情陈说？”堂上又传来御史官员的问话。

“斯认罪伏法，无冤可陈。”李斯木然地重复着说过无数次的话。

“谋逆之罪，事皆属实？”

“斯认罪伏法，无冤可陈。”李斯依旧木然地重复着。

“如此，人犯署名供词。”

在书吏捧来的一方硕大的羊皮纸的空白角落，李斯艰难地写下了自己的名字。最后一笔摇摇欲下，大笔却噗地落地，李斯颓然昏厥了过去……

李斯不知道，这位御史中丞是唯一一个真正勘审案件的执法官员，于是便错过了这唯一的一次辩冤机会。然则，这样的偶然不具有历史转折之可能点的意义。即或李斯辩冤了，即或胡亥知道了，李斯的命运依然是无法改变的。其根本原因，既在于李斯的巨大的性格缺陷与人格缺陷，更在于赵高的顽韧阴谋，更在于胡亥的下作昏聩。唯其如此，李斯的这次遗憾并不具有错失历史机遇的意义。

当这个御史中丞将勘审结果禀报给胡亥，并呈上李斯的亲署供词后，胡亥大大地惊讶了，连连拍案道：“啊呀！若是没有赵君，朕几乎被丞相所卖也！”御史中丞走了，胡亥还捧着李斯供词兀自絮叨着，“这个李斯，他还当真要谋逆，还当真要做皇帝？不可思议也。他也不想想，有赵高这般忠臣在，他能谋逆么？能做皇帝么？蠢也蠢也，李斯蠢也！”胡亥絮叨罢了，吩咐侍中将一应供词等与李斯谋逆案相关的文书全部交于赵高，要赵高量刑决断，自己又一头扎到淫靡的漩涡去了。

七月流火，咸阳南门外的渭水草滩上搭起了罕见的刑场。

自商鞅变法以来，渭水草滩是老秦国传统的老刑场。然则，寻常人犯的决刑不会在这里。渭水草滩的刑杀，都是国家大刑，用老秦人的话说：“渭水大刑，非乱国奸佞不杀。”老秦人屈指可数的渭水大刑杀有三次：秦惠王刑杀复辟老世族千余人，秦昭王刑杀诸公子叛乱人犯数百人，秦王政刑杀嫪毐叛乱余党数百人。这次刑杀正当天下大乱之时，杀的又是谁也料想不到的丞相李斯三族，咸阳老秦人深深地震撼了。寻常国人对朝局虽非丝缕皆知，然对于大局大事大人物，还是有着一种相对明白的口碑的。此时的李斯，声望虽已远不如两年之前，然在民众心目之中，李斯依旧是个正臣，说李斯谋逆作乱，几乎没有一个老秦人相信。而此时的赵高，声名虽不显赫，却也是谁都知道的当今二世的老师。二世胡亥逼杀扶苏，逼杀蒙恬蒙毅，又杀戮皇子公主，不久前又杀三公大臣冯去疾冯劫，老三公九卿一个个全完，凡此等等劣迹，老秦人件件在心，如何能好评了胡亥赵高？民怨虽深，奈何此时关中咸阳的老秦人已经大为减少，又是老弱妇幼居多，民心议论无法聚结成为战国之世能够左右朝局的风潮，眼睁睁也是无可奈何，只有徒然怨恨而已。更有一点，此时的关中人口大多是一统天下之后迁徙进入的山东老世族。虽说已经是布衣之身，这些老世族及其后裔们却依然清晰地将关中视为异国，对秦政之乱抱有浓烈的幸灾乐祸之心。尤其在山东大乱之后，关中的山东人口虽因咸阳有五万材士而不敢轻易举事反秦，然其反秦之心却早早已经燃烧起来。当此之时，秦国要杀丞相李斯，老世族们立即高兴得人人奔走相告了。毕竟，在六国老世族眼里，李斯是剪灭六国的元凶之一，是祸及天下的秦臣首恶，被夷灭三族自是大快人心也。此等情势之下，官府文告一经张挂，关中大道上便络绎不绝地流淌出前来观刑的万千“黔首”。

夏日的清晨，天空阴沉得没有一丝风。

赵高的女婿阎乐率领着万余步卒，在草滩上围起了一个空阔的大场。场中正北是一座黄土高台，台上空着一张大案。场中立着一大片狰狞的木桩。木桩之外，有一张三五尺高的木台，台上立着两根大柱。甲士圈外的“黔首”人潮黑压压漫无边际，兴奋的嗡嗡议论声弥漫四周。

卯时时分，随着场中大鼓擂动，土台前的阎乐长声宣呼，身着高冠朝服的赵高带着一班新贵昂昂然上了刑台。之后，李氏三族的男女老幼被绑缚着一串串押进了刑场，嫡系家族队前便是李法李拓两位长发散乱的公子。李氏人口一进入刑场，立即被一个个绑上了木桩，恍若一片黑压压的树林。

“带人犯李斯——！”

随着阎乐尖利的呼喊，一辆囚车咣当轰隆地驶进了刑场。在距离高台三五丈处，囚车停稳，四名甲胄武士打开囚笼，将李斯架了出来。此时的李斯须发如霜枯瘦如柴，当年英风烈烈的名士气度已经荡然无存了。李斯艰难站地，木然抬眼四顾，忽然看见了远处木桩前的中子李拓，一时不禁悲从中来，苍老的声音游丝般遥遥飘荡：“拓也！多想与儿回归故里，牵着黄狗，出上蔡东门追逐狡兔，岂可得乎——！”

“父亲——！子不睹父刑！儿先死也！就此一别！……”

悲怆的哭喊中，李拓猛力挣起，跃身扑向木桩尖头，一股鲜血激溅草地。李斯眼见最心爱的儿子如此惨死，喉头猛然一紧，当即昏厥过去……一时间，次子李法与李斯的其余子女纷纷挣扎，都要效法李拓自杀，可被已有防备的甲士们紧紧拽住，没有一个得遂心志。台上赵高冷冷一笑：“一个不能死，都要先看李斯死。”说罢，赵高起身，走到了已经被救醒的李斯面前拱手淡淡一笑，“丞相，高为你送行了。”

“赵高！李斯死作山鬼，也要杀你！……”李斯拼尽全力吼了一声。

“便是做鬼，你也不是老夫对手。”赵高又是淡淡一笑，“李斯，你做过廷尉，老夫今日教你五刑具备的滋味。”

“赵高禽兽！非人类也！……”李斯已经没有声息了。

随着阎乐手中的令旗劈下，一场亘古未闻的五刑杀人开始了。所谓五刑，是以五种最具侮辱性的刑罚杀人。五刑之一是墨刑，亦即黥刑，也就是给人犯两颊烙出字印；五刑之二是劓刑，割掉鼻子；五刑之三是腓刑，砍断双足；五刑之四是宫刑，割去生殖器；五刑之末是腰斩，将人犯拦腰砍断为两截……五种侮辱性刑罚一一施行，连观刑的“黔首”老世族们都大为震骇，人人垂首默然，刑场静如死谷……正当李斯被腰斩之际，天空一声惊雷一道闪电，大雨滂沱而下，雨水带着李氏族人的鲜血哗啦啦流淌，茫茫渭水顿时血浪翻滚。惊雷闪电之中，赵高面前的大案咔嚓炸开烈焰飞腾，刑场顿时大乱了……

公元前 208 年酷热的伏暑天，李斯就这样走了。

李斯被昔日同谋者以匪夷所思的险恶手段所陷害，牢狱中备受蹂躏摧残，刑场中备受侮辱酷刑，其死之惨烈史所罕见，令人不忍卒说。察李斯一生，功业也皇皇，罪责也彰彰。李斯是缔造大秦帝国的首席功臣，也是毁灭大秦帝国的第一罪人。盖棺论定，李斯是中国历史长河中绝无仅有的一个功罪同样巨大的政治家。李斯的文明功业如泰山不朽，李斯的亡秦罪责负铁铸恶名。李斯是中国历史上最具悲剧性格的政治家。其悲剧根基，在于其天赋精神的两重性：既奉烈烈大争之信念，又埋幽幽性恶之私欲。遇始皇帝此等心志强毅雄才大略之君主，李斯的大争信念与法家才具，得以淋漓尽致之挥洒。失去始皇帝而猝遇历史剧烈转折之险关，须得李斯自家把握自家时，李斯的政治判断中便自觉不自觉地渗进了私欲。此等挥之不去且越来越重的私欲，使李斯一次又一次失去了自我校正的机会，也使李斯蒙受了一次又一次非人的侮辱。

真正的悲剧在于：寸心煎熬之下，李斯终未能恢复法家名士当有的烈烈雄风，而对下作昏聩的君主始终存有无尽的奢望，对奸险阴毒的凶徒始终没有清醒的决断，以致最终以最屈辱的非刑被杀戮。无论是以当时的潮流精神，还是以普世的历史价值观，李斯都没能做到冯去疾冯劫那般以生命的最后闪光维护了人生的尊严。作为大政治家的正义原则，作为奋争者的性恶底蕴，并存于李斯一身，最终淹没了李斯为之奋争的帝国大业，也留下了放行阴谋并与之同流合污的劣迹，更屈辱地毁灭了自己生命。此，李斯之悲剧所在也。

李斯是政治家的前车之鉴，也是所有奋争者的一面镜子。

在《史记·李斯列传》之后，太史公有一则独特的评判："李斯以闾阎（平民）历诸侯，人事秦，因以瑕衅，以辅始皇，卒成帝业，斯为三公，可谓尊用矣！斯知六艺之归，不务明政以补主上之缺；持爵禄之重，阿顺苟合，严威酷刑；听高邪说，废嫡立庶。诸侯已畔，斯乃欲谏争，不亦末乎！人皆以斯极忠，而被五刑死。察其本，乃与俗议之异。不然，斯之功且与周、召列矣！"

太史公评判有三层意思，独特处在最后：其一，简说了李斯的功业人生；其二，指出了李斯所犯的诸般过失，以及最后的徒然作为："诸侯已畔，乃欲谏争，不亦末乎！"（天下大乱之时，李斯才想到强力谏争，不是晚了么！）最后，太史公指出了一个普遍误解，"人皆以斯极忠"。显然，太史公不赞同以李斯为"极忠"之臣的评判。经过对李斯的根本性考察，太史公表示自己与俗议是不同的，明白表示：如果说李斯没有末期罪责，那李斯的历史地位便可与周公、召公并列了。也就是说，至少在西汉之世，普遍的看法还是将李斯做忠臣对待，对李斯的五刑惨死是深为痛惜的。《汉书·邹阳传》记载邹阳评价云："李斯竭忠，胡亥极刑。"《史记·萧相国世家》记载汉高祖刘邦评价云："吾闻李斯相秦皇帝，有善归主，有恶自与。"《盐铁论·毁学篇》记载桑弘羊评价云："……李斯入秦，遂取三公，据万乘之权，以制海内；功侔伊望，名巨泰山。"司马迁首次认定，凡此等等单说一面之词的评判，都是"俗议"。这种认定，实际是将李斯做了两重人物对待，而不将其作为传统意义上的忠臣对待，但也没有否定李斯的前期功绩。可以说，在司马迁对帝国君臣的种种评判中，对李斯之评论最为客观公正。

四　赵高野心昭彰　胡亥做梦也没想到自己的结局

李斯死了，赵高骤然膨胀了。

在始皇帝之后的君臣中，赵高始终将李斯看做最大的对手，甚至是唯一的对手。根本原因在一点，只有李斯的丞相府具有掌控帝国权力的轴心作用。无论皇帝如何至高无上，然则只要皇帝是胡亥此等人物，都不可能真正左右李斯。无论赵高这个郎中令如何中枢用事，也不可能真正左右李斯手中的施政权力。即或是当年统兵一方的蒙恬，也不具有李斯这个功臣开府丞相的综合权力。列位看官须得留意的是，帝国权力架构直接由战国传统而来，开府丞相之权力远远大于后世任何时期的丞相。原因之一在于，其时权力系统之细分尚且不足，丞相府具有极大的综合权力系统的特质。譬如，帝国时期尚无吏部，后世最为看重的官吏管理权，尚未独立为九卿重臣之一。也就是说，其时李斯丞相府的施政权，事实上可以渗透到帝国每个角落，影响到包括屯守驻军在内的所有领域。以朝局人事而言，除了大臣职务须皇帝认定，寻常散官与种种实权大吏，事实上都是丞相府举荐，皇帝认可大多是程式而已。始皇帝在世之时，此等丞相权力并未见如何显赫，亦未如何使权力架构失重倾斜；根本点是始皇帝乃强势君主，雄才大略无出其右，君臣协同史所罕见，故能大政蓬勃和谐。而胡亥这等不知政事为何物的皇帝一即位，则立即显示出李斯丞相权力的赫赫然难以制约。

赵高很清楚，要指望胡亥如同始皇帝那样引领李斯施政，根本就是痴人说梦。即或是赵高自己，对于大政之道也说不出甚个正经主张，无以与李斯匹敌施政。皇帝既无引领大政之雄才伟略，丞相自然也不会甘做实施铺排之角色，而完全可能变成主动实施自家主张的皇帝式丞相。久而久之，大秦岂非李斯之天下哉！赵高如此警觉，当然不是担心大秦天下命运如何，而是担心自家的勃勃雄心落空。从沙丘宫的那个风雨之夜一路走来，赵高的心志越来越大，脚步越来越快，登上最高权力宝座的路径也越来越清晰了。可以说，自从扶苏与蒙氏兄弟一死，赵高的野心堤坝便轰然开决了。堪堪两年，赵高施展种种机谋，顺利清除了一个个权力障碍，使始皇帝在世时的三公九卿悉数败落，使始皇帝的皇族嫡系后裔几乎灭绝，直到今夏只剩下李斯、冯去疾、冯劫三人，赵高终于策动了最后一击。赵高没有想到，冯劫冯去疾死得那般利落，也同样没有想到李斯这个老匹夫死得这般艰难。但无论如何，李斯终究是死了，连三族都被夷灭了，赵高终于长长地松了一口气。尽管在刑场的暴雨雷电中大吃惊吓，当夜，赵高还是在皇城的官署中大排了庆贺酒宴。

“大人廓清朝局，二世该当重重封赏！”一个新贵借着酒意喊了起来。

“对！郎中令做丞相！”众人一片呼应。

赵高冷冷一笑：“丞相？左丞相右丞相，老夫听着烦。”

“大人除却谋逆，功过泰山，当另立官号！”立即有谋士想出了路子。

“小子说得甚好，都说，老夫当个甚官才好？”赵高打量着一呼百应比仆从还要温顺乖觉的追随新贵们，心头的得意直是无可言说了。侍奉始皇帝大半生的赵高，自看到自己出头之日的那一天起，便立下了一个很实在的心愿：但为天下之主，一定要天下臣民都成为狗一样的奴仆。尤其是左右臣工，更要比狗马还要忠诚，主人下令叫几声便叫几声，绝不能有自己的吠声。谁不愿做这般犬马，立马杀之，根本无须怜悯。对于自己的掌国官号，赵高早早已经谋划好，根本无须与这些奴仆新贵们会商。然则，赵高偏偏要问，要看看这些奴仆新贵中有没有才智犬马，能做到像他当年揣摩始皇帝诸般喜好那般丝毫无误。毕竟，日后还需要更多的犬马之才，仅仅阎乐赵成是远远不够的。更为重要的是，在赵高看来，做个好奴仆也是一种大大的学问，也需要过人的才具。一个好的奴仆，要如同坐在老虎背上的狐狸，老虎的权势便是狐狸的权势，老虎的威风便是自己的威风。赵高很为自己得意的是，自己身为一个最下贱的阉人内侍，非但成功侍奉了超迈古今的第一个皇帝，得到了接近列侯的高爵，更将第二个皇帝戏弄于股掌之间轻松自如，将满朝大臣罗织于阴谋之中游刃有余。自此开始，赵高已经分明嗅到了举步可及的至高权力的诱人气息……当然，赵高既要奴仆新贵们温驯如犬马，还要防范他们中不能涌现出如同自己一样的有“勃勃大志”的奴仆。凡此等等，皆须一件事一件事地辨别这些奴仆的资质，给自己网罗成一个牢不可破的犬马天地……

“我说！大人做天丞相！”一个亢奋的声音惊醒了赵高。

“天丞相？小子尚算有心也。”赵高淡淡笑了。

“不！大人做地丞相！地官厚实绵长！”

“不好！天地人三才，人居中！大人做人丞相！”

“以小人之见，大人该有王侯之位！”

赵高哈哈大笑：“你小子敢想也！好！赏小子任选一个侍女回去！”

“大人万岁！”奴仆们立即欢呼起来。目下赵高官号未定，谁也不想喊出郎中令这个目下已经显得太过寒酸的名号，故不约而同地只喊大人，赵高豢养的这群奴仆们倒是果然精于揣摩主人之心。一时间，众人纷纷各提名号各出方略，赵高第一次不亦乐乎了。

“小婿之见，目下情势，还是中丞相好。”

阎乐一句话，众人似觉太过平淡，一时竟没有人呼应。赵高却郑重其事地点了点头，竭力很有气度地训诫着这些犬马奴仆们道：“阎乐之见，审时度势，好。尔等都给老夫听着，要想好生计好日月，得一步一步来。老夫固然甚都能做，甚都可做，然皇帝尚在，老夫便得先做丞相，只在名号上改它一番，叫做中丞相便是。此乃实权进三步，名号进半步，既不叫皇帝与残存对手刺耳，又教人不能忘记。再过些许日子，再另当别论也。”赵高意味深长地突然打住了话头，在众奴仆们的惶恐寂静中，赵高又淡淡一笑，“如何操持成事，阎乐赵成总领了。”

“大人圣明！”奴仆新贵们齐诵了一句。

李斯一死，胡亥立即从甘泉宫搬回了咸阳皇城。

在胡亥心目中，甘泉宫再好也不如咸阳皇城富丽堂皇的享受来得惬意。论行止，甘泉宫只有山溪潺潺，而没有咸阳里外与渭水相通的大片水面，不能随时装几个女子乘一只快船到滔滔渭水上去折腾。论女人之乐，甘泉宫更比不上咸阳皇城锦绣如云，随时可抓一大把任意蹂躏。论市井游乐，甘泉宫更是鞭长莫及。胡亥若突然心动，要乔装到咸阳尚商坊的山东酒肆中去享受博戏之乐，与那些酒肆女侍们挤挤挨挨一团相拥嬉闹，还当真不便。凡此等等诸多不满，胡亥总是觉得不能恣意伸展手脚，每日窝在山坳里直骂李斯老儿扫兴，恨不得李斯立即没有了，自己好一无顾忌地做真皇帝真神仙行乐终生。在胡亥心中，李斯这个父皇时的老功臣总是多多少少使他有所顾忌。譬如大政之事，即或李斯禀报给自己，也是李斯说咋办就得咋办。胡亥偶然说得一两事，也被李斯随口几句说得一无是处。那次，李斯请准章邯率刑徒军灭盗，胡亥心下大动，说要让章邯学孙武子将咸阳皇城的两千侍女练成精兵，由他率领出关做天子亲征。李斯淡淡笑道：“孙子固然练过宫廷女兵，然却从未率女兵征战。兵者，存亡大计也。陛下毋以国事嬉乐。”胡亥不但闹了个大红脸，还得照准了李斯所请。有赵高用事，权力已经大大削减的李斯尚有如此威势，若他还活下去还做丞相，胡亥这个皇帝能安乐么？唯其如此，赵高说要胡亥躲避李斯滋扰，胡亥便立即躲进了甘泉宫，心想只要李斯不死他便不回咸阳，偏不见这个老絮叨李斯，他能奈何？于是李斯死讯报来的当日，胡亥立即急不可耐了，暮色闻讯，连夜便搬回了咸阳皇城。

“朕之大乐事，自此始也！”辚辚车中，胡亥如释重负了。

这日清晨，胡亥方在呼呼酣睡之中，却被一阵粗重响亮的呼喝声惊醒了。胡亥竟夜作乐，最是赖清晨大睡养息神气，骤闻搅闹顿时大怒，眼睛还没睁开便抓起大枕边一只玉佩狠狠摔了出去又狠狠骂了一句："都拉出去扔进虎苑！"话方落点，只听一人拉长声吟诵般笑道："皇帝大人该起来了，在下可有紧急国事也。"胡亥霍然坐起，光着膀子揉着糊满眼屎急切难以睁开的眼睛，连连吼叫："好你个大胆狗才！母士队榜掠这狗才！先打得他满地找牙再说！"自从知道了李斯不堪榜掠而服罪的事，胡亥非但没有问罪赵高，反而对这种捶击打人之法大感新奇，亲自选出了二十余名肥硕胡女，专一"成军"了一支榜掠手。胡亥近来喜好将女字叫做"母"，故亲自定名胡女打手队为"母士队"，只是成立仓促，母士队尚未一试身手，胡亥深以为憾事。此刻胡亥气恼不已，立即便想起了这群威风凛凛的母士，竟猛然乐将起来，要亲眼看看一群女人如何撕扯痛殴一个大男人。

"皇帝眼屎太多了。去，给陛下扒开。"那个声音又不温不火地响了。

随着话音，两只粗糙的大手猛然搭上了胡亥面颊，胡亥还没来得及发作便听得噌的一声眼睫毛连根扯断，两眼裂开了一道缝隙。胡亥正待跳起吼叫，却猛然惊愕地大张着嘴巴不说话了——偌大的寝宫布满了层层甲士，一身甲胄一口长剑一道黑柱正正地矗在面前！

"你？你不是咸阳令阎乐么？"胡亥惊愕万分，顾不得双眼生疼了。

"陛下眼力不差。"阎乐淡淡一笑，"陛下正衣，该办事了。"

"你？你有何事？"胡亥很觉不是味道，可又蒙得想不来何以竟能如此。

"赵公有定国之功，陛下不觉得该行封赏么？"

"赵公？你说赵高么？"胡亥脱口问了一句。

"陛下切记：从此后得叫赵公，不许直呼赵公名讳。"

"啊，行行行。赵公便赵公。"蓦然之间胡亥又是一副乖觉少年模样了。

"在下来知会陛下一声，赵公要做中丞相了。"

"中丞相？"胡亥蓦然惊疑又恍然笑语，"早该早该！朕立即下诏！"

"这便好。陛下该登殿拜相了。"

胡亥匆忙裹着一身侍女们还没整好的朝衣，在阎乐甲士队的"护卫"

下，一脸懵懂笑意来到了已经变得很生疏的咸阳宫正殿。胡亥高兴的是，不管阎乐如何无礼，赵高总是没有要做皇帝，总是只做了个中丞相。只要胡亥还是皇帝还能享乐，赵高想做甚都行，计较甚来？没有赵高，自己能做皇帝么？无论如何，赵高总不至于还要做皇帝了。只要赵高不做皇帝，再说还都是自己的臣子，计较甚来？如此这般懵懂地想着走着，胡亥竟莫名其妙地轻松起来。走进幽幽大殿，走上巍巍帝座，胡亥看着阶下一大片皇皇冠带灿灿面孔，竟找不出一个自己能叫上名字的人，不禁大是茫然了。

“哎？忒多老臣，都到何处去了？”胡亥梦幻般问了一句。

“禀报陛下，一班老臣怠惰，都晨睡未起。”相位上的赵高答了一句。

“是么是么？老臣们也晨睡么？”胡亥惊讶了。

“赵公所言属实。老臣们都在晨睡。”大殿中轰然一声齐应。

胡亥真正地茫然了，好像自己在做梦。那么多老臣都在清晨睡觉了？可能么？然则没睡觉又能到何处去了，何以一个人都不来朝会？胡亥一时想不明白，索性也就不想了，恍惚中一阵瞌睡，头上的天平冠流苏便唰啦扫上了青铜大案，只差自己的鼻尖要撞上了案棱……猛然醒来，迷迷糊糊的胡亥便跟着一个司礼官转悠起来，直转悠到胡亥软绵绵倒在地上鼾声大起……日落西山时分，胡亥才睡醒过来，思忖半日，只觉自己做了一个怪异的梦，好像拜了赵高，还念了一篇给赵高封官晋爵的诏书，还做了甚，胡亥一时想不起来了。胡亥大疑，唤来左右内侍侍女询问，内侍侍女们都说陛下一直在榻上睡觉，哪里都没去。胡亥一时大觉恍惚，不期然一身冷汗……

夏天过去了，秋天也快要过去了。

有了赵高做中丞相，胡亥比原先过得更快活了。原先胡亥还得时不时听赵高禀报国事，更得时不时会商如何应对一班老臣滋扰。可自从李斯一死赵高领政，胡亥便甚事也没了。然则，快活是快活，胡亥心头却渐渐地发虚起来。一则是赵高对他这个皇帝再也不若从前恭敬了，偶尔遇见的大臣新贵也对他大大地怠慢起来了；二则是他只能在皇城游乐，再也不能出咸阳城了。赵高叫总管皇城内侍的给事中对他说，天下盗军益盛，陛下只能在皇城享乐，明年再说外出了。整整一个夏天，赵高只见了胡亥一次，说是要派胡亥身边的长史，去申饬章邯平盗不力。胡亥大感新奇，很想问问究竟。赵高却冷着脸没有多说，只说要用这个章邯认识的皇帝近臣，好叫章邯知道这是皇帝的申饬，只来知会陛下一声，陛下无须多问。胡亥自幼便畏惧赵高，见赵高板着脸不说话，也不敢再问了。

后来，胡亥听申饬章邯回来的长史悄悄说，章邯与盗军作战连败几次，皆因粮草兵器不能如原先那般顺畅接济。此前，章邯曾派副将司马欣求见中丞相督运粮草，还带来了将军们为李斯鸣冤的联名上书。赵高大怒，既不见司马欣，又不信司马欣所说军情，还要派材士营缉拿司马欣问罪。司马欣不知如何知道了消息，连夜逃离咸阳了。赵高这次派长史前去，一则是以皇帝诏书申饬章邯平盗不力，再则是要章邯治罪司马欣。章邯很是冷漠，只说司马欣正在军前作战，治罪司马欣便要大乱军心，不敢奉命。从始到终，章邯没有说一句再要朝廷督运粮草的话，也没有问及任何国事。长史眼看军中将士一片汹汹然，也不敢多说便告辞了。回来禀报中丞相，赵高阴沉着脸甚也没说，似乎对章邯也没甚办法只有不了了之。

“这章邯也是，给李斯老儿鸣冤，中丞相能高兴么？”

胡亥很是为章邯的愚蠢惋惜，也很是为自己的精明得意。

八月己亥日，胡亥在正午时分刚刚离榻，接到一个内侍禀报，说中丞相要进献给皇帝一匹良马。胡亥高兴得手舞足蹈，立即下令预备行猎，中丞相良马一到便出城。午后时分，赵高果然带着一大群新贵臣子们进了皇城池畔的胡杨林，向欣然等候在石亭下的胡亥献马来了。然则，当赵高吩咐牵马上来的时候，胡亥不禁呵呵笑了：“中丞相错也，这是鹿，如何说是马耶？”赵高一脸正色道：“此乃老臣所献名马，陛下何能指为鹿哉！”胡亥大为惊讶，反复地揉了揉眼睛，走到那只物事前仔细打量，头上有角，耳上有斑，世间有此等模样的马么？分明是鹿了。终于，胡亥摇了摇头高声道：“中丞相，这是鹿，不是马。”赵高淡淡笑道：“陛下，这是马，不是鹿。”胡亥一阵大笑，指着环侍群臣高声道：“你等都说，这是鹿么？”群臣们一拱手齐声道：“陛下，此乃马也。”胡亥大惊，又指着内侍侍女们高声问：“都说！这是甚？是鹿么？”内侍侍女们纷纷高声道：“不是鹿。”“陛下，这是马。”“对，是马。”乱纷纷应答中胡亥一身冷汗，想起上月大殿的梦境，不禁头皮一阵发麻，猛力摇摇头又揉揉眼：“噫！出鬼也！如何我看还是鹿？”赵高笑道：“都说，这是甚？”四周人等一齐拱手高声道：“马！”“是鹿么？”“不是！”

“快！去太卜署。”胡亥慌了，转身便走。

胡亥匆匆赶赴太卜署，要太卜立即占卜缘由吉凶。白发苍苍的老太卜肃然起卦占卜，末了端详着卦象云：“陛下春秋郊祀之时，奉宗庙鬼神不恭，斋戒不明，故止于此也。可依盛德而明斋戒，或能禳之。”二世胡亥追问究竟原因何在，老太卜却缄口不言了。无奈，胡亥只好依照神示，住进了上林苑认真斋戒了。

斋戒方始，不堪清淡孤寂的胡亥便连连叫苦。三日之后，胡亥便白日在林间游猎，只将夜来睡觉当做斋戒了。这日游猎之时，不期有行人进入上林，胡亥竟当做鹿射杀了。内侍将此事禀报给赵高，赵高一面下令已经是咸阳令的女婿阎乐了结此事，一面亲自来见胡亥。赵高这次对胡亥说：“天子无故杀人，天将降祸也。老臣以为，陛下当远避皇城而居，或能禳之。”胡亥惶恐不安，问要否给那个死者家人赏赐安抚？赵高说，咸阳令阎乐已经为陛下妥当处置此事，“查勘出”流盗杀人而移入上林，与陛下无涉了。胡亥很是感谢赵高对自己声名的保护，连忙出了皇城，搬到咸阳北阪的望夷宫去了。

住进松柏森森的望夷宫，胡亥直觉心惊肉跳不止。第一夜，胡亥做了一个奇异的梦，梦见一只白虎生生咬死了自己王车的左骖马。胡亥醒来很是不悦，找来卜师占梦。卜师说，这是泾水之神在作祟，意在警讯不测之危。胡亥大是不安，次日立即郊祀了泾水，向泾水沉进了四匹白马作为牺牲。祭祀完毕，胡亥还是惶惶不安，又派长史去见赵高。胡亥对长史交代的话语是：“叫中丞相赶紧平盗！李斯平不了盗，他也平不了盗么？再不平盗，朕要被盗军咔嚓了头去，他也一样！”

胡亥做梦也没有料到，自己这几句看似申斥实则撒娇的牢骚话，立即召来了一场突如其来的兵变杀身之祸。赵高原本便已经有些不耐烦胡亥了，见胡亥还要催促自己赶紧平盗，不禁立即动了杀心。赵高很清楚，山东叛乱势如潮水，眼见章邯已经难以抵御，连王离的九原大军都出动了，情势依然不妙，只怕盗不能平还要与盗平分天下了。正当此时，山东盗军刘邦部已经攻占了武关，将曾经试图抵抗的武关军民全部屠城了。刘邦屠武关之后，派出密使联结赵高，要赵高内应反秦，允诺给赵高以秦王之位。虽然赵高之野心不在秦王而在秦帝，然盗军之允诺，至少可保赵高做关中秦王无疑，何乐而不为哉！大局如此，赵高立即决意除却胡亥，给自己的帝王之路扫除最后一道障碍。赵高立即与女婿咸阳令阎乐、族弟郎中令赵成做了秘密会商，议出了一个突然兵变的阴谋部署。

三日之后，阎乐统率材士营千余精锐甲士汹汹然直扑望夷宫。护卫宫门的卫令正欲问话，已经被阎乐喝令绑缚起来。阎乐高声喝问："有流盗入关，劫我母逃入望夷宫！宫门守军为何不截杀！"卫令大叫："周庐护卫森严！安得有贼人入宫！"阎乐大怒，立即喝令斩了这个卫令，马队轰隆隆开进了宫中，见人便弓箭射杀。护卫郎中与内侍侍女们一片惊慌，乱纷纷遮挡箭雨，顷刻间便死了数十百人。已经是郎中令的赵成"闻讯"赶来大声喝令，不许郎中内侍护卫抵抗，护卫们有的听有的不听，依旧乱纷纷四处逃窜。赵成也不理睬，对阎乐一招手，便领着阎乐马队轰隆隆拥进了胡亥寝宫。

"赵成阎乐大胆！"

正在榻上与几个女子戏耍的胡亥，光身子跳起来大喊了一声。喊声未落，阎乐一箭射向榻上帷帐顶盖，帷帐扑地落下，正正罩住了一堆如雪的肉体一片惊慌的呼叫。胡亥大惊失色，连连吼叫护卫赶走叛逆，可几个郎中内侍谁都不敢上前。捂在帷帐中的胡亥嘶声大喊："不行！总得叫人穿上衣服说话！"阎乐哈哈大笑："这个昏君，还知道羞耻也！好！挑起帷帐，叫他进去正衣！"几支矛戈挑起了帷帐，一个个白光光肉体便飞一般蹿了出去，阎乐赵成与甲士们一片哄然大笑。

一个老内侍紧紧跟进了内室。胡亥一边接受着老内侍整衣一边气急败坏问："你为何不早早告我反贼情形，以至于此！"老内侍低声道："臣不敢说，才能活到今日。若臣早说，早已死了，哪能等到今日？"胡亥也呼哧呼哧喘息着不说话了。这时，赵成在外一声大喝，好了出来！胡亥便连忙走出了内室。阎乐过来剑指胡亥斥责道："足下骄恣诛杀，无道之君也！今日天下共叛，你个昏君只说，你要如何了结？"

"丞相，能见么？"胡亥小心翼翼。

"不行。"阎乐冰冷如铁。

"那，我想做一郡之王……"

"不行。足下不配。"

"那，我做个万户侯。"

"不行。足下不配。"

"那，我带一个女人为妻，做个黔首，与诸公子一般，总可以也。"

"还是不行。"阎乐冷冰冰道，"我受命于中丞相，要为天下除却你这个昏君！你说的话再多，我也不会报。你说，自己动手，抑或我等动手？"

"动手？做甚？"胡亥瞪着一双大眼，恍如梦中一般。

"做甚？杀你也。"阎乐一挥手，"来！了结他……"

"且慢。"胡亥摇了摇头，"还是我自家来，他等不知轻重。"

"好。便在这里。"阎乐当啷抛过了一支短剑。

胡亥拿起短剑，在丝衣上仔细地抹拭了片刻，又摸了摸自己光滑的脖颈，似痴似傻地一笑，猛然一剑抹了过去，鲜血尚未溅出，头颅便滚将在地了……

这是公元前207年秋，胡亥二十一岁即位，时年二十四岁。

关于胡亥年岁，《史记·秦始皇本纪》之后的传承年表又云："二世皇帝享国三年。葬宜春……二世生十二年而立。"依据胡亥之言行，当以《秦本纪》之二十一岁即位为可信。关于胡亥资质，西汉贾谊的《过秦论》有"向使二世有庸主之行"的论断，评判胡亥连"庸主"也不够资格，直是个不入流的低能者。东汉班固答汉明帝时，则直接用了"胡亥极愚”四个字[1]。归总说，二世胡亥是中国历史上罕见的一个具有严重神经质且智能低下的皇帝，其对于政治的反应能力，几类先天智障儿，实不堪道也。胡亥死后，其残存后裔立即开始了亡命生涯，一说逃亡东海，东去（日本）岛国，与扶苏后裔会合了。

胡亥死时，天下反秦势力已经度过了低谷，正如漫天狂潮涌向西来。

[1] 见《史记·秦始皇本纪》后附记。

第六章 秦军悲歌

一　以快制变　老将章邯迫不得已的方略

定陶大战之后，山东复辟势力陷入了进退维谷的困境。

依大势说，这一转折是中国历史的又一个堪为十字路口而可供假想的选择点。若章邯具有一流名将的大局洞察力，认准了楚乱乃天下乱源之根，一鼓作气继续追杀项羽刘邦余部并擒获楚怀王复辟王室，彻底根除楚乱根基，则秦政依然有再度中兴可能。毕竟，胡亥赵高的倒行逆施在最混乱最危急的情势下尚被秦政余脉所清除，若章邯大军能稳住山东战场大局，帝国庙堂在震荡中恢复活力并非没有可能。

然则，秦军大胜项楚军主力后，章邯秉持了古老的“穷寇毋追”兵训，放弃了追杀楚军，立即举兵北上对赵作战了。这一方略，是章邯在平乱大战场最根本的战略失策，其后患之深，不久便被接踵而来的酷烈演化所证实。然则以实情论之，也有迫不得已的缘由：其一，当时天下烽烟四起，章邯身负平乱重责，急于首先扑灭已经复辟的六国主力军，使天下大体先安定下来；其二，章邯职任九卿之一的少府，对皇室府库与国家府库的粮草财货存储很知底细，更知四海大乱之时的输送艰辛，若立即追杀残余楚军则必然要深入南楚山川，粮草接济实在无法确保；其三，其时项梁为名将，而项羽刘邦等尚是无名之辈，击杀项梁后则楚军已不足为虑，是章邯与秦军将领的一致评判；其四，当章邯秦军与项楚军在中原大战时，复辟的赵国势力大涨，号为“河北之军”的赵军已经成为北方最大的动乱力量。须当留意的是，此时天下兵家对各方军力的评判，依旧是战国之世的传统眼光：除秦之外，赵楚两大国的军力最强，战力最持久。身为老秦军主力大将之一的章邯，亲历灭六国之战，自然有着秦军将士最强烈的直觉，认定楚军赵军是秦军大敌，击溃楚军之后必得立即转战赵军，绝不能使复辟的河北赵军继续扩张。

“击溃楚赵，先解当胸之危，余皆可从容而为也！”

幕府聚将，章邯的这一大局方略人人由衷赞同。将士同心，章邯立即乘着战胜之威开始铺排大军北上事宜。此前，尚未入狱的李斯已经请准了胡亥诏书，授章邯以“总司天下平盗战事”的大权，统辖山东战事。定陶之战时，帝国庙堂格局已经倏忽大变：李斯骤然下狱，冯去疾冯劫骤然自杀，赵高忙于坑害李斯，胡亥忙于昼夜享乐，天下大政处于无人统辖的瘫痪状态。定陶之战后的章邯，面临极大的两难抉择：停止平乱而过问朝局，则山东乱军立即卷土重来，大秦便是灭顶之灾；不问朝局而一心平乱，则李斯无以复出，庙堂无法凝聚国力撑持战场，大秦立即可能自毁。

为解危局，章邯亲率一支精锐马队星夜北上九原，要与王离会商出路。

此时的王离，是九原三十万大军的统帅。依照秦军法度传统，九原抗胡大军历来直接受命于皇帝，不属任何人统辖。更有一点，王离乃两世名将之后，又承袭了大父王翦的武成侯爵位，且手握秦军最后一支精锐大军，可谓拥有动则倾覆乾坤的绝大力量。章邯则除了老将声望、九卿重职与年余平乱的赫赫战绩之外，爵位不如王离高，刑徒军的实力分量更不能与九原大军比肩。更有一点，章邯素来敬重靠拢李斯，与王翦王贲父子并无深厚交谊，一统天下后章邯又做了朝官脱离了军旅，与九原将士也远不如原先那般熟悉了。大秦固然法度森严，素无私交坏公之风，然则，章邯此来并非奉诏，而是要以自己对大局的评判说动王离合力，当此之时，私交之深浅几乎是举足轻重了。这一切，章邯都顾不得了，章邯必须尽最后一分心力，若王离公事公办地说话，章邯也只有孤身奋战了。

“前辈远来，王离不胜心感也！”

“穷途末路，老夫惭愧矣！”

洗尘军宴上，一老一少两统帅饮得两三大碗马奶酒，相对无言了。已经蓄起了连鬓胡须的王离显然成熟了，如乃父乃祖一般厚重寡言，炯炯目光中不期然两汪泪光。不用说，一年多的连番剧变，王离都在默默咀嚼中淤积着难以言状的愁苦。看着正在英年的王离无可掩饰的悲凉，章邯心头怦然大动了。一进九原幕府之地，远远飞马迎来的王离高喊了一声前辈，章邯便情不自禁地热泪盈眶了。弥漫九原军营的肃杀悲凉，使久历军旅的章邯立即找到了久违的老秦主力大军的气息，一种莫名的壮烈悲怆无可遏制地在心中激荡开来。

“长公子去矣！蒙公去矣！九原大军，今非昔比也……”

王离一句低沉的感喟，两眼热泪骤然涌出，一拳砸得案上的酒碗也飞了起来。章邯起身，亲自拿来一只大陶碗，又拿起酒袋为王离咕嘟嘟倾满了一大碗马奶子酒，慨然举起自己的大酒碗道：“少将军，饮下此碗，容老夫一言也！”王离肃然起身，双手举起酒碗对章邯一照，二话不说便汩汩痛饮而下。饮罢，王离庄重地深深一躬道：“敢请前辈教我。”章邯扶住了王离道：“少将军且入座，此事至大，容老夫从头细说。”王离就座。章邯从扶苏蒙恬被杀后的朝局说起，说了陈胜吴广的暴乱举事，说了楚地乱局引发的天下大乱，说了丞相李斯如何力主平乱并力主由他来组建刑徒军平乱，又说了刑徒军平乱以来的每一场战事，一直说到定陶大战，一直说到李斯入狱两冯自杀与目下困局。

“少将军，目下大秦，真正存亡关头也！”末了，章邯拍着大案，老眼中闪烁着泪光慨然道，“你我处境大同小异：勒兵西进问政，则山东兵祸与北地胡患弥天而来，秦有灭顶之灾也！全力东向平乱，则庙堂奸佞作乱，秦政有倾覆之危也！西亦难，东亦难，老夫奈何哉！少将军奈何哉！”

“前辈所言大是！愿闻长策。”王离显然深有同感。

“目下之策，唯有一途：以快制变。尽快安定山东，而后回兵问政！”

“何以尽快安定山东？”

“老夫北上，少将军南下，合力夹击赵军，一战平定河北！”

“前辈是说，出动九原大军平乱？……”一时间，王离沉吟了。

身为秦军老将后裔中唯一一位后起统帅，王离很是敬佩这位老将章邯。在秦军老将中，章邯是一位特异人物：知兵，善工，又通政，是难得的兼才。章邯长期执掌秦军大型器械营，是当时名副其实的特种兵司令。由于章邯的有效治理，秦军以大型连弩为轴心的器械兵每每大展神威，震慑天下。一统六国之后，章邯与杨端和，是秦军非统帅主将中进入九卿的两个重臣。然则章杨职司不同，杨端和职司卫尉，实际执掌还是军事，无非更换了一种方式而已。章邯不同，执掌的是直属于皇室的山海园林府库工商，是经济大臣，与战场军事全然不同。军旅大将而能成为经济大臣，当时可谓一奇也。更有奇者，这个章邯越老越见光彩。在一班秦军老将纷纷零落之时，天下暴乱骤发，陈胜的周文大军以数十万之众攻破函谷关，关中立见危机。其时，秦军两大主力一在南海，一在九原，真正鞭长莫及。当此之时，老将章邯得李斯一力支持，共谋平盗紧急对策。会商之日，章邯提出了一则堪称空前绝后的奇谋：以骊山刑徒与官府奴隶子弟成军，迎击山东乱军！这一主张可谓不可思议之极：刑徒原本便是最仇恨官府的洪水猛兽，而奴隶子弟则也是素来最受官府遏制的人口，一旦两者联合成军，谁能保得不出战场倒戈的大事？李斯等重臣沉吟不能决断之际，章邯慷慨激昂地拍案说：“刑徒，人也！奴产子，人也！只要赦免刑徒之罪，除却人奴产子隶籍，以大秦军功法同等激赏之，使其杀敌立功光大门庭，何人不为也？丞相何疑之有哉！”时势十万火急，李斯两冯三位重臣半信半疑地赞同了，胡亥赵高也迫不得已地首肯了。谁也没有料到的是，一个月后，这支刑徒军一开上战场，竟然立即显示出挥洒亡命者本色的巨大战力，非但一战击溃了周文数十万大军，且径出山东横扫乱军所向披靡。自此，人们看到了老将章邯在危难之时独特的将兵才能，一时将章邯视为帝国栋梁了……对如此一个章邯，王离没有理由不敬重，也没有理由不认真思虑其提出的“以快制变”方略。

然则，这位尚未在大政风浪与严酷战场反复磨砺的年轻统帅，也确实有着难以权衡的诸多制约。一则，目下匈奴新单于冒顿的举兵复仇之心大为昭彰，若救援大军卷入平乱，匈奴飞骑趁机南下而致阴山失守，王离的罪责便无可饶恕了。二则，九原大军素来不为任何中原战事所动，始皇帝在灭六国大战的最艰难时期，也没有调九原大军南下。蒙恬一生将才，死死守定九原而无灭国之功。凡此等等，皆见九原大军之特异。此时，章邯军平乱正在势如破竹之际，果真需要九原大军南下么？三则，王离秉性远非其父王贲那般天赋明锐果决，对大局能立判轻重，用兵敢铤而走险。王离思虑权衡的轴心，一面确实觉得章邯说得有理，一面又为匈奴军情与九原大军之传统所困扰，实在难以断然决策。

“少将军若有难处，老夫亦能体察也！”章邯长长一叹。

“敢问前辈，九原军南下，大体须兵力几多？”王离目光闪烁着。

“步骑各半，十万足矣！”

“十万？河北赵军号称数十万众也……”

“就张耳陈余两个贵公子，百万之众也没用！”章邯轻蔑地笑了。

“好！我便南下，以快制变！”王离拍案高声。

“少将军如何部署？”

“十万南下，二十万留守，两边不误。咸阳问罪任他去！”

“老夫一法，最是稳妥。”章邯早有谋划，稳健地叩着大案道，“少将军只出十万老秦精锐，归老夫统辖，万事足矣！少将军仍可坐镇九原，如此咸阳无可指责。”

“不！王离这次要亲自将兵南下！”

“少将军……”

“王离统帅九原两年尚未有战，今日大战在前，前辈宁弃我哉！”

“少将军坐镇九原，实乃上策……”

“赳赳老秦，共赴国难！王离安敢苟且哉！”

章邯突闻久违了的老秦人口誓，心头顿时大热，肃然离席深深一躬：“少将军忠勇若此，老夫唯有一拜，夫复何言哉！……”王离一声前辈，过来扶住章邯时也已经是泪水盈眶了。两人执手相望，章邯喟然叹息了一声道：“少将军与老夫同上战场，忘年同心，老夫此生足矣！平定河北之日，老夫当奉少将军为统帅，入国问政，廓清朝局……”王离连忙道：“前辈何出此言！蒙公已去，无论朝局，无论战场，王离皆以前辈马首是瞻！”章邯一时老泪纵横，拍着王离肩头道：“章邯老矣！大秦，得有后来人也！……”

这一夜，老少两统帅畅叙痛饮，直说到霜雾弥漫的清晨。

三日后，九原诸般事宜就绪，章邯马队又风驰电掣般南下了。章邯与王离商定的步骤是：一个月内解决所有粮草辎重后援事宜，而后两军同时北上南下，赶在入冬之前结束河北战事。之后略事休整，或冬或春举兵咸阳廓清国政，请李斯复出主持大局。以秦政秦军之雷厉风行，章邯王离无不以为如此部署不会有任何迟滞。然则，章邯一回到河内大营处置军务，立即非同寻常地惊愕。大营报给丞相府的各种紧急文书，堪堪一个月竟无一件回复，即使最为紧急的军器修葺所急需的铜铁木料也无法落实，开敖仓以解决粮草输送等事更无消息。

万般无奈，章邯只有派出熟悉政事的副将司马欣星夜赶赴咸阳，一则探查究竟，二则相机决事。不料，旬日之后的一个深夜，司马欣风尘仆仆归来，惶急悲愤之情如丧考妣。司马欣禀报说，丞相三族俱被缉拿，李斯已在几日前被五刑杀戮。丞相府已经乱成了一团，各署大吏已经全部被赵高囚禁起来。据传赵高要做中丞相，正在“梳理”丞相府上下官吏，只怕要杀戮一大批昔年老吏。皇帝、赵高，司马欣谁也见不上，只躲在太尉府王贲当年一个老吏府下，乔装混入人群，看了杀李斯的刑场便连夜逃回了……

“老将军，丞相惨也！秦政殁了……”

那一夜，章邯的震惊是无法叙说的，章邯的冰冷与愤怒是无法叙说的。以李斯的盖世功勋，以李斯对胡亥赵高的扶持容忍，任谁都以为李斯绝不至于被杀，更不会如此快速地被杀。章邯等认定的最大可能是，李斯在狱中受得一场磨难，终将在朝野各方压力下复出。唯其如此评判，章邯才有北上寻求与王离结盟之举，其本意只在尽快结束平乱战事尽快营救李斯尽快扭转朝局。而今，李斯竟能在几乎不告知朝野的隐秘状态下被五刑惨杀，且三族俱灭，胡亥赵高之阴狠冷酷可见矣！如此朝廷，何堪效命哉！如此下作君主奸佞权臣，不杀之何以谢天下哉！一想到李斯如此结局，章邯不禁怒火中烧了。

“老将军，我等身陷泥沼……”

“泥沼怕个鸟！刀山雷池老夫也要杀人！”

章邯连连怒吼着，连将案都踢翻了。司马欣顾不得疲惫悲伤，立即吩咐中军司马召来了副将董翳。两人一起劝说着，章邯才渐渐平静了下来。三人秘密会商良久，终于议决了一个续行总方略：兵锋不变，平定赵地后无论王离赞同与否，立即西进咸阳诛灭赵高废黜胡亥重新拥立始皇帝后裔！为求慎重同心，章邯修就一件密书，连夜派亲信司马飞送九原。章邯在书中坦诚备细地叙说了咸阳陡变，也说了自己本部的议决方略，要王离慎重斟酌：要否继续两军同心做最后一搏？几日后司马归来，带来了王离的回书。铜管一开，章邯三人便是一惊。这件回书是一方白帛，上面几排已经变成酱紫色的血书大字——

赳赳老秦，共赴国难

九原军矢志不改，但听老将军号令

“好！少将军同心，大事堪成也！”

章邯三人得王离血书回应，一时精神大振，当即平静心神，开始了全力运筹。章邯搜罗出军中所有熟悉咸阳官署的军吏司马，派司马欣秘密统领，立即开赴咸阳开始了独特的实际军务筹划。章邯给司马欣的方略是：凡事皆找各署实权大吏实在解决，不管有没有皇帝诏书或大臣认可，先做了再说。遇有对朝政愤然的老吏，立即着意结交为举事内应。如此月余之后，居然办成了许多原本以为不可能的难事。及至赵高接任中丞相，指鹿为马的丑闻传遍朝野，章邯军的实际筹划已经只剩下了最后一件大事：如何向王离的九原军接济粮草?

此时，天下大乱已经一年有余，复辟乱军割据称王已有相对根基，秦政之实施与秦军之后援已经远不如当年顺畅。依据秦政现实，九原大军的粮草辎重此时由九原直道输送，也就是以关中北部为起点直达九原。二世胡亥即位后工程大作，关中粮草屡屡告急，向九原的输送也便有了种种名义的削减，远不如当年丰厚及时。若非始皇帝时期的相对囤积，只怕九原大军早已粮草告急了。再则，九原军南下邯郸巨鹿战场，仅驰道距离也在千里之上。以“千里不运粮”的古谚，若王离大军由九原携带粮草南下，或由九原大营征发民力输送，事实上都很难做到。一则是浪费太大，九原粮草经不起如此折腾；二则是在赵军截杀危险之下王离军行进掣肘，大大影响战力。而章邯军则不同，由于是人人不敢阻挡的平盗急务，中原各大国仓几乎是全力就近输送，是故粮草之便远过九原军。此时，章邯所要解决的难题，便是如何确保中原粮草输送王离军？所谓难题，难点在两处：一则要粮源充足，二则要确保不被山东乱军截杀。

对于天下粮源，职任少府的章邯很清楚：当时能一举承担四十万大军粮草者，非敖仓莫属。其余国仓不是过远便是太小，不足以如此巨额输送。而敖仓之开仓权，历来在丞相府。章邯固可以非常之法胁迫开仓，然引起赵高一班奸佞警觉则于后不利。反复思虑之后，章邯向赵高的中丞相府呈送了一件紧急军书，禀报说河北赵军正在筹划大举攻秦，若欲灭赵，请开敖仓以为粮草后援。赵高虽则阴险奸狡，虽则对章邯心有疑忌，然却也明白天下大势：盗军不灭，自己再大的野心也是泡影。无奈之下，也只有批下公文：许开一月之军粮，平赵后即行他仓改输。官文归官文，章邯要的只是个由头好为仓吏们开脱，只要口子一开，赵高岂能奈何数十万大军之力?

粮源一定，章邯三人立即谋划输送之法。司马欣与董翳之见相同，都是主张自己率精锐一部亲自护粮。章邯却摇头道：“时当乱世，河内之地乱军如潮，谁护粮都难保不失。老夫思忖，必得以非常之法确保粮道。”两人忙问，何谓非常之法？章邯拍案道：“修筑甬道，道内运粮！”

司马欣董翳一时惊愕相顾，思忖一番却又不约而同地拍掌赞叹：“老将军此计之奇，不下以刑徒成军！”三人一阵大笑，遂立即开始实施。

这甬道输粮，堪称匪夷所思之举也。在大河北岸修筑一道长达数百里的街巷式砖石甬道，以少量飞骑在甬道外的原野上巡查防守，则甬道内可以大量民力专一输送粮草辎重，在盗军弥漫的当时，实在是最为可靠的方式了。在其后中国历代战乱历史上，修筑如此长度的街巷式甬道输送粮草，这是绝无仅有的一例。章邯之奇，惜乎生不逢时矣！此举生发于天下大乱之时，秦军尚有如此征发之力，帝国之整体潜能可见一斑也。两月之后，甬道筑成，敖仓之粮源源输送河北。其时，王离大军已经如约南下邯郸巨鹿战场，章邯大军亦同时大举北上，一场对河北赵军的大战，也是对天下复辟势力的总决战自此开始了。

章邯王离没有料到的是，河北的决战态势猛烈地牵动了天下反秦势力，尤其强烈地震撼了正处于弥散状态的江淮旧楚势力，由此引发的竟是一场真正决定帝国命运的最后大战。

二　多头并立的楚军楚政

定陶大败，项梁战死而项楚军溃散，山东反秦势力堕入了低谷。

没有了项楚主力军的支撑，复辟诸侯们立即一片涣散之象。大张旧日六国旗号的复辟之王，几乎家家萧疏飘零。新韩不足论，张良所拥立的韩王韩成只有区区数千人马，惶惶然流窜于中原山林。新魏则自从魏王魏咎自焚于战场，魏豹等残存势力只有亡命江淮，投奔到楚势力中，此时连再度复辟的可能也很渺茫了。新齐大见疲软，齐王田儋战死，随后自立的田假又在内讧中被驱逐，田假势力分别逃入楚赵两诸侯。稍有兵势的田荣虽再度拥立新王，然却因追索田假残余，而与楚赵两方大起龃龉，互相冷漠，以致齐军既不对秦军独立作战，也不援手任何一方，始终游离在以项楚为盟主的反秦势力之外。项梁一死，田荣的齐军再不顾忌楚军，开始独自孜孜经营自家根基了。北方的新燕更是乏力，燕王韩广在相邻的九原秦军威慑下自保尚且不暇，困缩在几座小城池中，根本不敢开出对秦军作战。当此之时，山东诸侯军不成军，势不成势，唯有河北新赵呈现出一片蓬勃气象，以号称数十万之众的军力多次与郡县地方秦卒小战，并攻占了几座小城邑，一时大张声势。项梁战死后，河北赵军俨然成了山东反秦势力的新旗帜，成了潜在的山东盟主。唯其如此，秦军南北合击新赵，各方诸侯立即觉察到了巨大的危险。

对一体覆灭的危局警觉，楚地势力最为激切深彻。

项梁兵败之后，楚之格局迅速发生了军政两方面的变化。

在军而言，中原转战的项羽、刘邦、吕臣三部，因不在定陶战场而侥幸逃脱劫难。之后，三部立即东逃，退避到了东部的彭城地带[1]：吕臣部驻扎在彭城以东，项羽部驻扎在彭城以西；刘邦部没有进泗水郡，而是退回了与泗水郡相邻的砀郡的砀山城，也就是回到了原本逃亡为盗的根基之地，距离彭城大约百余里，也算得在新楚传统的势力圈内。此时，楚军的总体情势是：项楚主力大军及其依附力量，已经在定陶战场溃散，突围残部四散流窜，项羽军的数万人马成为项楚江东势力的唯一根基。刘邦军始终只有数万人，在此前的新楚各军中几乎无足轻重，此时却突然地显赫起来。吕臣军亦有数万人，原本是收拢陈胜的张楚残部聚成，在此前的新楚各军中同样无足轻重，是故刘邦吕臣与项羽合军转战中原，始终是年轻的项羽主事，而吕刘两军一直是相对松散的项羽部属。此时，吕臣部也突兀地显赫起来，一时形成了项、刘、吕三军并立的新格局。

此时的山东乱军，没有任何一支力量有确定的兵马人数。史料中动辄以数千数万数十万计之，大略言之而已。从实际情形说，此时正当秦军大举反攻之期，新诸侯们流动作战，兵力聚散无定，也实在难以有确切之数。某方大体有一支军马几座城池，便算是一方势力了。是故，其时各方的实际结局与影响力，常常不以实力为根据，而具有极大的戏剧

[1] 彭城，秦泗水郡治所，在今江苏徐州市地带。

性：往往是声名满天下的“大国诸侯”，结果却一战呜呼哀哉，如齐王田儋、魏王魏咎等。往往是声势原本不很大，却在战场中大见实力，江东项楚如此也。另一种情形则是，声势名望与实力皆很平常，却能在战场周旋中始终不溃散，渐渐地壮大，渐渐地为人所知，沛县之刘邦部是也。凡此等等说明，对秦末混战初期的山东诸侯，实不能以声势与表面军力而确论实力强弱，而只能大体看做正在沉浮演化的一方山头势力而已。

在政而言，定陶战败后的直接后果是迁都改政。

虽说此时的诸侯都城远非老六国时期的都城可比，然毕竟是一方势力的出令所在，依然是各方势力的瞩目焦点。当初，项梁刘邦等拥立楚王芈心，将都城暂定在了淮水南岸的盱台[1]，其谋划根基是：楚军主力要北上中原对秦作战，没有大军守护后方都城，在淮水南岸“定都”，则风险相对小许多。楚怀王芈心在盱台，虽只有上柱国陈婴的数千人马守护，然只要主战场不败，盱台自然不会有事。然则，定陶大败的消息一传入盱台，陈婴立即恐慌了，连番晋见楚怀王，一力主张迁都。陈婴的说法是，秦人恨楚入骨，章邯秦军必乘胜南下灭楚，我王须得立即与楚军各部合为一体，方可保全，否则孤城必破！这个芈心虽则年轻，然却在多年的牧羊生涯中浸染出领头老山羊一般的固执秉性，遇事颇具主见，又常常在庙堂如在山野一般率真说话。如此，常常在无关根本的事务上，芈心俨然一个像模像样的王了。今闻陈婴说法，芈心大觉有理，立即派出陈婴为特使秘密赶赴淮北会商迁都事宜。芈心原本顾忌项羽的剽悍猾贼秉性，此时项梁战败自杀，更是对这个生冷猛狠的项羽心生忌惮。为此，陈婴临行前，芈心特意秘密叮嘱道：“迁都事大，定要与吕臣及沛公先行会议，而后告知项羽可矣！晓得无？项羽不善，万不能乱了日后朝局。”陈婴原本小吏出身，为人宽厚，对楚王的密嘱自然是诺诺连声。

旬日之后，陈婴匆匆归来，吕臣亦亲自率领万余苍头军同时南来。年轻楚王的恐慌之心烟消云散，立即为吕臣设置了洗尘酒宴。席间，吕臣禀报了彭城会商的相关部署：吕臣刘邦都主张立即迁都彭城，项羽先

[1] 盱台，秦东海郡县城，大体在今洪泽湖南部的盱眙县东北地带。

是默然，后来也赞同了。沛公刘邦留在彭城预为料理宫室，刘邦特意征发了百余名工匠，亲自操持楚王宫室事，很是上心。吕臣与刘邦会商之后，亲自率领本部军马前来迎接楚王北上。吕臣还说，项羽正忙于收拢项梁部的流散人马，无暇分心迁都事宜，他与沛公将全力以赴。芈心听得很是满意，慨然拍案道："足下才士也！沛公真长者也！"宴席之间，芈心便下令立即善后盱台诸事，尽快北上彭城。如此一番忙碌折腾，三日之后，新楚王室浩浩荡荡北上了。

在彭城驻定，楚王芈心立即开始整肃朝局了。以实际情势论，在"有兵者王"的大乱之期，芈心这个羊倌楚王根本没有摆布各方实力的可能。项梁若在，芈心只能做个虚位之王，整肃朝局云云是想也不敢想的。然则，此时项梁已经战死，项楚军主力已经不复存在，若仅以人马数量说，项羽部的兵马还未必比吕臣部刘邦部多。三方军力正在弱势均衡之期，楚王这面大旗与原本无足轻重的"朝臣"便显得分外要紧了。无论军事政事，若没有这面大旗的认可，各方便无以协同，谁也无以成事。也就是说，这时的"楚国"总体格局，第一次呈现出了楚王与大臣的运筹之力，原本虚位的"庙堂权力"变得实在了起来，生成了一番军马实力与庙堂权力松散并立又松散制约的多头情势。

楚王芈心很是聪颖，体察到这是增强王权的最好时机，立即开始着手铺排人事了。这次人事铺排，楚怀王定名为"改政"。最先与闻改政秘密会商的，是两个最无兵众实力然却颇具声望的大臣，一个上柱国陈婴，一个上大夫宋义。陈婴独立举事，后归附项梁，又辅佐楚王，素有"信谨长者"之名望。宋义虽是文士，却因谏阻项梁并预言项梁必败，而一时"知兵"声望甚隆。君臣三人几经秘密会商，终于谋划出了一套方略。是年八月末，楚王芈心在彭城大行朝会，颁布了首次官爵封赏书：

吕青（吕臣之父）为令尹，总领国政。

陈婴为上柱国，辅佐令尹领政。

宋义为上大夫，兼领兵政诸事。

吕臣为司徒，兼领本部军马。

刘邦为武安侯，号沛公，兼领砀郡长并本部军马。

项羽为长安侯，号鲁公，兼领本部军马。

重臣官爵已定，楚王芈心同时颁行了一道王命：项羽军与吕臣军直属楚王“自将”，不听命于任何官署任何大臣。刘邦军驻守砀郡，以法度听命调遣。这般封官定爵与将兵部署，与会朝臣皆一片颂声，唯独项羽阴沉着脸色不说一句话。项羽心下直骂芈心，这个楚王忘恩负义，鸟王一个！自己虽非叔父项梁那般功业赫赫，也没指望要居首爵之位，然则与吕臣刘邦相比，项羽如何竟在其后！更有甚者，那个诅咒叔父的狗才宋义，竟做了几类秦之太尉的兵政大臣，当真小人得志！如此还则罢了，明知项羽粗不知书，却硬给老子安个“鲁公”名号，不是羞辱老子么！鸟个鲁公！刘邦军忒大回旋余地，这个楚王偏偏却要“自将”项氏军马，鸟！你“自将”得了么？……就在项羽黑着脸几乎要骂出声的时刻，身后的范增轻轻扯了扯项羽后襟，项羽才好容易憋回了一口恶气。

“鸟王！鸟封赏！”回到郊野幕府，项羽怒不可遏地拍案大骂。

“少将军如此心浮气躁，何堪成事哉！”范增冷冰冰一句。

“亚父……”项羽猛然哽咽了，“大仇未报，又逢辱没，项羽不堪！”

“人不自辱，何人能辱。”范增淡漠得泥俑木雕一般。

“亚父教我。”终于，暴烈的项羽平静了下来。

“少将军之盲，在一时名目也。”老范增肃然道，“自陈胜揭竿举事，天下雷电烨烨，陵谷交错，诸侯名号沉浮如过江之鲫，而真正立定根基者，至今尚无一家。其间根由何在？便在只重虚名，轻忽实力。少将军试想，陈胜若不急于称王，而是大力整肃军马，与吴广等呼吁天下合力伐秦，届时纵然不能立即灭秦，又安得速亡而死无葬身之地乎！六国复辟称王，固有张大反秦声势之利。然则，诸侯称王之后，无一家致力于锤炼精兵，尽皆致力于争夺权力名号。以致秦军大举进兵之日，山东诸侯纷纷如鸟兽散，不亦悲乎！事已至此，各家仍不改弦更张，依旧只着力于鼓噪声势。此，蠢之极也，安得不败哉！即以武信君定陶之败论，与其说败于骄兵，毋宁说败于散军。若武信君部属大军皆如江东八千子弟兵，安得有此一败乎？凡此等等，足证战国存亡之道不朽：天下大争，务虚者败，务实者兴；舍此之外，岂有他哉！”

“亚父是说，项羽没有务实？”

“项氏起于大乱之时，所谓声势名望，原本便是虚多实少。今，又逢项楚军大败之后，昔日虚势尽去，实力匮乏尽显，项氏跌落吕刘之后，少将军遂觉难堪屈辱。此，老夫体察少将军之心也。然则，当此之时，一味沉溺官爵权力之分割是否公道，而图谋一争，大谬也！当此之时，洞察要害，聚结流散，锤炼实力，以待时机，正道也！此道之要，唯刘邦略知一二，少将军须得留意学之。”

“我？学刘邦那个龟孙子模样？”项羽惊讶又不屑。

“尺有所短，寸有所长。”范增深知项羽肩负项楚兴亡重任，也深知只有自己能说服这个天赋雄武而秉性暴烈的年轻贵胄，遂意味深长道，“少将军试想，刘邦以亭长之身举事，所聚者县吏、屠户、吹鼓手多也。其所谓军马，也多以芒砀山流盗与沛县豪强子弟为轴心，可谓既无声势，又无战绩。然则，刘邦却能在群雄蜂起中渐居一席之地，沛公名号亦日渐彰显，目下竟能居楚之侯而独成一方势力，不亦奇乎？”

“无他！老小子奸狡巨猾而已！”

“少将军差矣！”老范增喟然一叹，“根本处，在于刘邦始终着意搜求实力扩充，而不争目下虚名。刘邦军力固然不强，然却能在大大小小数十仗中撑持下来，非但没有溃散，且军马还日见增多。如此情势，仅仅一个奸狡巨猾之徒，岂能为之哉！”

“亚父是说，刘邦早就悄悄着手聚结兵力了？”

“然也！”范增拍案，“若争虚名，立功于迁都声望最大。然则，刘邦却将吕臣部推到了首席，自家缩在其后，名曰整治宫室，实则加紧聚结流散军马。刘邦东退，为何不与我军并驻彭城，而要自家驻扎于砀山城？其间根本，无疑是在悄然聚结军马，不为各方觉察。刘邦之心，不可量也！”

“如此沛公，楚王还当他是长者人物。”项羽恍然冷笑了。

“大争之世，只言雄杰，何言长者哉！”

“亚父！项羽立即加紧聚结流散人马，最快增大实力！”

“少将军有此悟性，项氏大幸也！”范增欣然点头，“然则，我等亦须仿效刘邦之道，只做不说。老夫之见：少将军白日只守在幕府，应对楚王各方。老夫与项伯、龙且等一力秘密聚结武信君流散旧部，在泗水河谷秘密结成营地。每晚，少将军赶赴营地亲自练兵！能在三两个月内练成一支精兵，万事可成！”

“但依亚父谋划，项羽全力练兵！”

谋划一定，项楚大营立即开始了夜以继日的紧张忙碌。此时项梁部的溃围人马已经有小股流入泗水郡，范增与项伯、龙且等一班将军分头搜寻全力聚拢，不到一月便收拢了数万流散人马，连同项羽未曾折损的江东旧部，聚成了堪堪十万人马。每每暮色降临，彭城郊野的项楚幕府便封闭了进出，对外则宣称项羽战场旧伤逢夜发作，夜来不办军务。实则是，每逢暮色项羽便赶赴泗水河谷的秘密营地，开始扎实地训练军马。

项羽天赋雄武之才，对何谓精兵有着惊人的直觉。巡视了一遍大营，项羽做出的第一项决断，便是裁汰老弱游民。盖其时仓促举事，各方都在搜罗人马，流散游民几乎凡是男子者皆可找到一方吃粮。项氏人马虽较其余诸侯稍精，然此等老少游民亦不在少数。旬日裁汰整肃，项羽所得精壮士卒仅余五万上下。其余老弱游民士卒，项羽也没有遣散。毕竟，当此兵源匮乏之时，这些人马流向任何一方都是张大他人声势。项羽将这些裁汰士卒另编一军，号为“后援军”，交季父项伯率领，专一职司兵器打造修葺并粮草辎重输送。五万余精壮则与项羽的江东旧部混编，以龙且、桓楚、钟离昧、黥布四人为将军，各率万余精兵。项羽则除总司兵马外亲自统率一军，以八千江东子弟兵为轴心，外加幕府护卫与司马军吏四千余人，共万余精兵，号为中军。新项楚军编成，项羽夜夜亲临苦练，日间则由四将督导演练。与此同时，项伯后援军打造的新兵器与范增等搜罗求购的战马也源源入军，五万余项楚军人各四件兵器：一短剑、一长矛、一盾牌、一臂张弩机。两万余骑士，人人外加一匹良马。凡此等等，可谓诸军皆无。未及两月，项楚军战力大增，迅速成为一支真正的精锐之师。

三　河北危局　天下复辟者面临绝境

秦军大举夹击河北赵军的消息传来，彭城大为震撼。

赵王派来的求救特使说，赵军数十万被压缩在邯郸巨鹿之间的几座城池，北有王离十万九原铁骑，南有章邯近三十万亡命刑徒军，赵军岌岌可危。赵王已经派出特使向齐燕韩三方求救，亟盼楚军立即出动救赵。楚怀王[1]与陈婴吕青宋义等在朝大臣一番商议，皆觉事关重大，立即大行朝会，召来刘邦、项羽、吕臣、范增等各军统领，也特意召来了逃亡在楚的魏国残部头领魏豹、出使来楚的齐国高陵君田显，一并会商救赵事宜。

朝会开始，赵国特使先惶恐万分地叙说了赵国危情。而后，楚怀王正色道："诸位大臣将军，河北赵室存亡，关乎天下反秦大计之生灭。当此之时，齐燕韩三国诸侯兵马寥寥，魏国余部逃亡在楚，各方皆无救赵之力。唯余我楚，尚有三支军马。以天下大局论之，赵国可救得救，不可救亦得救，此根本大局也！料诸位无人非议。"话方落点，大殿中便是异口同声一句："楚王明断！"楚怀王得诸臣同声拥戴，顿时精神大振，叩着王案又道，"唯其如此，今日朝会不议是否救赵，唯议如何救赵，诸位以为如何？"

"我王明断！"殿中又是轰然一声。

"如何铺排，诸位尽可言之。"

"臣有谋划。"主掌兵事的宋义慨然离案道，"赵国当救，自不待言。然则如何救，却有诸般路径，当从容谋划而后为之。巨鹿者，河北险要也，秦军断不会骤然攻破。以臣之见：救赵当有虚实两法：虚救者，以六国诸侯之名，一齐发兵救赵，以彰显天下诸侯同心反秦而唇亡齿寒之正道也！六国之中，唯缺魏国，臣请楚王以反秦盟主之名，封将军魏豹

---

[1] 此"楚怀王"者，乃项梁拥立芈心为新楚王时着意打出的名号，意在怀楚聚人而反秦，并非芈心谥号，故可为公然称谓。

为魏王，赐其一支军马而成魏国救赵之举。如此，则六国齐备，五国救赵。此，大局之举也！”

“刘季赞同上大夫之说。”刘邦第一次说话了。

“臣亦赞同。”吕臣也说话了。

“我少将军自然赞同。”范增见项羽黑着脸不说话，连忙补上一句。

“好！”楚怀王当即拍案，“封将军魏豹为魏王，我楚国三军各拨两千人马，于魏成军；魏王可当即着手筹划北上救赵。”

“魏豹领命！……”寄人篱下的魏豹一时唏嘘涕零了。

“尽是虚路，羽愿闻实策！”项羽终于不耐了。

“实救之法，以楚军为主力。”宋义侃侃道，“楚国三路军马，外加王室精兵，当有三十万之众。合兵北上，只要运筹得当，败秦救赵势在必得也！”

“何谓运筹得当？刘季愿闻高论。”刘邦高声问了一句。

“兵家之密，何能轻泄哉！”宋义颇见轻蔑地笑了。

项羽急切道：“臣启楚王，秦军杀我叔父项梁，此仇不共戴天！项羽愿率本部人马全力北上救赵，击破秦军，斩杀章邯！而后西破秦中，活擒二世皇帝！”

“鲁公之言有理。”刘邦拱手高声道，“臣以为，我军可效当年孙膑的围魏救赵战法，一军北上巨鹿救赵，一军向西进击三川郡并威胁函谷关，迫使秦军回兵。如此，则是三路救赵，秦军必出差错！我军必胜无疑！”

“老臣以为，沛公所言甚当。”范增苍老的声音回荡着，“一路北上击秦主力，一路西向扰秦根基，四路诸侯惑秦耳目，三方齐出，破秦指日可待也！”

“好！先定救赵主帅。”楚怀王拍案了。

楚怀王此言一出，殿中片刻默然，之后立即便是纷纷嚷嚷，有举荐吕臣者，有举荐刘邦者，甚或有举荐魏豹者，三路楚军头领之中，唯项羽无人举荐。老范增微微冷笑，却目光示意项羽不要说话。一时纷攘之际，文臣座案中站起一个紫衣高冠之人，一拱手高声道：“外臣高陵君田显启禀楚王，楚国目下正有不世将才，堪为救赵统帅。”举殿大臣将军目光俱皆一亮，项羽尤其陡然一振，以为高陵君必指自己无疑。

“高陵君所指何人？”楚怀王倒是颇显平静。

“知兵而堪为将才者，宋义也！”田显高声回答。

此语一出，举座惊讶，一片轰轰嗡嗡的议论之声。项羽顿时面若冰霜。唯刘邦笑容如常，不动声色。以战国传统，文士知兵者多有，然多为军师，譬如孙膑。或为执掌兵政的国尉，譬如尉缭。文士而直接统兵者，不是不能，毕竟极少。宋义虽然已经有知兵之名，然终究是当年一个谋士，今日一个大夫，更不属于三支楚军的任何一方，能否在只认宗主的大乱之时将兵大战，确实没有成算。唯其如此，大臣将军们一时错愕议论了。然楚怀王却有着自己的主见，叩着大案，待殿中安静下来方道：“宋义大夫虽主兵政，终究一介文臣，高陵君何以认定其为大将之才？”田显高声道：“楚王明鉴：为统帅者，贵在通晓兵机之妙，而不在战阵冲杀。臣举宋义，根由在三：其一，宋义曾力谏武信君骄兵必败，可知宋义洞察之能！其二，宋义赴齐途中，曾对外臣预言：项梁数日内必有大败，急行则送死，缓行则活命。外臣缓车慢行，方能逃脱劫难。由此可知宋义料敌料己之明！其三，宋义既统楚国兵政，统率三军必能统筹后援，以免各方协同不力。如此三者，宋义堪为统帅也！”

殿中一时默然。宋义谏阻项梁并预言项梁之死，原本是人人知晓之事。然则，楚方君臣将士碍于项羽及其部属的忌讳，寻常极少有人公然说起。今日这个高陵君不遮不掩当殿通说，项羽的脸色早已经阴沉得要杀人一般，连素来悠然的老范增都肃杀起来，大臣将军们顿时觉得不好再说话了。

“老臣以为，高陵君言之有理。”素来寡言的令尹吕青打破了沉默。

“沛公、司徒以为如何？”楚怀王目光瞄向了刘邦吕臣。

“刘季无异议。”刘邦淡淡一句。

“臣拥戴宋义为将！”吕臣率直激昂。

“既然如此，本王决断。”楚怀王拍案道，“宋义为楚国上将军，赐号卿子冠军，统辖楚军各部救赵。项羽为救赵大军次将，范增为末将。卿等三人即行筹划，各军就绪后，听上将军号令北上。”

“楚王明断。”殿中不甚整齐地纷纷呼应。

“臣奉王命！”宋义离案慨然一拱，“臣纵一死，必全力运筹救赵！”

范增又扯了扯项羽后襟，一直脸色阴沉的项羽猛然回过神来，忙与范增一起作礼，领受了楚王任命的次将末将之职。楚怀王似乎有些不悦，却也只淡淡道：“大事已定，未尽事宜另作会商。”轰轰然朝会便散了。

彭城各方势力的实际斡旋，在朝会之后立即开始了。

朝会议定举兵救赵，没有涉及刘邦所主张的一路西进袭扰三川郡。任命统军诸将时，也没有涉及刘邦吕臣两人，只明白确认了宋义为上将军，项羽为次将，范增为末将。显然，刘邦军与吕臣军，既没有被明白纳入宋义的救赵军，也没有明白究竟作何用场。使项羽大为不解的是，如此混沌的未尽部署，竟没有一个人异议便散了朝会。一出宫室庭院，项羽便愤愤然道：“如此不明不白也能救赵？亚父为何不许我说话？”范增见左右无人，这才悠然一笑道：“如何不明不白，明白得很。楚王不再续议，是心思未定。刘邦不说话，是另有自家谋划。吕臣父子不说话，是踌躇不定。”项羽道：“人心各异能合力作战么？儿戏！”范增低声道：“少将军少安毋躁，只要有精兵在手，任他各方谋划。大军一旦上道，且看这个宋义如何铺排再说。”

直到两人上马飞回幕府，项羽还是不解地问：“亚父，为何我军不先攻关中？却要窝在这个宋义帐下？若攻关中，我军一战灭秦无疑！”范增思忖了片刻正色道：“少将军，目下我军不宜直然进兵关中，其理有三。其一，武信君猝然战死，少将军威望未立，楚王宋义等无论如何不会让我军独建灭秦之功。此时，我等若执意孤军西进，新楚各方必多掣肘而粮草必难以接济，彭城根基亦可能丢失。目下，项氏军马还得有楚怀王这面大旗，此乃大局也。其二，秦军主力犹在，函谷关武关乃险要关塞，若一时受阻，后果难料矣！其三，目下大势要害，在河北而不在秦中。战胜章邯王离大军，则秦国自溃。不胜章邯王离大军，即或占得关中亦可能遭遇秦军回师吞灭。周文大军进过关中，结局如何，一战覆灭而已。少将军切记，谁能战胜章邯王离大军，谁就是天下盟主！即或别家攻下关中，也得拱手让出。此，战国实力大争之铁则也！少将军蓄意训练精锐，所为何来？莫非只为避实捣虚占一方地盘终了，而无天下之志哉！”

“亚父，我明白了：与秦军主力决战才是天下大计！”

项羽在范增一番剖析下恍然清醒，自此定下心神，也不去任何一方周旋，只埋头河谷营地整顿军马，为北上大战做诸般准备。因项楚军收拢流散训练精锐，都是在秘密营地秘密进行，加之时间不长，是故驻扎在泗水河谷的这支新精锐无人知晓。楚王与宋义等大臣虽然也听闻项羽在着力收拢项梁溃散旧部，然其时王权过虚，远远不足以掌控此等粮草兵器自筹的自立军马的确切人数。即或对刘邦军吕臣军，楚王君臣也同样知之不详。楚王君臣所知的项楚军，只有彭城郊野大营的万余人马。为此，范增谋划了一则秘密部署：这支精锐大军不在彭城出现于项羽麾下，以免楚王宋义吕臣刘邦等心生疑忌。新精锐由龙且统率，先行秘密进发，在大河北岸的安阳河谷秘密驻扎下来，届时再与项羽部会合。项羽思忖一番，越想越觉此计高明，届时足令宋义这个上将军卿子冠军瞠目结舌，不禁精神大振，立即依计秘密部署实施。三日后，这支项楚精锐便悄然北上了。

与项楚军不同，刘邦部谋划的是另一条路径。

一年多来，刘邦很是郁闷。仗总是在打，人马老是飘飘忽忽三五万，虽说没有溃散，可始终也只是个不死不活。若非萧何筹集粮草有方，曹参周勃樊哙夏侯婴灌婴等一班草根将军稳住士卒阵脚不散，刘邦当真不知这条路如何走将下去了。项梁战死，刘邦与项羽匆忙东逃，退到砀山刘邦便不走了。刘邦不想与项羽走得太近，一则是不想被项羽吞灭为部属，二则是秉性与项羽格格不入。项羽是名门贵胄之后，暴烈骄横刚愎自用，除了令人胆寒的战场威风，这个贵公子几乎没有一样入得刘邦之眼。打仗便打仗，刘邦看重的是打仗之余收拢流民入军。可项羽动辄便是屠城，杀得所过之处民众闻风而逃。如此，刘邦部跟着背负恶名不说，还收拢不到一个精壮入军，气得一班草根将军直骂项羽是头野狼吃人不吐骨头。刘邦劝不下项羽，离开项羽又扛不住秦军，只有跟着项羽的江东军心惊肉跳风火流窜，既积攒不了粮草，又扩张不了军马，直觉憋闷得要死了一般。定陶之战项梁一死，刘邦顿时觉得大喘了一口长气。刘邦明白大局，项梁一死项楚主力军一散，狠恶的项羽狗屁也不是，楚国各方没谁待见，离这小子远点最好。为此，刘邦托词说要在砀山筹粮，便驻下不走了。项羽无力供给刘邦粮草，也对这个打仗上不得阵整日只知道嘻嘻哈哈的痞子亭长蔑视之极，刘邦一说不走了，项羽连头也没抬便径自东去了。

驻扎砀山月余，军马好容易喘息过来，刘邦才开始认真揣摩前路了。此时，陈婴来拉刘邦，要其与吕臣协力谋划楚怀王迁都事。刘邦心下直骂牧羊小子蹭老子穷饭，可依然是万分豪爽又万般真诚地盛待了陈婴，一力举荐吕臣南下护驾迁都，说自家不通礼仪又箭伤未愈，愿在彭城效犬马之劳，为楚王修葺宫室。陈婴一走，刘邦吩咐周勃在沛县子弟中拨出一批做过泥瓦匠徭役的老弱，只说是着意搜罗的营造高手，由周勃领着开进彭城去折腾，自己又开始与萧何终日揣摩起来。便在百思无计的时候，一个意想不到的人物突兀地冒了出来。

“沛公！且看何人到也！”萧何兴冲冲的喊声，惊醒了灯下入神的刘邦。

“哎呀！先生？想得我好苦也！……”刘邦霍然跳起眼角湿润了。

“韩王已立，心愿已了，张良来也。”清秀若女子的张良笑着来了。

那一夜，刘邦与张良萧何直说到天光大亮。刘邦感慨唏嘘地叙说了自与张良分手后的诸般难堪，骂项羽横骂砀山穷骂楚王昏骂范增老狐狸，左右是嬉笑怒骂不亦乐乎。张良笑着听着，一直没有说话。骂得一阵，刘邦又开始骂自己猪头太笨，困在穷砀山要做一辈子流盗。骂得自家几句，刘邦给张良斟了一碗特意搜寻来的醇和的兰陵酒，起身深深一躬，一脸嬉笑怒骂之色倏忽退去，肃然正色道：“刘季危矣！敢请先生教我。”张良起身扶住了刘邦，又饮下了刘邦斟的兰陵酒，这才慨然道：“方今天下，正当歧路亡羊之际也！虽说山东诸侯蜂起，王号尽立，然却无一家洞察大势。沛公乃天授之才，若能顺时应势，走自家新路，则大事可成矣！”

“何谓新路？”刘邦目光炯炯。

"新路者，不同于秦、项之路也。"张良入座从容道，"二世秦政暴虐，天下皆知。诸侯举事之暴虐，却无人留意。诸侯军屠城，绝非一家事也，而以项氏军为甚。即或沛公之军，抢掠烧杀亦是常事。大势未张之时，此等暴虐尚可看做反秦复仇之举，不足为患根本。然若图大业，则必将自毁也。山东诸侯以项楚军最具实力，反秦之战必成轴心。然则，项羽酷暴成性，屡次屠城，恶名已经彰显。其后，项羽酷暴必不会收敛，而可能更以屠城烧杀劫掠等诸般暴行为乐事。当此两暴横行天下，何策能取人心，沛公当慎思也。"

"先生说得好！军行宽政，方可立于不败之地。"

"与沛公言，省力多矣！"张良由衷地笑了。

"先生过奖。先生放心，刘季有办法做好这件事。"

"项羽有范增，先生安知其不会改弦更张？"萧何有些不解。

"项梁之力，尚不能变项羽厌恶读书之恶习，况乎范增？"

"以先生话说：项羽酷暴，天授也。"刘邦揶揄一句。

张良萧何不约而同地大笑起来。饮得两碗，三人又说到了目下大势。萧何说，斥候军报说章邯军已经在筹划北上击赵，很可能王离军还要南下夹击，河北情势必然有变。张良点头道："河北战事但起，天下诸侯必然救赵，不救赵则一体溃散。其时楚军必为救赵主力，沛公当早早谋划自家方略。"刘邦道："我跟项羽风火流窜几个月，人都蒙了。何去何从，还得听先生。"萧何皱着眉头道："沛公犯难者，正在此也。楚军救赵，沛公军能不前往么？若前往，则必得受项羽节制，此公横暴，沛公焉得伸展？"张良从容道："唯其如此，便得另生新路，未必随楚军救赵。"刘邦目光骤然一亮："愿闻先生奇策。"张良请刘邦拿来一幅羊皮地图，顺手拿起一支竹筷指点地图道："河北激战之时，沛公若能自领本部军马西进，经三川郡之崤山，沿丹水河谷北上，攻占武关而进兵关中，此灭秦之功，可一举成势也！"萧何惊讶道："沛公分兵西进，减弱救赵兵力，楚王能允准么？孤军西进，沛公军战力能支撑得了么？难。"张良侃侃道："足下所言两难，实则皆不难。第一难，沛公可说动楚王及用事之吕青陈婴宋义，效法围魏救赵，主力北上救赵，偏师奔袭关中。如此方略，乃兵法奇计也。楚王君臣若不昏聩，必能允准。第二难，秦军大败项梁后，章邯以为楚地已不足为虑，主力大军悉数北上。当此之时，河外空虚，沛公一军并无强敌在前，不足虑也。”

“先生妙算，可行！”刘邦奋然拍案。

“也是。”萧何恍然，“既可免受项羽节制，又可途径富庶之地足我粮秣。”

“以先生所言兵法，这叫批亢捣虚。可是？”刘邦若有所思。

“当日泛论兵法，沛公竟能了然于胸，幸何如之！”张良喟然感叹。

“说了白说，刘季岂非废物也！”刘邦一阵大笑。

这次彻夜会商之后，刘邦大为振奋，立即开始了种种预先周旋。刘邦派定行事缜密的曹参专一职司探查河北军情，自己则寻找种种空隙与楚怀王身边的几个重臣盘桓，点点滴滴地将自己的想法渗透了出去。刘邦的说辞根基是：彭城乃项氏根基，吕臣军与刘邦军在此地筹集粮草都不如项羽军顺当，目下刘邦军粮草最为匮乏。若楚王与诸位大臣能下令项羽部供给粮草，刘邦军自当随诸军而前。若粮草不能保障，则不妨先叫刘军西进，筹集到充足粮草再回军不迟。刘邦很是谨慎精明，此时绝不涉及河北军情及未来救赵事。吕青陈婴宋义三大臣，原本对项羽的生冷骄横皆有顾忌，自然乐于结交刘邦。今见刘邦所说确是实情，而楚王庙堂要做到叫项羽为刘邦供给粮草，则无异于与虎谋皮，准定得惹翻了那个霸道将军。于是，三人都答应刘邦，在楚王面前陈说利害，力争刘邦部自行西进先行筹集粮草。此番西进之风吹得顺畅之际，恰逢河北赵军特使告急，在会商救赵的朝会上，刘邦便将效法围魏救赵的方略提出来了。然楚王与几个重臣都瞩目于统帅人选之争，没有再行会商刘邦所提方略便散朝了。所以如此，一则是楚王与几位重臣不想因再议刘邦军去向而使项羽范增横生枝节，是故项羽范增一接受次将末将职位便立即散朝。二则也是刘邦军实力较小，偏师西进又不是主要进兵方向，不足以成为救赵军的主导议题，朝会后再议不碍大局。

“今日是否自请过急，适得其反？”朝会之后刘邦却有了狐疑。

“非也。”张良笑道，“沛公今日所请，恰在火候。一则，沛公此前已经提出西进筹粮，此次再提顺理成章，无非名目增加救赵罢了。二则，两路救赵，虚实并进，确属正当方略。宋义尚算知兵，不会不明白此点。三则，目下楚军诸将，西入关中者，唯沛公最宜，无人以为反常。”

“我看也是。”萧何在旁道，“其余诸将皆以为西进乃大险之局，定然无人图谋西略秦地。不定，楚王还要悬赏诸将，激励入秦也。”

“两位是说，我当晋见楚王面商？”

“然也。只要沛公晋见，必有佳音。”张良淡淡一笑。

“好！刘季去也。”刘邦风风火火走了。

楚怀王芈心正在书房小朝会，与相关重臣密商后续方略。

除了吕青、陈婴、宋义三人，小朝会还破例召来了流亡魏王魏豹、齐国特使高陵君田显、赵国特使以及独自将兵的吕臣。君臣几人会商的第一件大事，是救赵的兵力统属。以目下楚军构成，项羽部、吕臣部、刘邦部最大，再加王室直属的护卫军力以及陈婴的旧部兵马，对外宣称是数十万大军。然究竟有多少兵力，却是谁也说不清楚。救赵大举进兵，涉及种种后援，绝非仅仅粮草了事，是故各方后援主事官吏都要兵马数目，老是混沌终究不行。此事宋义最是焦灼，这次后续朝会也正是宋义一力促成。项羽刘邦未曾与会，公然理由是两部皆为“老军”，兵力人人可见，无须再报，实则是宋义顾忌项羽暴烈霸道，而刘邦是否北上尚未定论，故先不召两人与闻。

小朝会一开始，宋义便禀报了自己所知的各家兵力：项羽部三万余，刘邦部五万余，吕臣部六万余，王室护军万余，陈婴部万余，诸军粗略计，差强二十万上下。王室护军与陈婴部不能北上，刘邦部未定，如此则救赵军力唯余项羽部与吕臣部堪堪十万人。如此大数一明，大臣们立即纷纷摇头，都说兵力不足。楚怀王断然拍案，陈婴部与王室护军都交宋义上将军，彭城只留三千兵马足矣！此言一出，大臣特使们尽皆振奋，老令尹吕青当即申明：吕臣部六万余军马尽交上将军亲统，吕臣在彭城护卫楚王。大臣们既惊讶又疑惑，一时只看着吕臣没了话说。不料，吕臣也点头了，且还慨然唏嘘地说了一番话：“臣之将士，素为张楚陈王旧部，素无根基之地，粮草筹集之难不堪言说也！今逢国难，臣若自领军马，非但粮草依旧艰难，且必与项羽军有种种纠葛。大战在即，臣愿交出军马归王室统属。臣无他图，唯效命王室而已！”此番话一落点，大臣们人人点头，始明白吕臣长期以来着意靠拢楚王君臣的苦衷。吕臣军归属一定，宋义大为振作，奋然道：“如此军力，臣亲统八万余兵马为主力，节制项羽部三万余人马，当游刃有余也！届时，其余四路诸侯加河北赵军，总体当有五十余万人马，大战秦军，胜算必有定也！”

正当楚怀王几人振作之际，刘邦来了。

刘邦素有“长者”人望，一进楚王书房，立即受到楚王与大臣们的殷殷善待。刘邦连连作礼周旋之后，这才坐到了已经上好新茶的武安侯坐案前。堪堪坐定，宋义笑着问了一句：“沛公此来，莫非依然要自请西进？”刘邦一拱手道：“上将军乃当世兵家，敢请教我，西进可有不妥处？”宋义第一次被人公然赞颂为当世兵家，心下大为舒畅，不禁慨然拍案，对楚王一拱手道：“臣启我王，以兵家之道，虚实并进两路救赵，实为上策也！臣请我王明断大局方略。”楚王芈心点头道：“沛公西进，可有胜算？”刘邦一拱手道：“臣之西进，一为自家粮草，二为救赵大局。成算与否臣不敢言，唯知尽心任事，不负我王厚望而已。”楚王不禁感喟道：“沛公话语实在，真长者也！”楚王话语落点，大臣们纷纷开口，都说沛公西进堪为奇兵，不定还当真灭秦，楚王该当有断。只有陈婴说了一番不同的斟酌：“老臣以为，项羽野性难制，不妨以项氏一军西进。沛公长者也，素有大局之念，不妨与上将军同心救赵。如此可保完全。”陈婴此言一出，意味着西进已经为楚国君臣接纳，剩下的只是派谁西进更妥当。若不言及项羽，也许还无甚话说，一涉及项羽，君臣话语立即四面喷发出来。

“外臣以为，沛公西进最为妥当。”

齐方的高陵君田显先按捺不住了，座中一拱手道，“楚王明鉴：项羽杀戮太重，攻城屠城三番五次，烧杀劫掠无所不为。此人若入咸阳，必为洪水猛兽，天下财富将毁于一旦也！外臣以为，项羽若一军西进，则无人可以驾驭！”

“高陵君，项羽虽则横暴蛮勇，终究可制也。”宋义自信地笑着，“沛公西进，我无异议。然高陵君说项羽无人驾驭，则过矣！统军临战，首在治军有方。宋义但为上将军，任它猛如虎贪如狼者，自有洞察节制，自有军法在前。此，楚王毋忧也，诸位毋忧也。”

“好！上将军能节制项羽，大楚之幸也！”陈婴很是激赏宋义。

“项羽横暴，然终究有战力。”吕臣颇有感触地道，“沛公军西进，以实际战力，只能袭扰秦军后援，西入关中灭秦谈何容易。项羽部战力远过沛公，亦远过吕臣军。救赵大战，必以项羽部为主力，不能使其西进。能西进者，唯沛公最妥也。”

“老臣一谋，我王明察。”老令尹吕青慨然道，“方今楚军两路并举，诸侯亦多路救赵。灭秦，以咸阳为终。灭军，以巨鹿为终。老臣以为，我王可与诸将并诸侯立约：无论何军，先入关中者王。以此激励天下灭秦，复我大仇！”

“老令尹言之有理。”宋义慨然道，“如此立约，我王盟主之位依旧也！”

“敢请楚王明断！”偌大的书房轰然一声。

“诸位所言甚当。”楚怀王思忖拍案，忧心忡忡道，“与诸将诸侯立约，激励灭秦，正道也。然则，西进之将，不可不慎也。项羽为人剽悍猾贼，尝攻襄城，坑杀屠城，几无遗类。其所过城池，无不残灭也。楚人多次举事不成，陈王项梁皆败，多与杀戮无度相关也。今次不若改弦更张，遣长者扶义而西，告谕秦中父兄：楚之下秦，必为宽政也。秦中父兄，苦其主久矣！今诚得长者以往，禁止侵暴，或可下秦也。项羽剽悍凶暴，不可西进也。诸将之中，独沛公素为宽大长者，可将兵西进也。”

“我王明断！”大臣异口同声。

“刘季谢过我王！”刘邦伏地拜倒了。

小朝会之后三日，楚怀王王命颁下，明定了各军统属与进兵路径，大局便再无争议了。一番忙碌筹划，旬日之后，楚怀王芈心率悉数大臣出城，在郊野大道口为两路楚军举行了简朴盛大的饯行礼。举酒之间，楚怀王面对诸将大臣肃然道：“天下诸侯并起，终为灭秦而复诸侯国制。今日，大楚两军分路，四方诸侯亦联兵救赵，更为灭秦大军而下秦腹地也！为此，本王欲与诸将立约：先入关中者王。诸将以为如何？”

“我王明断！臣等如约：先入关中者王！”将军们一片呼应。

“诸将无异议，自誓——！”司礼大臣高宣了一声。

将军们一齐举起了大陶碗，轰然一声：“我等王前立约：先入关中者王！人若违约，天下诸侯鸣鼓而攻之！”一声自誓罢了，人人汩汩饮干碗中老酒，啪啪摔碎陶碗，遂告誓约成立。其间唯项羽面色涨红怒火中烧，几欲发作而被范增一力扯住，才勉力平静下来，也跟着吼叫一通立了誓约。之后，两路大军浩浩北上西进，秦末乱局的最大战端遂告开始。

这个楚怀王芈心，堪称秦末乱世的一个彗星式人物。

芈心由牧羊后生不意跨入王座，原本在复辟诸王中最没有根基，真正的一个空负楚怀王名义的虚位之王。然则，这个年轻人却以他独特的见识与固执的秉性，在项梁战死后的短暂的弱势平衡中敢于主事，敢于拍案决断，敢于提出所有复辟者不曾洞察的“义政下秦”主张，且对楚国的山头人物有独特的评判。凡此等等作为，竟使一介羊倌的芈心，能在各种纷乱势力的纠葛中成为真正被各方认可的盟主，以致连项羽这样的霸道者，也一时不敢公然反目，实在是一个乱世奇迹。芈心对项羽与刘邦的评判，堪称历史罕见的人物评价。芈心认定项羽是“剽悍猾贼”，认定刘邦是“宽大长者”，皆是当时的惊世之论。就实说，刘邦是否宽大长者大可商榷，然说项羽是剽悍猾贼，却实在是入骨三分，比后世的“项羽英雄”论不知高明了多少！后来，这个芈心终被项羽先废黜后杀戮，以“义帝”之名流光一闪而去。

楚怀王芈心之历史意义，在于他是秦末复辟诸王中最具政治洞察力的一个虚位之王，其“扶义而西”的下秦方略可谓远见卓识也。其后刘邦集团进入关中后的作为，虽也是刘邦集团的自觉理念，也应当说在很大程度上受到了楚怀王的启迪。刘邦集团的成功，在实践上证明了楚怀王政治眼光的深远。太史公为魏豹张耳陈余田儋等碌碌之徒列传记述，却没有为这个楚怀王芈心列传，诚憾事也！依据西汉之世的正统史观：项羽、刘邦同为楚国部属，项羽弑君逆臣，刘邦则直接秉承了楚怀王（义帝）灭秦大业。如此，太史公该当增《义帝本纪》，项羽至多列入《世家》而已，强如刘邦秉承项羽所封之汉王名号而出哉！后世有史家将太史公为失败的项羽作《本纪》，看做一种独立与公正，以文明史之视野度量，未必矣！

四　秦赵楚大势各异　项羽军杀将暴起

得闻秦军南北压来，河北赵军汹汹故我。

自陈胜举事，天下大乱以来，章邯的平乱大军一直在中原江淮作战，秦军主力一直未曾涉足赵燕齐三地。故此，堪堪一年赵燕齐三地乱象日深，而以旧赵之地为最甚。其时，作乱诸侯之中，唯有河北赵军占据了旧时都城邯郸，并以赵国旧都为都。如此一来，赵地复辟以占据旧都为正宗乱势，楚地复辟则以拥立旧王族为正宗乱势，遂成天下复辟势力最大的两处乱源。

赵地先后曾有武臣、赵歇两个复辟之王，皆平庸虚位，原本不足以成势。赵势大张，根基在丞相张耳、大将军陈余两人。此两人都是旧魏大梁人，少时皆具才名，俱习儒家之学，结为刎颈之交。六国灭亡后的岁月里，两人相与游历中原，秘密卷入了山东老世族的复辟势力，曾被帝国官府分别以千金、五百金悬赏缉拿。陈胜军攻占陈城后，张耳陈余已自震泽六国老世族后裔聚会后西来，立即投奔了陈胜。时逢陈城豪杰劝陈胜称王，陈胜闻张陈才具，遂问两人对策。张耳陈余献上了一则居心叵测的方略，劝陈胜不要急于称王，称王便是“示天下私”，而应该做两件大事：一件事是迅速西进攻秦，一件事是派出兵马立起六国王号。两人信誓旦旦地说：“如此两途，一可为将军树党，二可为秦政树敌。敌多则力分，与众则兵强。目下之秦，野无交兵，县无守城，将军诛灭暴秦，据咸阳以令诸侯，非难事耳。届时，六国诸侯于灭亡后复立，必拥戴将军也！将军只要以德服之，则帝业成矣！今若独自在陈城称王，天下将大不解也！”张耳陈余原本以为，一番宏论必能使陈胜昏昏然先立六王，而陈胜军则去为六国老世族打仗。孰料，粗豪的陈胜这次偏偏听出了张耳陈余的话外之心，没有理睬两位儒家才子的宏阔陷阱，竟径自称王了。

张耳陈余悻悻然，想一走了之，却又两手空空。商议一番，张耳便教了喜好兵事的陈余一番话，让陈余又来劝说陈胜。这番说辞是："大王举兵而西，务在进入关中，却未曾虑及收复河北也。臣尝游赵地，知其豪杰及地形，愿请奇兵，为大王北略赵地。"这次，陈胜半信半疑，于是便派自己旧时认识的陈郡人武臣做了略赵主将，率兵三千北上。陈胜犹有戒备，又派出另一个旧日小吏邵骚做了"护军"，职司监军，只任张耳陈余做了左右校尉。以军职说，小小校尉实不足以决大事也。然则，陈胜却没有料到，校尉虽小，却是领兵实权，北上三千军马恰恰分掌在这两个校尉手里。张耳陈余忌恨陈胜蔑视，却也得其所哉，二话不说便其心勃勃地北上了。

武臣军北上，张耳陈余一路奋力鼓噪，见豪杰之士便慷慨激昂滔滔一番说辞，倒是说动了不少老世族纷纷入军，一两个月便迅速膨胀为数万人马，占得了赵地十座城池。《史记·张耳陈余列传》所记载的这番沿途说辞备极夸张渲染，很具煽惑性，多被后世史家引作秦政暴虐之史料，原文如下：

> 秦为乱政虐刑以残贼天下，数十年矣！北有长城之役，南有五岭之戍，外内骚动，百姓罢敝，头会箕敛以供军费，财匮力尽，民不聊生。重之以苛法峻刑，使天下父子不相安。陈王奋臂为天下倡始，王楚之地方二千里。（天下）莫不响应，家自为怒，人自为斗，各报其怨而攻其仇，县杀其令丞，郡杀其守尉。今已张大楚，王陈，使吴广、周文将卒百万西击秦。于此时而不成封侯之业者，非人豪也！诸君试相与计之。夫天下同心而苦秦久矣！因天下之力而攻无道之君，报父兄之怨而成割地有土之业，此士之一时也！

此文为乱世政治诈言之最也。这篇很可能也是文告的说辞，显然的夸大处至少有三处："将卒百万西击秦"，周文军何来百万？"王楚之地，方二千里”，陈胜军连一个陈郡也不能完全控制，何来方二千里？“头会箕敛以供军费”秦政军费来源颇多，至少有钱谷两途。说辞却夸张地说成家家按人头出谷，官府以簸箕收敛充作军费。认真论之，这篇说辞几乎每句话都有浓郁的鼓噪渲染特质，与业经确证的史料有着很大出入，不能做严肃史料论之。譬如“家自为怒，人自为斗，各报其怨而攻其仇，县杀其令丞，郡杀其尉卒”，实乃着意鼓噪刻意渲染。就实而论，举事之地初期肯定有仇杀，也会有杀官，然若天下皆如此，何以解释章邯军大半年之内的秋风扫落叶之势？此外，还有一则更见恐吓夸张的说辞，亦常被人引为秦政暴虐之史料。这便是同一篇《列传》中的范阳人蒯通说范阳令的故事与说辞。其云：

> 武臣引兵东北击范阳。范阳人蒯通说范阳令曰：“窃闻公之将死，故吊。虽然，贺公得通而生。”范阳令曰：“何以吊之？”对曰：“秦法重。足下为范阳令十年矣！杀人之父，孤人之子，断人之足，黥人之首，不可胜数。然而，慈父孝子莫敢剚刃公之腹中者，畏秦法耳！今天下大乱，秦法不施，然则慈父孝子可剚刃公之腹中以成其名。此，臣之所以吊公也！今诸侯畔（叛）秦矣，武信君兵且至，而君坚守范阳，少年皆争杀君，下武信君。君急遣臣见武信君，可转祸为福在今矣！”

显然，这是一篇活生生的虚声恐吓之辞，其对秦法秦官的执法酷烈之夸张，对民众仇恨之夸张。恐吓与劝说之自相矛盾，都到了令人忍俊不能的地步。果然如此酷吏，果然如此为民所仇恨，号称“人豪”的策士，号称诛暴的反秦势力何以不杀之为民除害，反要将如此暴虐之官吏拉入自家山头，还要委以重任？更为啼笑皆非者，这个蒯通接受了范阳令委派，有了身价，转过身便是另一番说辞。蒯通对武臣说的是：范阳令欲降，只是怕武信君杀他。而范阳少年要杀范阳令，则为的是抗拒武信君自立。所以，武信君应当作速“拜范阳令”，使其献城，并赐其“朱轮华毂”即高车驷马，使其为武信君收服城池，也使“少年亦不敢杀其令”。武臣不但听了蒯通之言，还赐范阳令以侯爵印，借以吸引归附者。此等秦末“策士”卷入复辟黑潮，其节操已经大失战国策士之水准，变成了真正的摇唇鼓舌唯以一己之利害为能事的钻营者。即或大有“贤名”的张耳陈余，后来也因权力争夺大起龃龉，终究由刎颈之交变成了势不两立。凡此等等，总体说，秦末及楚汉相争期间的游说策士，胸怀天下而谋正道信念者极其罕见，实在使人提不起兴致说道他们。

如此这般鼓噪之下，赵军在无秦军主力的河北之地势力大张。张耳陈余当即说动武臣自号为武信君（后来的项梁也自号武信君），两人则实际执掌兵马。及至周文兵败之时。张耳陈余在河北已经成势，“不战以城下者三十余城”。

此时，张耳陈余立即劝武臣称王，其说辞同样夸张荒诞：“陈王起蕲，至陈而王，未必立六国之后！将军今以三千人下赵数十城，独介居河北，不王无以填之也！且陈王听信谗言，得知消息，我等恐难脱祸灾。或陈王要立其兄弟为赵王，不然便要立赵王后裔为王。将军不能错失时机，时者，间不容息也！”武臣怦然心动了，那个奉陈胜之命监军的邵骚也心动了。于是，武臣做了赵王，陈余做了大将军，张耳做了右丞相，邵骚做了左丞相。一个复辟山头的权力框架，就此草草告成了。

陈城的张楚朝廷接到武臣部复辟称王的消息，陈胜大为震怒，立即要杀武臣家族，还要发兵攻赵。当时的相国房君劝阻了陈胜，认为杀了武臣家族是树了新敌，不如承认其王号，借以催促武臣赵军尽快发兵西进合力灭秦。陈胜的张楚也是乱象丛生鞭长莫及，只好如此这般，将武臣家族迁入王宫厚待，还封了张耳的长子张敖一个“成都君”名号。同时派出特使，催促赵军立即西进。

“赵军不能西进也！”

张耳陈余终究显露了背叛陈胜军的真面目。两人对赵王武臣的应对说辞是：“陈王认赵王，非本意也，计也。果真陈王灭秦，后必加兵于赵。赵王不能进兵灭秦，只能在燕赵旧地收服城池以自广。届时，即或陈王果真胜秦，也必不敢制赵也！”武臣自然立即听从，对陈胜王命不理不睬，却派出三路兵马扩地：韩广率部北上旧燕地带，李良率部扩张河北地带，张黡率部扩张上党地带。

立即，复辟者们之间便开始了相互背叛。韩广北上燕地，立即联结被复辟作乱者们通号为“人豪”的旧燕老世族，自立为燕王，拒绝服从赵王武臣的任何指令。武臣大怒，张耳陈余亦极为难堪，君臣三人遂率军北上问罪。然则三人谁也没真打过仗，心下无底，大军进到燕地边界便驻扎了下来。武臣郁闷，大军驻定后便带了随从护卫去山间游猎，却被早有戒备的韩广军马俘获了。这个韩广倒是青出于蓝而胜于蓝，坦然行奸公然背叛，效法武臣而过于武臣，一拿到武臣立即向张耳陈余开出了天价：分赵地一半，方可归还赵王！张耳陈余大觉羞恼，可又对打仗没谱，只好派出特使“议和”。可韩广黑狠，只要使者不说割地，立即便杀，一连杀了十多个使者。张耳陈余一筹莫展之际，一个当时叫做“厮养卒”的家兵，对张耳的舍人说，他能救出赵王。舍人是张耳的亲信门客，遂将此事当做笑谈说给了张耳。张耳陈余也是情急无奈，死马权作活马医，也不问厮养卒究竟何法，便立即派这个厮养卒以私说名义，去了燕军营垒。厮养卒很是机敏，跟着张耳家风早早学会了一套大言游说本领，说了一番大出韩广意料的话，事竟成了。这番对答颇具讽喻，诸公且看：

“将军可知，臣来欲做何事么？”厮养卒煞有介事。

“当然是想我放了赵王。”燕将一副洞察奸谋的神态。

“将军可知，张耳陈余何等人也？”厮养卒诡秘地一笑。

“贤人了。”燕将板着脸。

“将军可知，张耳陈余之心？”厮养卒又是诡秘地一笑。

“当然是想讨回赵王了。”燕将很是不屑。

“将军错也！”厮养卒一脸揭穿真相的笑容，“武臣、张耳、陈余三人同兵北上，下赵地数十城之后，张陈早早便想自家称王了，如何能甘居卿相终生？将军知道，臣与主，不可同日而语也。当初张耳陈余没有称王，那是赵地初下，不敢妄动罢了。今日赵地已服，两人正欲分赵称王，正欲设法除却赵王之际，燕军恰恰囚了赵王，岂不是正使张耳陈余得其所哉！更有甚者，张耳陈余早想攻燕，赵王不首肯罢了。不放赵王，张陈称王，后必灭燕；放了赵王，则张陈灭燕不能成行。此间轻重，燕王不知道么？”

这番诈说禀报给韩广，这个黑狠粗疏的武夫竟信以为真，当即放了武臣，教厮养卒用一辆破旧的牛车拉走了。于是，这个武臣又到邯郸做了赵王，张耳陈余也不再说问罪于韩广了。然则，背叛闹剧并未就此完结。武臣刚刚回来，那个派往常山扩地的李良又叛赵了。李良乃旧赵一个老世族将军的后裔，见武臣此等昔年小吏也能在乱世称王，心下早早便有异志了。扩地常山后，李良部又图谋收服了太原，北进之时却被井陉关的秦军阻拦住了。章邯得知消息，立即下令井陉关守将策反李良。于是，秦将将章邯特使送来的二世诏书不作泥封，送给了李良。这件假诏书允诺，若李良反赵投官，可免李良之罪，并封侯爵。李良很是疑惑，迟迟不敢举动。正当此时，一次偶然的事件诱发了李良的突然叛赵。

一日，李良回邯郸请求增兵扩地。行至邯郸城外，路遇赵王武臣的姐姐的车马大队经过，李良见声势煊赫，以为是赵王车驾，便匍匐道边拜谒。不料这个老公主正在酒后醉态之中，只吩咐护卫骑将打发了李良，便扬尘而去了。李良素以贵胄大臣自居，当时大为难堪。身边一个侍从愤然说：“天下叛秦，能者先立！赵王武臣原本卑贱，素来在将军之下，今日一个女人竟敢不为将军下车！追上杀了她，将军称王！”李良怒火中烧，立即派侍从率部追杀了那个赵王姐姐，并立即调来本部军马袭击邯郸。攻入邯郸后乱军大作，赵王武臣与左丞相邵骚一起被杀了。

当时，张耳陈余侥幸逃脱出城，收拢流散赵军，终于聚集了数万人之众。此时，张耳陈余本想自家称王，然又疑虑不安。不安之根本，是赵风武勇好乱，怕自己难以立足。一个颇具见识的门客提出了一则谋划，说：“两君乃羁旅，外邦人也，若欲在赵地立足，难也！只有拥立真正的赵王之后，而两君握之实权，可成大功也！”两人一番密商，终于认可了门客谋划。于是，一番寻觅，搜罗出了旧赵王的一个后裔赵歇，立做了赵王。其时邯郸被李良占据，张耳陈余遂将赵歇赵王暂时安置在了邯郸北部百余里的信都城。立足方定，李良率军来攻。顶着大将军名号的陈余，只有硬着头皮迎击。不知如何一场混战，左右是陈余胜了，李良部败逃了，李良投奔章邯秦军了。

自此，陈余声名大振，被赵歇赐号为儒士名将。陈余自家也陡然亢奋起来，自视为攻必克战必胜的大将军，立马傲视天下了。随即，张耳陈余其心勃勃，将赵王重新迁回了邯郸，又大肆聚集赵地流散之民多方成军，几个月间势力迅速膨胀，号称河北赵军数十万，声威动于天下。

秦军的河北战事，开初直是摧枯拉朽。

深秋时节，章邯军向北渡过漳水直逼邯郸，王离军南下越过信都[1]，进驻曲梁[2]，对邯郸形成了南北夹击之势。其时陈余之名大为鼓噪，王离特来章邯幕府请教战法。章邯万般感喟道："世无名将乎？竖子妄得虚名哉！若我始皇帝在，秦政根基在，不说一个陈余，便是项氏楚军百个项梁复生，便是百个狠恶项羽，能在我大秦锐士马前走得几个回合也！战之根基，在军，更在政。此等流盗散军，最经不起周旋。不说乃父乃祖与蒙恬在世了，便是老夫与将军，只要粮草充裕，国政整肃，如此乌合之众何足道哉！奈何，今非昔比也！"王离虽无章邯切肤之痛，却也对目下大局忧心忡忡，向章邯叙说了咸阳族人送来的密报消息，痛骂了赵高的专权妄为，对秦政险难与秦军艰危处境很感郁闷。章邯毕竟老辣，气定神闲地抚慰了王离，末了道："将军毋忧，我等仍以前谋，以快制变。尽速了结河北战事，方可转身问政。河北之战，无甚战法可言，只六个字：放开手脚大打！立冬之前，回军南下。"

旬日之后，两军在邯郸郊野摆开了大战场。

陈余正在气盛之时，更兼从未与秦军主力对过阵，更没有见识过灭六国时的老秦军，陈余等以往所知之秦军，只是年来所遇到的"纷纷望风归附"的郡县尉卒，故对章邯王离大军全然没放在心上。日前会商战事，陈余昂昂然道："来日一战，河北可定也！其后臣自南下灭秦，赵王只等称帝便是！"张耳亦大为振奋，自请亲督粮草后援，决与陈余共建灭秦主力之大功。唯其如此评判，赵军才全然忘记了项梁楚军的前车之

---

[1] 信都，大秦邯郸郡城邑，旧赵国陪都，大体在今河北省邢台市以南地带。

[2] 曲梁，邯郸郡要塞，大体在今河北省邯郸市东北郊地带。

鉴，才有了陈胜举事以来的山东复辟诸侯军第一次与秦军主力对阵而战。

时当深秋，大河之北的山川原野一片枯黄。邯郸郊野的山原上，两军大阵各自排列，久违了的壮阔气象再次展现。背靠邯郸的大阵火红一片，赵字大旗与陈字大旗下的战车上，是赵国大将军陈余，战车后一排骑将一色的赵国传统弯刀，其后的主力是红色为主而颇见驳杂的步卒大阵，两翼是两个骑兵方阵。陈余大军号称数十万，满山遍野铺开，连背后的邯郸城都显得渺小起来了。赵军之南一两里之遥，是黑沉沉的以步卒为主的秦军大阵，军旗帅旗之间是白发苍然的老将章邯，身后是司马欣、董翳两员大将。正面大战，章邯没有出动王离的九原铁骑，而只以本部刑徒军对阵赵军。章邯坚执不要王离亲自出战，只要王离派出大将涉间率三万铁骑布阵于刑徒军之后做最后追杀。是故，正面大阵并无九原铁骑身影。

“攻杀秦军！俘获章邯——！”陈余长剑直指奋力大吼。

“全军推进，攻克邯郸。”章邯冷冰冰劈下了令旗。

双方数十百面大鼓齐鸣，无以计数的牛角号呜呜吹动。弥天杀声中，赵军三阵齐发，漫天红潮般压了过来。章邯大阵的两侧弓弩阵立即发动，长大的箭镞呼啸着疾风骤雨般扑向赵军。与此同时，刑徒步军大阵踩着鼓点踏着整肃的步伐，沉雷般向前隆隆推进，铁盾短剑亮闪闪如丛林移动，不管对面赵军如何汹涌而来，只山岳般推向红色的汪洋。

黑色的山岳与红色的汪洋，在枯黄的原野轰然相撞了。秦军已非昔日秦军，赵军亦非昔日赵军。一经接战，搏杀情形也迥然有别。赵军汪洋几乎是一触即溃，立即弥散为无数的红潮乱团，战车战马步卒交互纠缠，大多未与秦军交手便相互拥挤践踏成一团乱麻……无须细说此等战场，结局是大半个时辰后红色汪洋整个地溃散了。章邯下令步卒停止追杀，只教涉间的三万铁骑去收拾逃敌。这三万九原飞骑一经发动，实在是声势惊人，马蹄如雷剑光耀日，立即化作了无数支利剑疾射而出。篡昔日赵军之名的伪赵军，惊骇得连逃都没了力气，索性纷纷缩进了能藏身的各种沟沟坎坎之中。大将军陈余早已经跌翻了战车，心惊肉跳地被护卫马队簇拥着卷走了。赵军骑兵眼见主帅大旗没了踪迹，当即哄然四散。然则，面对疾如闪电的秦军主力飞骑，骑马逃跑反倒死得更快更利落，惊恐之下，赵军骑卒索性纷纷滚下战马，躲进了随处可见的沟坎树林。一时间，战场之上空鞍战马四野乱窜，惶惶嘶鸣着打圈子寻觅主人，反倒大大妨碍了秦军铁骑的追杀。九原骑兵主将涉间见此等战场功效甚微，立即下令停止了追杀。

仅仅一战，赵军便丢弃了邯郸，逃奔到巨鹿去了。

赵王赵歇与丞相张耳，早早在赵军溃散之初便仓皇地逃出了邯郸，一路直奔进巨鹿城才惊恐万状地驻扎下来。后从战场逃亡的陈余却没有敢进巨鹿城，而是在大陆泽畔的一片隐秘谷地草草扎了营地。数日后聚集得几万流散人马，陈余这才将营垒稍稍向巨鹿城靠近，并派军使知会了城内的赵王和张耳，说是赵军主力屯驻郊野可内外呼应，乃最佳守城之法。张耳很是不悦，却也无可奈何，只好以赵王之名下令陈余立即迎击秦军，确保巨鹿根基。

正当此时，章邯挥军北上，王离挥军南下，三面围定了巨鹿城。章邯军堵在巨鹿之南广阔的棘原高地，王离军多快速飞骑，则堵在巨鹿东北两面的高地要隘。两军遥遥相望，将未及再度逃窜的陈余大军也一并裹进了包围圈。阴差阳错之间，陈余军真正成了巨鹿城的外围壁垒。城内张耳始觉心下稍定。城外陈余却懊悔得骂天骂地不迭。至此，巨鹿被三面包围，唯余西面一道滚滚滔滔的漳水，只怕突围出城也难以渡河。章邯王离会商，要尽快攻克巨鹿这座坚城，根除河北之地的复辟势力。因章邯军在南，故章邯仍效前法，再筑甬道，将经由河内甬道输送到棘原的粮草，再由巨鹿之外的甬道输送到王离军前。

孰料，正在秦军忙碌构筑甬道，预备粮草器械之时，河北地却下起了冷飕飕秋雨。连绵十数日，秋雨中竟有了隐隐飘飞的雪花，地面一片雨雪泥泞，天气眼看着一天天冷了。好容易天色舒缓雨雪终止，秦军正在焦灼等待原野变干之际，突然传来了一道惊人的军报：河内甬道被项羽楚军强行捣毁切断，粮草输送断绝了！

谁也没有料到，北上楚军能在安阳滞留四十六日。

楚军从彭城两路进发，宋义率主力大军北上，刘邦率本部人马西进。一上路，宋义便对前军大将当阳君下了一道秘密军令：徐徐进军，日行三十里为限。对其余诸将，宋义则着意申明：北进中原粮草输送艰难，须大体与粮草辎重同步，各部须以前军里程为行军法度，不得擅自逾越。如此一路行来，走了将近一月，才渡过大河抵达安阳之南的郊野。一过大河，宋义立即在幕府聚将，申明了自己的方略：大军北进连续跋涉，全军疲累，粮草尚无囤积，不能仓促救赵，须在安阳驻屯休整，待粮草充裕之时再行救赵。项羽怒不可遏，当时便要发作。范增硬生生扯住了项羽，项羽憋闷得一转身大步走了。宋义分明看见了项羽的种种颜色，却不闻不问地散帐了。

“亚父如何阻我？宋义分明误事！”回到军帐，项羽怒气勃发了。

“宋义固然误事，然众怒未成，不能轻举也。”

“要甚众怒！一手掐死那个匹夫！”

“少将军差矣！”老范增一叹，“大战赖众力。不聚人心，万事无成也。”

“如此说来，只能死等？”

“未必也。”老范增平静道，“目下，我等至少有两件事可做：一则，老夫与诸将分别周旋，设法使诸将明白宋义错失，以聚人心；二则，少将军可秘密联结已经先期抵达的精锐新军，妥善安置其继续秘密驻扎。这支大军乃救赵奇兵，目下，尚不能公然与我合军。说到底，在宋义心志叵测之时，这支奇兵不能显身。”

“狗宋义！老子终有一日杀了他！”

项羽愤愤地骂着，还是依老范增的方略忙碌去了。

大军驻屯到一个月时，刷刷秋雨来了。时当十月初，正是秋末冬初。天寒大雨，士卒冻饥，连绵军营一片萧疏冷落。漳水两岸的原野，终日陷在蒙蒙雨雾中，军营泥泞得连军炊薪柴都湿漉漉无法起火了。安阳城隐隐可见，然终日进出者却只能是宋义等一班高爵将吏，将士们便渐渐有了怨声。正当此际，宋义接到了齐王田市的王书，盛邀其长子宋襄到齐国任丞相之职。宋义大喜过望，立即亲自带着一班亲信幕僚，车马连绵地冒雨将长子送出了百余里地，直到旧齐国边界的巨野泽北岸的无盐城[1]，将儿子亲自交到了齐王特使手里，才停了下来。三日后回到军营幕府，宋义又聚来所有的高爵将军与文吏大宴庆贺，乐声歌声喧嚷笑声从幕府飘出弥散于雨雾军营，校尉士卒们终于忍不住骂将起来了。

这一日，原本拒绝了宋义酒宴的项羽，却在酒宴正酣之时怒冲冲闯进了幕府。项羽不知道的是，冻得瑟瑟发抖的校尉士卒们已经跟着他的身影，在幕府外聚拢了起来。项羽闯进幕府聚将厅，几名黄衫楚女正在飞旋起舞，楚乐弥漫，劝饮祝贺声一片喧闹。见项羽黑着脸大踏步进来，幕府大厅一时难堪，骤然沉寂了下来。宋义大为皱眉，向舞女乐手挥挥手，乐声停了，舞女们也惶惶退下了。

“次将何以来迟耶？”宋义矜持而淡漠地笑了。

“我非饮酒而来，亦无心庆贺。”项羽冷冰冰一句。

“如此，次将何干耶？”

“秦军围赵，楚军救赵。楚军当立即渡过漳水，与赵军里应外合破秦！”

“次将轻谋也。”眼见大将们一片肃然，似对项羽并无不满，宋义也不好厉声指斥，索性将自己的谋划明白说出，遂矜持地淡淡一笑道，“夫搏牛之法，不可以破虮虱。[2] 用兵之道，大力徒然无用，终须以智计成也。老夫救赵之策，在先使秦赵相斗，我军后发也。今秦军攻赵，秦若战胜灭赵，则我军顺势安然罢兵回师，此谓‘承其敝’也；秦若不能胜，则我军引兵鼓行而西，必灭秦军矣！被坚执锐，义不如公；坐而运策，公不如义。明白否？”

“不明白！”项羽怒声道，“赵亡则诸侯灭！救赵便是救楚！”

“大胆项羽！”宋义终究不能忍受，拍案霍然起身，高声下令道：“诸将听令：自今日之后，猛如虎，贪如狼，强力不可使者，皆斩之！”

---

[1] 无盐，秦时薛郡城邑，大体在今山东省东平县以南地带。

[2] 《史记·项羽本纪》该句原文为：“夫搏牛之虻不可以破虮虱。”其集解、索隐的多种解释均不能直接体现其本意。以文本内涵，疑该句文字有误，当为“夫搏牛之法，不可以破虮虱。”

项羽冷冷一笑，转身大踏步径自出了幕府。庆贺大宴顿见难堪，大将们纷纷各找托词而去，片刻间幕府便冷清了下来。宋义气恼，立即上书楚怀王禀报了项羽的强横不法，请准罢黜项羽次将。孰料，彭城一直到旬日之后方才来了一道王书，只有短短三五行：“楚军救赵，庙堂之急策也。虽雨，卿子冠军幸勿迟滞。”宋义大是郁闷了。以宋义之心忖度，楚怀王决策救赵云云，只是名义罢了，最终仍然是要牢牢保存住这支仅有的楚军。然今日楚怀王回书，却分明是将救赵当真了，显然是责怪宋义了。虽然王书未提项羽，然其意显然是认为项羽在这件事上无甚差池。楚王如此忌惮项羽，也不打算趁此良机罢黜项羽，当真一个迂阔君王也。宋义很懊丧，一时却也思谋不出良策应对项羽。对于此等拥兵大将，宋义若没有楚怀王名义，几乎是无法制约的。而原先宋义对制服项羽有十足信心，根本便在于认定了楚怀王忌惮项羽，一定会全力支持自己设法制约项羽，甚或除掉项羽。目下楚怀王只字不提项羽，可见军中大将也未必赞同“先斗秦赵”之策。当此之时，宋义当真犯难了。

宋义没有料到，军中情势会发生如此突然的变化。

项羽和范增秘密邀来了当阳君、蒲将军等几位大将与项楚军的所有部将，聚商于次将大帐。项羽慷慨激昂地说：“楚军北上，本当勠力攻秦救赵！不料，宋义竟滞留不前，陷我军于困境！今岁乱世，岁饥民贫，军无囤粮，士卒只能吃半菜半饭，都饿成了人干！而宋义，竟能在将士冻馁之际铺排私行，饮酒高会！更有甚者，宋义不引兵渡河，与赵并力攻秦，反说使秦赵相斗而承其敝。以秦军之强，攻新立之赵，势必灭之！秦军灭赵之后，正在强盛之时，我军何敝之承？再说，楚军定陶新败，楚王坐不安席，连府库仓底都扫了，搜罗粮米财货交给宋义。国家安危，在此一举！宋义却反其道而行之，不恤士卒，只徇其私，大非社稷之臣也！”

老范增斟酌出的这一番奋激之辞，使将军们对项羽大起敬服之心，纷纷声言愿与鲁公同心救赵。曾是刑徒的黥布尤其踊跃，当当拍案，声言要项羽索性杀了宋义，自己做上将军。项羽颇见诡秘地冷冷一笑，虽未首肯，却也没有摇头。将军们散去后，老范增终于说了一句话：“少将军，人心所向，时机到也。”项羽得此一言，嘿地一喝，奋然一拳砸得大案咔嚓散架了。

次日清晨，依旧是雨雪纷纷，军营泥泞一片。卯时未到，项羽一个人踏着泥水走进了中军幕府。项羽是仅仅位次于宋义的大将，自然是谁也不会阻拦。宋义正在早膳，案上一鼎一爵，独自细斟慢饮。听见脚步声，宋义抬头，放下了象牙大箸，矜持冰冷地问了一句：“次将违时冒雨而来，宁欲领死乎？”项羽站在案前三尺处，拄着长剑阴沉道：“宋义，尔知罪否？”宋义愕然变色，拍案沉声道：“项羽！你敢与老夫如此说话？”项羽勃然戟指，高声怒骂道：“宋义匹夫！心怀卑劣，徇私害国，天地不容也！”宋义大怒拍案，喝令未出，项羽已经前出一步，一剑洞穿了宋义胸膛。宋义倒地尚在喘息，项羽又跨上一步，横剑一抹割下了宋义头颅。及至司马护卫们闻声赶来，见项羽已经将宋义的滴血头颅提在了手中，顿时呆若木鸡不知所措了。

项羽冷冷一笑，对大厅甲士视若不见，左手提着宋义血淋淋人头，右手挺着带血长剑，大步走到了幕府外。幕府外已经轰隆隆聚来了一片将士，项羽举着宋义人头高声道：“诸位将士，宋义与齐国勾连，背叛楚国！项羽奉楚王密令，已经将宋义杀了！”将士们惊愕万分，却没有一个人敢吱唔一声，问问项羽为何不出示楚王密令。显然，楚军将士已经被项羽的狠势果决慑服了。一片沉寂中，黥布举剑高喝：“立楚王者，本项氏也！今鲁公诛乱，我等拥戴鲁公为上将军！”

“拥戴鲁公为上将军——！”慑服的将士们终于醒了过来。

“好！项羽权且先作假上将军，禀报楚王待决。”

“宋义长子做齐国丞相，后患也，当追杀之。”范增提醒一句。

“龙且，带百人飞骑追杀宋襄！”项羽立即高喝下令。

龙且奋然一应，飞步去了。三日后，龙且带着宋义之子的人头返回，禀报说追到齐国腹地才杀了宋襄。项羽不再有后患之虑，立即依范增铺排，派出了与项氏有世交的亲信大将桓楚兼程南下彭城，向楚王禀报安阳军情。数日后桓楚归来，带来了楚王正式拜项羽为上将军并统属全军救赵的王书，也叙说了彭城的朝议情形。楚怀王看罢项羽军报，只沉着脸说了一句，宋义父子当死。上柱国陈婴与令尹吕青，都只摇头不说话。最后还是楚怀王拍案决断了：“项羽擅自诛杀上将军，固然不当其行。然宋义滞留安阳四十六日，空耗粮草，误国过甚，大负国家厚望，实属有罪也。事已至此，便任项羽为上将军，当阳君、蒲将军等吕臣旧部，亦归属项羽。着其当即发兵救赵。两位以为如何？”陈婴吕青看了看旁边阴沉矗立的桓楚，想说话却终于默然，最后还是点头认可了。桓楚说，他拿到了王书便火速北来，不知这两人背后会不会有何不利于上将军的谋划。

范增悠然笑道：“能有何谋划？君臣三人心思一般，无非思谋如何借重沛公刘邦，掣肘少将军罢了。这道王书，迫不得已也。”项羽咬牙切齿道：“这个楚王始终疑忌于我，当真不可理喻！”范增道：“当此之时，少将军毋顾其余，只全力部署战事。一旦胜秦主力大军，任何疑忌亦无用。”

项羽激切于复仇之战，立即派出了当阳君、蒲将军率两万兵马先行渡过漳水北上，作为救赵前军开赴巨鹿。孰料，旬日之后战报与陈余特使同时飞来：两支楚军与秦军接战，陈余的赵军也开出营垒夹击，谁知不堪秦军战力，两军均遭大败。陈余军被章邯的刑徒军截杀数千，两支楚军则被王离的九原铁骑尽数击溃，已经成了一支残军。若非雨雪之后战场艰难，秦军不能趁势猛攻，只怕巨鹿已经陷落了。陈余特使惶恐万分，紧急吁请项羽立即增兵北上，否则河北将有灭顶之灾。

“不能立即北上。”老范增冷冰冰阻挠了。

“亚父，河北危急，何能迟滞！”

“少将军少安毋躁，此时一步出错，悔之晚矣！”

老范增备细陈说了目下大势：当阳君蒲将军两部失利，足证楚军战力尚差，贸然北上，只能是徒然惨败。至于巨鹿赵军，断不会迅速陷落。范增审量的大势是：秋末连绵雨雪，已经极大迟滞了河北战事，也改变了三方格局。在赵军而言，得到了喘息之机，依靠巨鹿仓的存储尚能支撑，城外的陈余营垒也在不断收集流散兵卒之后军力增强，不致立即失守。在秦军而言，战场攻杀因雨雪而中止，河内粮道又被切断，秦军已经陷入困境，章邯王离必定急于速战速决。在楚军而言，安阳迟滞太久，此前粮草又无囤积，将士战马连月冻馁疲软无力，南方将士又衣甲单薄不耐寒冷，此时战力正在低谷，恰恰不宜速战。唯其如此，立即北上冬战，不利于楚军，只利于秦军。范增谋划的方略是：就地屯驻窝冬，继续截杀秦军的河内粮草，使将士们日日吃饱喝足，养息战力士气并整肃军马，来春北上决战！

“少将军切记，无精兵在手，万事空论也。”

“好！便依亚父谋划。”

经此四十余日滞留，后复生变折腾，眼看着进入了隆冬。

整整一个冬天，移营避风地带的楚军已经完全地恢复了过来。

这个冬天，项羽对楚军做出了大刀阔斧的整肃。第一则，全军各部立即裁汰老弱病残，统交后军安置：能做工匠仆役者留用，一无所能者原地构筑壁垒自守，来春不需北上战场。第二则，宋义幕府的全部老旧战车、乐工舞女、辕门仪仗等，或毁弃或遣散，军中不许任何奢靡之气蔓延。第三则调出秘密驻扎在安阳河谷的项楚精锐新军，正式编入上将军归属，列为全军主力，由龙且统率日日演练对秦军铁骑作战之法。将军们至此方知项羽还有一支藏而未露的精锐新军，一时尽皆惊愕，对项羽更增添了几分敬畏。第四则，将原本由宋义亲自统率的中军主力，即吕臣旧部与陈婴旧部，改为护持粮草修葺兵器的后军，由吕臣旧部的苍头军老将统率。第五则，以黥布军马为游击之师，持续此前捣毁秦军河内输粮甬道的战法，冬日连续出动，决不使秦军粮道恢复。第六则，以桓楚所部为根基，建成楚军弓弩器械营，赶制出百余架大型连弩并数以万计的长箭，日日演练操持之法。第七则，以项楚军的江东本部子弟兵为中军轴心，全部骑兵，由项羽亲自统率并施以严酷训练。如此连番整肃之下，加之彭城陆续输送的粮草衣甲兵器，加之项羽在冬天里也丝毫没有放弃的种种演练，当河冰化开春草泛绿之时，楚军较当初北上之时，已经变成了一支真正兵强马壮的精锐之师了。

河冰一开，项羽举兵北上了。

那日清晨，霜雾蒙蒙之际，项楚大军开出了隐秘营地，劲急之势非同寻常。正午时分，楚军抵达漳水南岸，未尝稍歇开始渡河。兵士乘船，战马泅水，两岸号角呼应战马嘶鸣，气象大为壮阔。上将军项羽没有与兵士共舟渡河，而是脱去了甲胄斗篷，一身短打布衣，牵着战马哗哗哗蹚进了尚有游冰浮动的河水，人马一起泅渡。

项羽的战马很是神骏特异，名号为“骓”。《正义》引《释畜》云：“苍白杂毛，骓也。”亦云青白色战马。毛色苍白驳杂，并不如何悦目，然却一定很有一种战场所需要的威猛恐怖感。几年后项羽濒临绝境，要将这匹战马送给乌江亭长。其时，项羽如是说骓：“吾骑此马五岁，所当无敌，尝一日行千里。”因此一席话，这匹战马流传后世且日益神化，成为历史上寥寥几匹著名战马之一。

大约后人多觉苍白杂毛不好看，于是，这匹神骏战马便有了一个传说中的名号，乌骓马，变成了一朵飞翔驰骋于战场的黑云。项羽一生天赋皆见于三事：兵器，烈马，美女。少年天赋直觉，求之“万人敌”；再后天赋直觉，得神骓战马；再后又天赋直觉，得美人虞姬。此三事之外，项羽天赋一无所见。故此，项羽对神骓之说，该当可信也。此时，毛色驳杂的神骓驮着那支粗长的“万人敌”，项羽散发布衣与战马从容泅渡于浮冰之间，在河面孤立显赫状如天神。舟船上的将士们精神大振，立即便是一片上将军万岁的奋然欢呼。

越过漳水，楚军在北岸的河谷地带聚结了。项羽站在一方大石上，挥着长剑激昂地下达了死战部署：“诸位将士！楚军为复仇定陶而战！为复辟六国而战！楚军有去无回！有进无退！楚军的血肉尸骨，要换得秦军伏尸遍野！要换得秦政灭亡！此次救赵血战，项羽决意亲率江东子弟披坚执锐，直下秦军营垒！项羽死战将令：全军凿沉渡船！砸破釜甑！烧掉庐舍！兵器战马之外，将士只带三日干食！破釜沉舟！血战秦军！”

“破釜沉舟——！血战秦军——！”吼声震天，弥漫了漳水河谷。

奋然忙碌，一个时辰余，楚军凿坏了所有渡河舟船，砸坏了所有造饭的铁锅陶甑，烧掉了所有被军中称为“庐舍”的军帐，每个将士领到了只够三日的饭团干肉，人人收拾得紧饬利落。不待项羽将令，楚军各部便整肃聚结了。

“全军北上！”望着尚未熄灭的熊熊火焰，项羽劈下了令旗。

五　各具内忧　章邯刑徒军与王离九原军

秋战迟滞未能如谋，章邯王离大感棘手了。

一切困局，皆因一场连绵雨雪而起。世间万事皆同，艰危之局一旦有了突发诱因，往往一发不可收。章邯所以要以快制变，其主旨，便是在困局未成之前腾挪出转身时机。以实际情形论，若秋战成行，其时滞留安阳的楚军主力无法北上，即或仓促全数北上，也绝无后来的战力，秦军灭赵胜楚几乎是必然的。河北战事之后，秦军挟战胜之威大举南下，驻屯安阳而尚未恢复的楚军主力，事实上是无法抵挡的。秦军再度击溃项羽楚军，则刘邦纵能入关也无济于事，经不起章邯王离大军的回师之力。果然如此，天下大局岂能如后来一朝分崩离析哉！不合上天一场连绵雨雪，错过了最佳战机，河内粮道又被摧毁断绝，秦军顿时被困隆冬，无法快速转身了。

无奈之下，章邯与王离秘密会商，只好强行对赵军冬战。然则，几仗之后，却是进展甚微。巨鹿城外的陈余军，此时已经与先期救赵的两支楚军残部合并，固守实力大增。陈余与当阳君蒲将军会商之后，依据山形地势构筑起坚固的壁垒，又用山水反复浇泼石垒鹿砦，光溜溜白森森一道丈余高的冰石大墙横亘山脊，确实很难攻杀。惊慌的赵军楚军又铁了心坚守不出，只缩在营垒以弓箭滚木礌石应对。冬日草木萧疏，秦军士卒攻杀无以隐身，伤亡反倒比赵军大了。巨鹿城的赵军也如出一辙，依仗着闻名天下的巨鹿要塞的高厚城墙，只在城头做种种施为，绝不出城垣一步。连番几次攻杀无效，章邯斟酌良久，终于下令停止了冬战，着手整肃自己的刑徒军了。

章邯的这支刑徒军，虽是秦军名号，年余平乱中也算战功赫赫，然则，刑徒军终与王离率领的九原主力军不同，此时困局一显，立即便生发出种种事端。最大的事端，是刑徒士卒开始纷纷闹功罢战，声言再不论功赐爵便不上战场了。

要明白闹功罢战的根源，得从刑徒成军说起。

当初，为紧急成军应对攻进关中的周文大军，章邯奉李斯方略，以皇帝诏书名义明令宣示：免除刑徒既往之罪，此后战功以大秦军功法行赏。也就是说，非但所有人军罪犯一跃而成无罪平民，且有了入军建功立业的大好时机。是故，骊山刑徒们一闻皇帝诏书，立即欢声遍野，人人奋然入军。七十万刑徒中遴选出三十万上下的精壮成军，可谓人人都是罪犯之中的精明能才，不用艰难训练便能像模像样地打仗。对周文首战大胜之后，刑徒军竟成为令朝野万分惊愕的一支特异大军，其战力丝毫不下于秦军主力。此间根本原因，便在于刑徒士卒们人人急切于立功得爵，真正成为光耀门庭饱受敬重的尊贵人士。孰料，此时的秦政秦法早已今非昔比，更非章邯所能掌控了。二世胡亥痴迷享乐，早将平定盗乱论功赐爵等等军国大事抛到九霄云外去了。用事掌权的赵高，一则全力谋划陷害李斯，二则认定章邯为李斯同党，疑忌章邯刑徒军会成为无法掌控的后患，是故根本不理睬章邯的一道道军功战报，更不会对刑徒赐爵而张其声势。其时，李斯尚未入狱。然面对种种羁绊，李斯连见到胡亥一面尚且不能，如何能实施军功赐爵这等大事？

军功法，乃秦法根本之一。依据军功法度：一战一论功，一战一行赏，不得迟滞。论功之权在军，赏功之权在君。没有皇帝诏书认定，赏功便没有国家名义。皇帝杳无踪迹，章邯徒叹奈何。其后，李斯入狱了，赵高做中丞相了，胡亥更没谱了，论功赐爵事也更是泥牛入海了。章邯不知多少次派出特使回咸阳催请，结果是特使连赵高的面都不能一见，遑论亲见皇帝胡亥？如此跌宕日久，刑徒军马不停蹄地转战年余，大战小战不计其数，军功与死伤也越积越多，却没有一战论功赐爵，没有一战得国家抚恤，没有一个刑徒士卒获得哪怕小小一个公士爵位。

骤临断粮冬战，刑徒军士卒终于不堪忍受了。

谚云，罪犯多人精。成军的骊山刑徒，大多是因始皇陵汇集的山东六国罪犯，秦人罪犯很少。秦人经变法之后百五十余年，犯罪者已经大为减少，即或有，也多散布于小工程为苦役。无论是山东六国罪犯，还是老秦国罪犯，大体都是非死罪犯人。也就是说，这些罪犯基本不涉及谋逆作乱或复辟举事等灭族必杀大罪，故能以苦役服刑。就实际人群而论，这等不涉死罪之刑徒，大都是颇具才智且敢于犯难走险之人。商鞅变法之时，对此等最容易触犯法律的庶民有一个特定用语，疲民。疲者，痞也。专指种种懒汉豪侠堕士与械斗复仇拨弄是非传播流言不务正业之人，统而言之，或曰不肖之徒，或曰好事之徒。大举汇集数十万人的罪犯群体，更有一种不同于常人群体的特异处：多有触法官吏，多有世族子弟，亦不乏各具艺业的布衣士人。此等人读书识字且颇具阅历才具，遇事有主见，有胆识，善聚合，极易生出或必然或偶然的种种事端。始皇帝末期，骊山刑徒曾发生过一次震惊天下的暴乱：刑徒黥布聚合密议，秘密激发数千刑徒逃亡，事发之夜被秦军追杀大半，然最终仍有残部进入深山遁去，最后成为一支响应陈胜军而举事反秦的流盗军。手无寸铁之刑徒，尚能如此秘密聚合而爆发，况乎全副甲胄器械在手的一支刑徒大军也。

章邯后来才知道，开进河北之前，刑徒士卒们已经在秘密酝酿逃亡罢战了。因由是，刑徒士卒中的隐秘高人认定：定陶大战全胜，尚且不见国家赏功，日后只怕永远没指望了；朝廷既能有功不赏，只怕当初的免罪之说也会食言。果真如此，刑徒士卒们最终只能落得个罪犯死于战场而已，等于服了死刑，比苦役更为不堪！那次逃亡罢战，之所以没有付诸实施，在于刑徒士卒们在相互密议中，突然流布出一则隐秘高人的评判：河北之战很可能是最后一次大战，战胜之后，章邯王离将提兵南下问政。果真立了新皇帝，平乱之功不会不作数。再说，河内甬道筑成后军粮衣甲充裕，不挨饿不受冻，几位统兵将军也善待士卒，不妨打完河北之战再相机行事。

进入河北之后，丞相李斯惨死的消息传开了，赵高做中丞相的消息也传开了，甚或，连章邯派司马欣回咸阳而无果逃回的消息都传开了。渐渐地，刑徒士卒们又骚动了。然当时战胜在即，刑徒士卒们仍厚望于其后的举兵南下问政，依然撑持着打了邯郸之战，击溃了河北赵军。及至秋末雨雪连绵，河内粮道又断，刑徒士卒们终于绝望了。军营中纷纷传播着一则高人之言：天不助秦，大秦气数尽矣！几次冬战打得磕磕绊绊，冬战不祥的高人之言又风一般流播军中了。待章邯终于察觉出特异气息时，军心已经几近涣散了。

“刑徒军果真逃亡罢战，我派涉间、苏角助你平乱！”

“刑徒军不能乱。然则，此事又不能急切。”

王离听章邯一说刑徒军情势便黑了脸，要派主力大将涉间、苏角率军进章邯营地弹压。章邯没有赞同，说他只是知会于王离，以免他分心。章邯说，刑徒军的事，由他一力处置，只要方略得当，谅无致命事端。章邯叮嘱王离，冬日歇战之时，一要拜托王离军在就近郡县筹划粮草，刑徒军是无力帮忙了；二要王离留心疏通九原将士的愤怨之心，否则只怕也要出事。王离很是郁闷，阴沉着脸一拳砸到了案上：“论本心，我也不想打这鸟仗了！政不政，国不国，法不法，军不军，给谁打仗？为甚打仗？天知道！”嘶哑的低声吼喝中，素来木讷的王离第一次当着章邯哭了，哽咽唏嘘令人不忍卒睹。章邯一句话没说，却也破天荒地老泪纵横了。

王离的痛心愤激，在于九原秦军的战心早已经弥散了。

一腔愤怨郁积太久，将士们终于沮丧了，终于绝望了。

九原秦军的中坚力量有三种人，一为将门功臣子弟，二为大多易姓埋名的皇族子弟，三为关中陇西两地的布衣平民中的军旅世家子弟，所谓老秦人是也。诸多部族家族几代从军，族中若有大事，动辄在军中一传便是百数千人。寻常间国政清明军法森严，除却军务公事，族人之间来往极少，绝无山东六国军旅中的种种地方族党聚结之风。然则，自始皇帝骤然薨去，军中情势一天天恶变了。扶苏被迫自杀，蒙恬蒙毅先入狱而后被迫自杀了。这是九原大军遭遇的第一次巨变，其时不啻当头惊雷，九原大军的轴心力量骤然骚动了。入军人数最多的蒙氏王氏两大部族将士，立即激荡起来。蒙氏族人乃直接受害者，虽没有遭受连坐问罪，却是愤激万分。王氏与蒙氏三代世交，并力驰骋战场，同为最大的功勋部族，其尊严与荣誉是一损俱损一荣俱荣，王氏将士同样也是愤激万分。两大部族的将士们人皆同心，终日同声相合，大肆鼓噪举兵南下肃政除奸。王离为将之后，大势稍见缓和。因为将士们坚信：身为功臣后裔且拥兵三十余万的王离，决不会对如此国政忍耐下去，王离一定在寻觅时机。然则，第一次巨变余波尚在，一声声惊雷又连番炸开：皇族公子公主被大肆杀戮，三公九卿一个个接连倒下，最后两个军旅大功臣冯去疾冯劫又壮烈自杀，丞相李斯这最后一根支柱也岌岌可危……国政惊变目不暇接，将士们只觉噩梦无边了。种种族群人际之牵连，种种道义公理之激发，都无可遏制地蔓延开来了，燃烧开来了，人人请战问政，人人喊冤复仇，九原大军一时间成了怒涛澎湃的无边汪洋。那时候，年轻的王离已经无法坐镇幕府，在巨大的夹缝中挤压得几乎要疯了。一个显然的结局是：若再不举兵南下，老秦人强烈的复仇秉性轰然爆发，这支大军显然便要崩溃……

恰在此时，陈胜举事了，天下大乱了。

大局骤变，九原将士们顿时惊愕万分，一片肃然，一片默然。变法之后百余年来，老秦人已经锤炼出国家至上的奉公守法精神，此时国难当头，老秦人还能自相残杀自乱阵脚么？皇帝再不好，庙堂再有奸，毕竟还是平乱灭盗的，若轰然毁了庙堂，则大秦准定完结。便在将士惊愕之际，更有惊人消息传来：盗王陈胜派周文率数十万大军进兵关中，函谷关已经告破！九原将士们顿时大哗，秦国崛起百余年函谷关巍巍然矗立，连声势最大的六国合纵也未能破得函谷关，今日竟能被乌合之众的盗军攻破，奇耻大辱也！不用呼唤提醒，潜藏于老秦人骨血之中的战国记忆骤然复活了：六国复辟，要灭秦国，真正的国难来临了！这便是植根于战国大争之世的秦军底色本性，面对危难，他们的本能反应不是挽救新的大一统的帝国天下，而是已经逐渐淡化的战国原生灵魂的骤然复活——不惧生死，与山东六国一争。

“赳赳老秦，共赴国难！”

那时，这句久违了的老秦国誓轰轰然响彻了阴山草原。九原将士们奋然请战，人人大吼着护国灭盗。王离派出特使星夜兼程飞往咸阳，请命南下。那时，李斯抱病而起，给王离回复了一件长长的丞相函，陈述了以刑徒军平盗的方略，着重申明了九原大军不能轻动的大义。王离将李斯函公然明示全军，派出一班司马到各部连番解说，这才终于稳住了大局。后来，老将章邯率刑徒军开赴战场，摧枯拉朽般击溃了盗军，将数十万“张楚”乌合之众鸷走群雀一般赶出了关中。消息传来，九原军营的欢笑声震荡了阴山：“山东六国好出息也！一群刑徒便打得他鼠窜而逃，还做灭秦大梦！”

笑声没有持续多久。天下乱象日益深重，连濒临九原郡的燕赵之地也大乱了。然在王离正要率军平定燕赵之际，却又传来了匈奴新单于冒顿要大举南下复仇的消息。九原将士们毕竟明白轻重，奋激请战的呼声终于平静了下来。其后乱局丛生，关外的郡县官府纷纷解体，大军的粮草辎重衣甲器械等等输送时断时续，后来，中断的日期便越来越长了。那条从关中专通九原的直道倒是没有中断，却因为二世胡亥的胡乱折腾，关中府库尚且告急，向九原的输送便渐渐有名无实了。及至王离分兵进入河北与章邯军并马作战，九原大军的粮草实际已经陷入困局了……昏政如血，天下大乱，平盗艰难，粮草不济，如此等等连番惊变两年余，九原将士们终于折腾得连怒吼一声的心力也没有了。

“老将军先全力整肃刑徒军。九原军，毕竟老秦人。”

“少将军上心，老秦人最是伤怀也！”

“来春大战，只怕刑徒军九原军，都不牢靠。”

“少将军，你我但尽人事而已，成败与否，想亦无用也。”

那一日，老少两人直说到天色暮黑，章邯才告辞了。

一路之上，寒风吹透了重重衣甲，章邯觉得自己变成了一道冰柱。

回到幕府，在大燎炉前枯坐一阵，又呼噜噜喝下两大盆羊肉汤菜羹，章邯才觉得四肢百骸活泛了过来。凝神思忖片刻，章邯吩咐中军司马只带两个军吏随他前去弓弩器械营。中军司马惊愕犹豫，力主要带护卫马队一起去。章邯断然道：“不能带！你小子怕死别去，老夫一个人去。”无奈，中军司马只好选来两个剑术过人的军吏，三人一起跟章邯匆匆走了。

中军司马所以担心，在于这弓弩器械营是刑徒军的轴心。

轴心之谓，能才汇聚所在也。但凡读过书识得字而又精明机巧者，不管原先做没做过工匠，都被汇聚到了弓弩器械营。章邯原本便是主力秦军中执掌弓弩器械营的大将，当初对进入弓弩器械营的刑徒士卒坚持亲自过目，对由刑徒担任的千夫长以下的头目，更是亲自遴选勘问而后定。是故，在整个刑徒军中，章邯最是熟悉这个弓弩器械营。刑徒军骚动大起，震荡源头定然在弓弩器械营。那个深藏不露的刑徒高人，也十有八九窝在此处。这既是章邯治军的直觉，也是章邯对刑徒生活熟悉所生发的直觉。在章邯统领七十万刑徒大修骊山始皇陵的一年里，因爆发了黥布聚结大批刑徒冒死逃亡的重大事件，章邯不得不开始了与刑徒轴心人物们的种种往来。在反反复复的周旋盘桓中，章邯见识了一个与常人全然不同的世道，对罪犯的轻蔑与冷酷也渐渐地消失了。也就是说，在章邯的心目里，不知不觉地将刑徒们也当做活生生的人看了。假如没有如此一段阅历，章邯绝不会在关中告破的危难关头，断然提出以刑徒成军应敌的方略。章邯永远都记得，当他说出这一谋划时，李斯惊讶得一双老眼瞪得溜圆，一口声连呼匪夷所思也，奇谋惊世也！事实确乎如此，在奉公守法成为铁则的老秦人眼中，罪犯是最为不堪的人群，而秦军将士则是国家的骄傲与荣耀，若罪犯一朝成为秦军将士，简直无异于太阳从西边出来！若非关中已经被攻破，而秦军主力又鞭长莫及，章邯的此等方略大约不是使庙堂的将军大臣们哈哈大笑一通，便是要入狱了……

“参见少府将军！”

“弟兄们坐了，老夫向晚无事，来说说话而已。”

刑徒军士卒们不约而同，历来在章邯的将军称谓之前要加上“少府”名号。刑徒们秉承了山东六国的传统评判：掌兵大将而能为国家重臣，此人杰也，必当敬之。章邯以主力大将而为大秦九卿重臣之一，刑徒士卒们是更为看重这个庙堂重职的。在章邯，则历来将刑徒士卒的这种独特称谓看做骊山工程的延续，那时章邯只是以少府之身统辖刑徒施工，并无将军实职。是故，章邯从来没有将此等称谓放在心上，走进军帐豪爽地笑了笑，便坐在了有人着意空出的唯一的一张老羊皮上。刹那之间，章邯体察到了一种人群突然中止了激切议论而略显尴尬的气息，也觉察到了那张老羊皮上留下的体味余温。目光一张，章邯力图在不经意的巡睃中捕捉到那个刚刚离开这张老羊皮的身影，可终究没有蛛丝马迹可寻。唯一的不同，这座军帐中聚集的二三十个人，中年人居多，且都是千夫长百夫长。显然，这座军帐正在举行一场秘密会商。而这座军帐，却不是任何千夫长的大帐，而只是一个军工吏独居的寻常牛皮帐。那个军工吏也在帐中，正忙着前后为少府将军寻觅陶罐煮茶。显然，谁也没料到章邯能在如此寒冷的冬夜突然来到如此一个角落军帐，一切都是仓促无备的真相痕迹。

“兄弟们谁都莫忙活，都坐，老夫有几句话说。”

章邯摆了摆手，头目们已经从最初的些微尴尬中解脱出来，都恢复了往日那种平板淡漠的神色。这是刑徒们永远的面具，只要涉公涉官，人皆相同，无论被官员认作敬畏，还是被常人认作麻木，左右总挂在脸上。要使刑徒们摘去面具说话，谈何容易。

“诸位兄弟都是军中头目，老夫有幸也。”章邯感喟了一句，而后正色坦诚道，“目下大局，诸位皆知。朝廷政情，战场军情，天下乱情，无须老夫饶舌，诸位甚或比老夫还要明白。老夫骨鲠在喉者，心有愧也！年余之前，兄弟们于大秦危难之时入军，是章邯亲口宣示了皇帝诏书，许兄弟们免罪之身、军功之途。然则，年余过去，兄弟们转战南北浴血搏杀，军功无数，死伤无算，然却无一人得军功之赏，无一人得爵位之荣。事有公理，此乃国家无信，有负于功臣烈士也！此乃老夫食言，不能重然诺之义也！庙堂昏暗，老夫无以扭转乾坤，诚无能也！浴血建功，老夫愧对万千兄弟，诚负罪也……”章邯慷慨伤痛老泪纵横，站起来对着满帐人众深深一躬，“老夫若有再生，当效犬马之劳，以报万千兄弟笃信章邯之大义！”

头目们似乎有些不安，然终究都还是平板板坐着，没有一个人说话。

“老夫今日前来，一则了却心愿，向万千兄弟请罪。”章邯没有再坐，直挺挺拄着长剑沉重道，“二则，老夫要将心下决断告知诸位，以免兄弟们多有揣测。”便是这一句话，木然静坐的头目们蓦然睁大了眼睛，炯炯目光一齐横扫过来。章邯缓慢清晰地说道，“老夫决断，只有一句话：兄弟们愿走便走，愿留便留，老夫绝不以军法追究。就事说事：愿走者，可带走随身衣甲战马与短兵，每人另发五千半两钱，伤残兄弟发十金。战死兄弟，许其同乡士卒代领抚恤金十金，交其家人。孤身无家之死者，老夫在函谷关外之北邙山，为兄弟们建造一座义士墓园，每个战死兄弟的灵位都进去，绝不少了一个人！……大军虽则艰难，老夫毕竟做过几年少府，这些急用财货还搜罗得来。以上诸事，老夫件件做到，一事食言，天诛地灭也！”

“少府将军……”头目们人人泪光闪烁，唏嘘出声了。

“若有人无家可归，甘愿留军，何以处置？”有人淡淡地问了一句。

“甘愿留军者，老夫只有一句话：与章邯同生死，共荣辱！若能扭转乾坤，章邯决然论功行赏！不能扭转乾坤，则章邯与兄弟们刎颈同穴！舍此之外，老夫无能再给兄弟们了……”章邯雪白的头颅颤抖着，颓然跌坐到了老羊皮上。

“少府将军，”一个稍显年轻的干瘦头目捧过来一只水袋，见章邯接过饮了两口，年轻的干瘦头目道，“大人所言，我等感佩万分。可否，容我等思谋得一两日……”

“老夫愧矣！”章邯霍然起身道，“兄弟们，老夫去谋划善后诸事了。三日之后，老夫等兄弟们回话。”说罢一拱手，章邯大步出帐了。

三日之后的清晨，北风呼啸中，突然病倒的章邯被中军司马沉重急促的脚步声惊醒了。中军司马说，那个年轻干瘦的头目送来了一件奇特的羊皮书，须得将军亲启。章邯霍然坐起，打开了光亮亮的白羊皮，赫然几行酱色大字迎面扑来：

> 生作刑徒，再为官军，无家可归，有国难投，逃亦死，战亦死，宁非与少府搏杀挣命哉！

“这？这是血书！”中军司马惊愕万分。

一句话没说出，章邯已经昏厥了过去。

六 巨鹿大血战 秦军的最后悲歌

项羽大军北上巨鹿，秦军两部立即会商了应战之法。

章邯带着司马欣与董翳，王离带着涉间与苏角，两主将四副将在九原军幕府整整会商了一日。六位大将之中，只有章邯没有轻忽项羽的这支楚军。虽然，章邯蔑视项羽，然在战法实施上却力主慎重一战，不若王离等十足自信。定陶大战之后，章邯曾听到被俘获的楚军司马说过项梁自杀前的叹息："惜乎！我家项羽若在，安得此败哉！"当时，章邯很是一阵哈哈大笑："一勇之力决存亡之道，未尝闻也！项梁不败，安有兵家天理哉！"刑徒军与九原军，虽都未与这个项羽及其江东子弟兵在战场相遇过，章邯对项羽的酷暴威猛却早已耳熟能详了。项羽转战中原，屡屡袭击郡县城池，多次屠城杀戮，可谓恶名昭著的一尊凶神。从心底说，章邯对唯知打仗杀戮的凶徒将军，历来是蔑视的。此等以个人战力为根基，轻慢兵家群体战道，又对兵法极是荒疏的人物，最不经战阵周旋，素为名将大忌。当年吴起统兵打仗，司马将剑器捧到吴起面前，却被吴起抛到了地上。吴起说，大将之位在金鼓令旗，不在拼杀之功。后来的《吴子兵法·论将》更云："凡人论将，常观于勇。勇之于将，乃数份之一耳！夫勇者必轻合，轻合而不知利，未可也！"若在名将林立的战国之世，项羽充其量只能算是个末流将军而已。即或纯然以战力论，这种轻慢兵家合众结阵的"轻合"之将，勇力是极其有限的。若是当年的秦军锐士摆开大阵，项羽的个人拼杀力道与丁点儿江东子弟兵，充其量只是山岳之与一抔黄土，狂涛之与一叶小舟。章邯可以十足自信地说，仅仅是他的弓弩营列开阵势，片刻便可击杀项羽军大半数军马，剩余之数则会迅速被秦军大阵吞没。历经百余年锤炼，秦军锐士已经完全杜绝了徒逞个人血气之勇的战场恶习，尊崇群体的"重合"之道人人理会，但上战场，总是结阵而战。没有人会将项羽此等手持一柄粗大铁矛的个人冲撞如何放在心上，既不会畏惧，也不会轻慢，只决然让你几个回合倒地便是。

当然，章邯也听说过项羽的种种传闻：爱惜士卒，会为负伤士卒的惨相流泪不已，故得士卒之心；爱惜战马，每日必亲自打理自己心爱的神骓；身先士卒，每战必亲自冲锋陷阵；天赋异禀，力道奇大如孟贲乌获；秉性暴烈而又耳根极软，决断大事常常摇摆不定；怜惜自己心爱的女子，几次要将一个叫做虞姬的美女带进军中，被老范增生生阻拦，于是项羽便常常赶回彭城，为这个女子唱歌，与这个女子盘桓……凡此等等，在章邯心中渐渐积成了一个混杂不明而又极为狰狞可怖的项羽，一面是杀人如麻屠城如魔，一面是唏嘘柔软婆婆妈妈，当真一个不可思议之怪物也！

惜乎时移势易，面对一头原本不难搏杀的猛兽，猎手如今却分外艰难了。

“老夫之见，你我两部，得换了战位。”

在王离幕府会商战法时，章邯审慎地提出，九原军与刑徒军换位而战。赵军被围而楚军北上，秦军必然面临里外夹击，若再加上纷纷赶来助势的另外四支诸侯军，则秦军数量显然少于整个敌军。秦军的原本格局是：章邯军在南包围巨鹿城池，王离军在北堵截城外赵军营垒；项羽军汹汹北上，担负截杀的秦军便是章邯军。章邯估量这是一场恶战，对刑徒军的战力第一次有了深重的忧虑，反复思忖，章邯才提出了换位方略：以王离的九原军对阵项羽军，以刑徒军应对巨鹿城以及陈余军并其余诸侯军。章邯的理由是：项羽军与王离军兵力不相上下，战力大体也不相上下，只要顶得住几阵，战局便会变化；刑徒军兵力二十余万，虽不若三方敌军总兵力多，然此三方军马大多乌合成军，战力不能与项楚军相比；果然开战，章邯军将一力先行击溃这三支弱旅，而后立即策应王离主力军。

“此战要害，在战胜项羽所部。”末了章邯重申一句。

“好！我九原军与项羽军见个高低！”王离一拳砸案，慨然道，“老将军毋忧，秦军主力虽多有困窘，战心斗志也大不如前，然今日国难之时，定然拼死血战！”

“粮草囤积在棘原仓[1]，虽非满仓，撑持此战料无大事。”章邯指点着地图道，“仍以前法，老夫从甬道向你部输粮，由刑徒军精锐护送。”

“只要粮草顺畅，项羽有来无回！”

章邯王离都没有料到，项羽军的攻势来得如此迅速而猛烈。

常理而论，一军渡河跋涉而至战场，必得稍事休整三两日方才出战。是故，常有驻扎在先的一方乘敌军远来疲惫立足未稳而立即突袭求胜的战法。章邯看重项羽军战力，力主不能轻躁攻杀，而当以秦军实力结阵胜之。是故，秦军根本没有突袭项羽军的方略准备。然章邯王离也万万不会想到，项羽军竟敢反其道而行之，全军开到巨鹿城南未曾停步，立即潮水般攻杀过来。秦军的鹿砦士卒刚刚看见一片土红旗帜卷着烟尘飞来，还在嘲笑楚人扎营也急吼吼猴子上树一般，项羽军已经潮水般呼啸漫卷过来了。及至士卒禀报到幕府，王离尚在半信半疑之时，土红色巨浪已经踏破鹿砦卷进了营地。饶是秦军气象整肃法度森严，也被这突兀之极的突袭浪潮冲得一片大乱。王离飞身上马带着仓促聚来的中军马队开始冲杀时，金鼓号令司马大旗样样都不见了，根本无法号令全军，只有拼杀混战一条路。涉间苏角的旗号，也淹没在喊杀连天烟尘弥漫的营地战场，一时各军不知靠拢方向，只有各自为战。幸得九原秦军久经战阵，对这等类似匈奴飞骑的野战冲杀很是熟悉，未被冲击的各部不待将令便飞速后撤，退出数里之遥重新整肃军马大举呼啸杀回。整整激战两个时辰，直到日薄西山，秦军才渐渐聚合有序退却，土红色潮水也停止了呼啸喊杀。

初战狼狈若此，秦军上下大为震撼。各部匆忙计数汇集于幕府，一战便死了两万余骑士，重伤万余人，轻伤不计其数。王离气得暴跳如雷，大骂项羽野猪野狼不止。闻讯赶来的章邯连番抚慰，王离才渐渐静了心神，开始与章邯会商对策。夜半时分，秦军悄然后撤了十余里，驻扎进一道相对隐秘的山谷，开始了忙碌的再战准备。

---

[1] 棘原，章邯军营地，秦时巨鹿郡一片高地也。《集解》引两说，一云在漳水之南，一云在巨鹿城之南。依据战场实际，从后者之说，棘原当为巨鹿城南部之高地。

章邯告知王离，陈余军与四路诸侯军未敢妄动，预料来日也将有一场大战。章邯很是沉重，试探说九原军死伤甚多，兵力已经比项羽军少了，不如还是他率刑徒军来应对项羽。听得此话，王离涉间苏角三人一齐对章邯发作了，将案拍得当当山响，说这是老将军对九原军的戏弄，仓促一战谁都没料到，凭甚要换九原军！章邯一句话没说，静静听完了三人的暴怒发作。末了，章邯起身深深一躬："三位少将军毫无怯战之心，老夫大感欣慰矣！"原本一句庄重之言，王离情不自禁地大笑起来："老将军原怕我等怯战也！老秦人闻战则喜，安有怯战老秦人哉！"涉间苏角也连连捶案道："与项羽军厮杀痛快也！狗日的比匈奴还猛！就打这等硬仗，死了也值！"章邯道："老夫只提醒三位将军，对项羽不能以常法忖度。老夫预料，项羽不会歇息，明日必来寻战！"王离咬牙切齿道："知道。明日老将军听讯便是。"

次日清晨，太阳刚刚出山，秦军营垒所在的山谷尚是半明半亮，项羽军又潮水般杀来了。谷口外的楚军士卒一片纷乱呐喊声震荡山谷："秦军杀怕了！躲进山沟了！杀！一战灭秦！"这满山遍野的喊杀中，秦军山口突然间战鼓雷鸣号声大起，谷口两侧的弓弩阵一齐发动，粗大的长箭狂风骤雨般呼啸着扑向楚军。在楚军稍稍退潮之际，谷口一支铁骑高举着"王"字大旗如黑色狂飙般杀出。与此同时，两边山口也各有一支铁骑轰隆隆卷出，飞向楚军的后路，正是涉间苏角的左右两翼。三支铁骑显然要以"突破中央，断其后路，包围聚歼"的战法复仇了。项羽军昨日一战，骄横之气大生，今日胜算满满要一战灭了秦军主力，全然没有料到秦军并非预料的那般惶惶然全无战心，反而有备杀出，其声势气象远非昨日可比，一时便有些措手不及。好在项羽威猛过人，立即亲率江东子弟兵正面迎击王离，喝令龙且、桓楚两部迎击两翼，狭窄的山谷盆地当即展开了一场惊心动魄的大血战。

秦军怒火汹汹，楚军士气正旺，两军战力战心尽皆旗鼓相当。然则，秦军主力比项羽楚军的所长者，非但骑士个人个个威猛绝伦，且三骑五骑十骑百骑千骑万骑连环结阵作战，分明是总人数少于楚军，却又是处处优势拼杀。楚军是步骑各半的混编大军，骑兵战力比秦军稍差，而步兵结阵对抗骑兵则堪堪抗衡。项羽的八千江东子弟兵则清一色骑兵，自来号称战无不胜，偏偏今日却无处着力。无论项羽挺着“万人敌”呼啸怒吼着卷到何处，都有无边无际的闪亮长剑追逐着包围着项羽马队。整整一个时辰，项羽也没有杀得了十个秦军骑士，可身边早已经倒下了一大片江东子弟兵……酷烈的拼杀一直持续到日落西山，整整五个多时辰，战场喊杀渐渐变成了无边的喘息短促的嘶吼，谁也喊不出声了。终于，浑身血红的项羽举起万人敌一招，楚军退向了战场边缘。秦军山口也立即响起了鸣金之声，遍野马队一齐中止了追杀。

秦楚九战，此乃第二战。这次楚军大亏，同样丢下了两万余具尸体。而秦军结阵搏杀大显威力，战死不过千人上下，一举与项羽军两战打成了平手。此日，章邯军也对犹豫观望的四路诸侯军发动了突袭，连续攻占诸侯联军的十余座壁垒，若非陈余军突然杀出救援而阻碍了刑徒军攻势，使诸侯联军退入赵军营地，只怕章邯要一举击溃了巨鹿外的诸侯军。当晚，章邯王离会商军情，王离三将直是自责没能一战聚歼楚军。章邯道：“三位少将军，万莫如此想也。楚军满怀雪耻之心，要为定陶之战复仇，加之项羽剽悍无伦，大非常战也。我军正在困境之时，当以久战之心对之。老夫之意，当再度从九原增兵十万，此战方有胜算。”王离却摇头道：“九原大营斥候密报，说匈奴冒顿单于已经在整军南下，要在初夏大掠阴山，九原军不能再动了。再说，依今日之战，我目下军马大破项羽军有胜算，也无须增兵。”涉间苏角也是异口同声说破楚无疑，老将军毋忧。章邯也便不再说话了，毕竟，九原军的最大使命是抗击匈奴，王离能亲率十万铁骑南下已经是“私举”了，既感为难，章邯是不能再说甚的。

如同秦军初遇楚军突袭一样，这次楚军也是大为震撼，深感秦军能在如此困境下尚具如此威力，确实名不虚传。会商军情时，项羽与龙且桓楚等江东将军奋然齐声，一致认定对秦军要连续攻杀不能稍歇。项羽狠声狠气说：“王离一战杀我两万余精锐，此仇焉得不报！人说秦军耐久战，项羽便与他天天大战，看他能撑持几日！”老范增劝阻说，目下该当稍歇，要寻出秦军弱点再战，如此连续猛战消耗过大，不妥。可大将们人人激切，没有一个人愿意休战。项羽更是吼声如雷：“天下诸侯都在河北，此战便是存亡恶战！楚军蹚进血海，也要灭了秦军！”老范增思忖着不说话了。项羽立即部署：连夜从陈余壁垒召回当阳君与蒲将军余部，连夜整肃弓弩营参战，力图能对秦军的连弩激射有所抗衡。

诸般调遣忙碌大半夜，次日正午，项楚军再度发动了猛烈的攻杀。秦军也是全军尽出，奋力血战，两军酷烈搏杀整整两个时辰，虽各有死伤无算，但却是谁也没有溃散之象。就战法战力之娴熟合众而言，仍然是秦军优势。天色暮黑之时，两军终于罢战了。如此连续四日，楚军日日猛烈攻杀，疯魔一般扑向战场。秦军也是杀红了眼，日日迎战。两军相逢没有了任何战场礼仪，黑红两片潮水呼啸着便交融在一起了。六战之后，依然是秦军稍占优势，楚军伤亡稍大，战场大势始终算是平手。

“少将军，不能如此一味猛杀了。”老范增这次黑了脸。

“亚父有何良策？”项羽的声音嘶哑了，浑身都是血腥气息。

“只要秦军粮草不断，楚军终将不敌。”

“亚父灭我志气，究竟何意！”项羽骤然发怒了。

“少将军执意如此战法，老夫只有告退了。”老范增一拱手便走。

“亚父……”项羽拉住了范增，“亚父说，如何战法？我从亚父！”

“老方略，再断秦军粮道。”

“河内甬道，已然断绝了。”项羽一脸茫然。

“老夫是说，切断战场粮道。章邯军向王离军输粮，有条战场甬道。”

“这里？战场也有甬道？”项羽更见茫然了。

“少将军，唯赖攻杀之威，终非名将之才也。”

“战场输粮也筑甬道，章邯老贼也想得出！”项羽恶狠狠骂了一句。

“章邯能做皇室经济大臣，绝非寻常大将。”范增显然也不想多说了。

“好！我立即发兵，毁了这条甬道！”

项羽越来越不耐范增的训诫之辞了。不就一条甬道么？斥候没报，我项羽如何能知道？整日昏天黑地打仗，我项羽有空闲过问那般琐碎消息么？亚父真是懵懂，打仗打仗，打仗就是杀人！杀人就要猛攻猛杀，不猛攻猛杀，楚军能六胜秦军主力？项羽虽则将六战认作六胜，然终究未灭秦军，很有些恼羞成怒。若非老范增以告退胁迫，项羽原本确实决意继续这般日日血战。项羽根本不信，自己的无敌名号能在秦军马前没了光彩！然则老范增毕竟秉性桀骜之奇人，果真走了，项羽一时还真对诸多大事没谱，也只好不再计较，立即去部署发兵毁绝甬道，左右对楚军有好处，项羽也只好如此了。

旬日无战，王离秦军大见艰难了。

项羽深夜突袭甬道，护道刑徒军力战不退，混战两个时辰死伤万余人，终于被龙且楚军击溃了。章邯闻讯立即大举出动攻杀，却被项羽亲率楚军主力阻截。两军混战之中，龙且部掘开了大陆泽堤岸，以大水全部淹灌了甬道。章邯眼见甬道已毁，刑徒军又确实扛不住项羽军攻杀，只有忍痛罢兵。次日，章邯只好派出刑徒军五万之众，走隐秘小道向王离营地输粮。不料，项羽又派出新近从河内赶来的黥布军，专一地游击截杀秦军输粮，两军混战半日，仗是打了个不分胜负，刑徒军的粮草却是全部被楚军桓楚部掠走了。章邯立即知会王离移营，与刑徒军合兵驻扎。可王离军一开出营地，立即便有项羽军扑来截杀，终究无法向章邯营地靠拢。

如此两战之后（第七战与第八战），王离军的粮草告绝了。早在河内甬道被截断后，秦军粮草已经陷入了艰危之境。最后的粮草主要两途而来：一则是王离部在河北地未曾陷落的郡县紧急征发的少量粮草；二则是章邯此前从河内敖仓输粮时，在河北地囤积了些许粮草。去冬刑徒军骚动之后，章邯曾寄厚望于王离军在河北郡县的征发，甚或指望王离部向刑徒军输粮。可结果大失所望，河北地最大的巨鹿仓在赵军手里，其余郡县仓廪早已经被胡亥下诏搜刮净尽了。民众大乱纷纷逃亡，向民户征发粮草更无可能。若从老秦本土的河西之地或太原地带征发，或可得可观粮草，然千里迢迢又有楚军袭击，无论如何是无法输送到军前。凡此等等因素聚合，王离军断粮了，章邯军也难以为继了。

“我军已陷绝境，务求全力一战，与章邯军合兵突围！”

幽暗的砖石幕府中，王离拄着长剑，对涉间苏角两员大将并十名校尉，下达了最后的军令。两将军十校尉没有一个人吼喝应命，却都不约而同地肃然点头了。将军涉间嘶哑着声音说：“粮绝数日，突围实则是最后一战。少将军当明告将士，安置伤残。活着的，也好心无牵挂地上战场了。”涉间说得很是平静，苏角与校尉们也毫无惊讶，几乎都只是近于麻木地点了点头。王离也只说了声好，便提起长剑出了幕府。

时当黄昏，山谷里一片幽暗一片静谧。没有营涛人声，没有炊烟弥散，若非那面猎猎飞舞在谷口的大纛旗，任谁也不会想到这道死寂的山谷便是赫赫主力秦军的营地。昔日的秦军锐士们或躺在山坡草地上，或靠在山溪边的石板上，静静地闭着眼睛，谁也不看谁，谁也不说话。有力气睁着眼的，也都只看着火红的云天痴呆着。王离领着将军校尉们走过一道道山坡，不断向士卒们抱拳拱手。士卒们虽然纷纷坐了起来，却依旧是没有一个人说话。随行的中军司马大约也没力气喊话了，只将手中一面“王”字令旗一路挥动，反复打出“全军向校场聚集”的信号。所谓校场，是军营幕府前必得有的一片开阔地，长久驻扎的老营地修葺得整肃有度，目下这等仓促新建的营地，则校场不过是一片青草犹在的空阔草地罢了。巡视完整个营地回到幕府前，士卒们已经黑压压坐满了校场。王离将军校尉们走上了中央的夯土台司令台时，整个校场的士卒们刷的一声整肃地站了起来。

“兄弟们，坐了！……”王离骤然哽咽了。

“少将军，喝几口水，说话要力气。”中军司马递过了一个水袋。

“不用。”王离推开了水袋，拄定了长剑，稍许静了静心神。

“将士们，父老兄弟们，”王离迸发出全副心力的声音飘荡在苍茫暮色中，“目下，我军内无粮草，外无援兵，业已身陷绝境。九原大军若来救援，则阴山空虚，匈奴大举南下，整个华夏将陷于劫难！当年始皇帝灭六国大战，九原大军都牢牢钉在阴山，没有南下！今日，我等十万人马已经占了九原大军三成有余，不能再使九原大军再度分兵了！如此决断，秉承始皇帝毕生之志，王离问心无愧！否则，我等纵然得到救援，击败楚军，也将痛悔终生！华夏人等，皆我族类，秦军宁可败给楚军，绝不败于匈奴！”

“万岁——！”睁眼都没了力气的将士们居然全场吼了一声。

“至于咸阳朝廷，不会发兵救援。皇帝荒政，奸佞当道，大秦存亡业已系于一线！这一线，就是九原大军！唯其如此，目下我军只有最后一战！能突围而出，便与章邯部合兵，南下咸阳问政靖国。若不能突围，则九原秦军也不降楚盗！我等只有一条路：誓死血战，与大秦共存亡！”

“誓死血战！与大秦共存亡！”全场又是一声怒吼。

“目下，我军只有四万人了。”王离愤激的声音平静了下来，“四万之中，尚有八千余名重伤不能行走者，另有两千余人冻饿成病。我军尚能最后一战者，至多三万！生死之战，秦军从来先置伤残兄弟，千百年秦风，今日依旧。王离与将军校尉会商，决意连夜安置伤病残战士[1]。安置之法，秦军成例：伤残战士换了农夫布衣，由各部将士分别护送出山口，趁夜分散逃生，或隐匿农家猎户，或结伙暂求生存，之后可设法奔赴九原大营，也可径自归家。我军突围之日，王离定然派出人马，寻觅所有的父老兄弟！……”猛然，王离放声哭了。

“秦军逢战，不许哭号！”

一个伤兵猛然吼了一声，拄着一支木棍撑着一条腿，黑着脸高声道，“老秦将士，谁不是几代军旅之后。我族入军，我是第四代。有甚可怕？有甚可哭？战士不死，叫谁去死？少将军，尽管领着全活将士突围血战，莫因我等伤病残兄弟分心。我等有我等出路，不要谁个护送。”

“对！不要护送！”

“怕个鸟！死几回了！”

“全活兄弟们打个好仗！教那个项羽学学！”

在一片慷慨激昂的叫嚷中，王离止住了哭声，对着伤残将士们深深地一躬，涉间苏角与校尉们也一齐跟着深深一躬……这一夜，秦军的山谷营地没有任何一次大战前的忙碌奋激，连战马也没有一声嘶鸣，只静静守候在主人身旁时不时不安地打一个轻轻的喷鼻。月亮下的营地，陷入了无边无际的静谧，只有春风鼓荡着山林原野，将一片奇异的鼾声送上了深邃碧蓝的夜空。在这万籁俱寂的深夜，王离猛然一个激灵坐了起来，抓起长剑冲出寝室。

---

[1] 战士，战国秦汉语，见《史记·项羽本纪》：“楚战士无不以一当十……”

“少将军，天还没亮！”中军司马惊讶了。

“有事，快走。”王离急匆匆一声已经出了幕府。中军司马一把抓过墙上的将军胄与斗篷，出得幕府疾步赶上，尚未给王离戴上铜胄，便见一个黑影突兀飞了过来哭喊：“少将军，伤残兄弟悉数自裁！……”涉间踉跄撞来，话音未落已软倒在地了。王离浑身猛然一抖，一跃上马飞向了天边残月。

王离梦中突现的那片山谷，在苍白的月光下一片奇异的死寂。一个个黑色影子肃然端坐着，肃然伫立着，依稀一座座石俑雕像，依稀咸阳北阪的苍苍松林。战士们拄着长剑背着弩机，挺着长矛抱着盾牌，人人圆睁着双眼，森森然排列出一个巨大的方阵，除了没有战马，活生生一方九原铁骑的血肉壁垒……

久久伫立在这片森森松林中，王离欲哭无泪，欲语无声。王离无法确切地知道，这些伤残战士是如何聚集到这片隐秘的山谷，又如何以此等方式自杀的。然则，王离却明白老秦人军旅世家的一个久远习俗：活不受辱，死不累军。帝国之功臣大将，从扶苏蒙恬蒙毅三人自杀开始，大多以各种方式自己结束了自己。杨端和、辛胜、马兴、李信、姚贾、胡毋敬、郑国、冯去疾、冯劫等等，包括李斯长子三川郡守李由的战场自杀，人人都是活不受辱的老秦人古风。死不累军，在战场之上更是屡见不鲜。秦人闻战则喜，然国中伤残者却是少见，因由便在这“死不累军”的久远的牺牲习俗。老秦人源自东方而流落西方，在漫长的西部草原的生死存亡奋争中，有着不计其数的难以顾及伤兵的危绝之战。于是，甘愿自杀以全军的风尚生发了，不期然又相沿成为风习了。不是军法，胜似军法，这一根植于老秦人秉性特质的古老的牺牲习俗，始终无可无不可地延续着。

战国大争之世，华夏族群之英雄气概激荡勃发，冠绝史册。在整个二百余年的战国历史上，辄逢军败国亡的危难之期，无不涌现出一大批慷慨赴死烈士，七大战国尽有可歌可泣之雄杰。以军旅之风论，则秦军牺牲风习最烈。察战国史料，秦军辄遇战败，被俘者少见，降敌者少见，绝境战败后下落不明者却最多。所谓下落不明，即史料语焉不详者也。

此等人何处去了？毋庸讳言，殉难自杀了。战国两百余年，明确记载的秦军战败降敌只有一次：长平大战后，秦昭王杀白起而两度强行攻赵，郑安平军战败降赵。其余几次明载的败仗，譬如秦赵阏与之战、蒙骜败于信陵君合纵救赵之战、李信军灭楚败于项燕军之战，都是伤亡极重而伤残者下落不明。最后的河北大血战，九原三大将及秦军主力的酷烈结局，是秦军古老遗风的最后绝唱。章邯三将因刑徒军特异牵累而被迫降楚，当做另案待之。

……

清晨卯时，血红的太阳挂上山巅，秦军马队全数出动了。

朝阳破雾。巨鹿要塞显出了古朴雄峻的轮廓，大陆泽的浩浩水面正在褪去淡淡的面纱，渐渐现出了山峦原野的一片片连绵军营。巨鹿城北原野的四路诸侯的援军营地，大陆泽畔山峦中的陈余赵军营地，城南原野的章邯秦军营地，遥遥正对九原秦军山峦的项楚军营地，以夹在中央的巨鹿城堡为轴心，交织成了淡淡云雾中的壮阔画卷。在这天地苍茫的画卷中，唯独九原秦军的山峦营地没有了任何旗帜，没有了诸如云车望楼之类的任何军营标志，只有一片苍黄现绿的山峦映衬着一支隆隆展开在原野的黑色马队。这支马队没有风驰电掣，而是从容地排开了三个万骑方阵，相互间隔大约一箭之地，万千战马踏着几乎如同步兵甲士一般整肃的步伐，隆隆开向了那片熟悉的谷地战场。

骤然，凄厉的号角轰鸣的战鼓一齐响起，项羽军在红黄晨雾中排山倒海般压来了。几乎与此同时，章邯的刑徒军营轰然炸开，漫漫步骑卷出军营，扑向楚军后方原野。紧接着，大陆泽畔的陈余军与四路诸侯援军也开营杀出，扑向了章邯军后方。紧接着，巨鹿城门大开，城内守军呐喊着扑向了章邯军的侧翼。显然，各方都看透了，今日之战是最后决战，不是天下诸侯熄火，便是秦军尽数覆灭。

王离军与项羽军轰轰然相撞了。楚军漫卷野战喊杀震天，秦军部伍整肃无声搏杀，奇异的战场搏杀亘古未见。饱食休整之后的楚军志在必得，士气战心汹汹如火。饥饿不堪的秦军，则凝聚着最后的心神珍惜着最后的体力，以必死之心，维护着秦军锐士最后的尊严。饶是如此，这场奇特的搏杀持续一个时辰之后，秦军的黑色铁流仍在沉重缓慢地回旋着，似乎依然没有溃散之象。此时，章邯军已经被两路赵军与范增的楚军余部阻隔截杀，被困在楚军后方的一道小河前，不可能靠拢王离秦军了。救赵诸侯们大松了一口气，纷纷将各自些许人马就地驻扎，站在了高高的山头营垒，人人惴惴不安地对秦楚决战作壁上观了。

“江东子弟兵！跟我杀向王离中军——！”

项羽眼见这支无声的饥饿之师仍不溃散，怒火中烧之下，亲率最为精锐的八千江东子弟兵霹雳雷电般扑向秦军中央的马队。这八千江东精兵，也是清一色飞骑，人各一支弯弯吴钩一支森森长矛，背负一张臂张弩机，可谓秦末之期的真正精兵。这支精兵的特异战力，在马上这支丈余长矛。战国乃至秦帝国时期，长兵器只在步兵与战车中使用，骑兵群体作战都是剑器弓弩，马上长兵闻所未闻。马上将军而以长兵上阵，自项羽始也。唯项羽长兵屡见威力，故在江东所部当即仿效，人手一支长矛。此时，八千长矛森森如林，呼啸喊杀着凝成一股所向披靡的铁流，卷向了“王”字大旗。

秦军将士搏杀一个时辰余，已经战死大半了。此时所剩万余骑士，也是人人带伤一身浴血，烟尘弥天喊杀呼啸，任何旗帜号令都无法有效聚结了。涉间、苏角两将，原本是九原军的后起之秀，在蒙恬军痛击匈奴时都是铁骑校尉，战场阅历比王离丰厚，早早已经传下了以散骑阵搏杀的军令，是故一直与楚军奋力周旋不散。所谓散骑阵，是白起所创之战法，实则是在无以联结大军的混战搏杀中三骑五骑相互结阵为援的战法。王离勇猛过人，然从未经历过大战，一直与中军马队结阵冲杀，没有做散骑阵分开，故此在战场分外瞩目。当然，一支大军的传统与法度也在此时起着作用：王离是九原统帅，若统帅被俘或战死，护卫同死。故此，中军马队始终围绕着王离死死拼杀，死伤最重而丝毫不退一步。当项羽的长矛马队潮水扑来时，王离的万余中军几乎只有两三千人马了。

“看住项羽！杀——！”

眼见森森一片长矛呼啸而来，王离拼力嘶吼了一声，马队举着长剑奋力卷了过去。然则，两方骑士尚未近马搏杀，秦军骑士便纷纷在飞掷过来的长矛中落马了。王离的战马长长嘶鸣一声，陡然人立拔起，欲图从这片长矛森林中飞跃出去，却被十多支激射而来的长矛生生钉住了。那匹神骏的战马轰然倒地，却依然避开了可能压伤主人的一方，使已经中矛的王离滚跌到了战马的后背。王离尚伏身战马痛惜不已，项羽已经飓风般冲杀过来，一支万人敌大矛直指王离咽喉，却又突然停住了。

“王离！你做项羽战俘了！”项羽大吼了一声。

王离拍了拍死去的战马，艰难起身，正了正零乱的甲胄斗篷，对着项羽冷冷一笑，双手骤然抓住长大的矛头，嘶声大笑着全力扑了上去。一股鲜血喷出之际，矛头已经洞穿了王离胸腹……项羽一个激灵，突然将王离尸身高高挑起大吼道：“王离死了！杀光秦军！”又猛力摔下王离尸身，挥军向秦军余部杀来。

此时，秦军大将苏角及其所部，已经全部战死了。只有大将涉间，率余部在做最后的拚杀。渐渐地，数日未曾进食的秦军骑士们力竭了，再也举不起那将近十斤重的长剑了，坐下战马纷纷失蹄扑倒，骑士战马一个个口喷鲜血，骤然间便没有了气息。情知最后时刻已到，一时间秦军骑士们人人勒马，停止了搏杀，相互对望得一眼，一口口长剑从容地抹向了自己的脖颈……已经被愤怒与仇恨燃烧得麻木的涉间，眼见项羽一马冲来，全力举剑一吼，却无声无息地栽倒马下了……

待醒转过来，涉间眼前一片飞腾跳跃的火光。连绵篝火前，楚军的欢呼声震撼山川，楚军的酒肉气息弥漫天地。涉间流出了口水，却又闭上了干涩的双眼。突然，涉间耳边响起了雷鸣般的上将军万岁的欢呼声。随即，重重的脚步与熟悉的楚音到了身边：“这个涉间，是今日唯一活着的战俘。不许他死，要他降楚！”涉间听得出，这正是那个被章邯叫做屠夫的项羽的声音。涉间静静地蜷卧着，凝聚着全身最后的气力，突然一声吼啸平地飞起，箭镞般扎进了熊熊火坑。一身油浸浸的牛皮甲胄腾起了迅猛的烈焰，涉间尖厉地笑叫着，狂乱地扭动着，依稀在烈焰中手舞足蹈。

楚军将士们骤然沉寂了。

飞动的火焰消逝了，浓烈的焦臭久久弥散在原野……

第七章 帝国烽烟

一 天地莫测 赵高的皇帝梦终作泡影

赵高想做皇帝了，且在河北战事正烈的时候。

杀死了胡亥，咸阳庙堂的一切羁绊都被铲除得干干净净了。赵高一进咸阳宫，到处都是一片匍匐一片颂声，想听一句非议之辞，简直比登天还难了。不说指鹿为马，赵高便是指着太阳说是月亮，四周也会立即轰然一应："月亮好圆也！"当此始皇帝也未曾拥有的威势，赵高只觉没有理由不做皇帝，再叫嬴氏子孙做皇帝，世事何在也。杀死胡亥的庆贺夜宴上，赵高将心思轻轻一挑，阎乐赵成等一班新贵仆从立即欢呼雀跃万岁声大起。赵高不亦乐乎，当场便"封"了赵成为丞相，阎乐为大将军，其余九卿重臣，赵高说三日后登基时再行宣诏。

四更时分散去大宴，赵高在司礼大臣导引下，乘坐帝车去太庙斋戒。可一坐进那辆自己驾驭了大半生的驷马铜车宽敞舒适的车厢，赵高便觉浑身骨节扭得生疼，连臀下的厚厚毛毡也变得硬如铁锥扎得臀部奇疼奇痒，止不住便是一连串猛烈喷嚏，酸热的老泪也黏糊糊血一般趴在脸上不往下流，强忍着到了太庙前，赵高两腿竟生生没了知觉。两名小内侍将赵高抬出车厢，一沾地立马如常了。赵高一头冷汗气咻咻道：“回车！有了赵氏太庙，老夫再来不迟。”两个小内侍要抬赵高进车，赵高却冷冷一挥手，跃身车辕站上了极为熟悉的驭手位。帝车辚辚一起，一切尽如往常，赵高心下顿时阴沉了。

三日后即位大典，其骇恐之象更是赵高做梦也没想到的。

清晨卯时，宏大悠扬的钟声响起，新贵与仪仗郎中们在咸阳宫正殿前，从三十六级白玉阶下两厢排列，直达中央大殿前的丹墀帝座。这是一条大约两箭之遥的长长的甬道，脚下是吉庆的厚厚红毡，两厢是金光灿烂的斧钺。一踏上劲韧的红毡，赵高心头蓦然涌起一种生平未有的巨大亢奋，心头猛地悸动，几乎要软倒在地。两名金发碧眼的胡人侍女，立即两边夹住了赵高，阎乐也以导引为名过来照拂。赵高强自平静心神，轻轻喘息片刻，拂开了侍女阎乐，又开始自己登阶了。赵高力图使自己清醒起来，向两厢大臣们肃穆地巡视一番，然却无论如何也醒不过来，一切都如朦胧大梦，不断的长呼连绵的钟鼓像怪异的风遥远的雷，自己像被厚厚的树胶粘住了的一只苍蝇，嗡嗡嗡老在挣扎。终于，木然的赵高梦游般走进了大殿。走到丹墀之下，乐声钟鼓大作，赵高蓦然站住了。

“赵始皇帝，即帝位——！”

这一声特异的宣呼惊醒了赵高。多少年了，一听“始皇帝”三个字，赵高任何时候都是一个激灵，不成想，今日自己要做始皇帝了，也还是如此。赵始皇帝，是赵高特意给自己定的名号。赵高从来以为，做皇帝便要做秦始皇帝那般的皇帝，二世三世实在淡了许多。皇帝改了姓换了人，自己当然也是始皇帝了。赵始皇帝，多有威势的名号也，即位之后再来一次扫灭六国盗乱平定天下，谁敢说赵高不是真的始皇帝？今日若梦，却在丹墀前蓦然醒来，岂非天意哉！

钟鸣乐动了。赵高拂开了小心翼翼守候在两边的阎乐赵成，正了正那顶颇显沉重的天平冠，双手捧起了皇帝玉玺，迈上了帝座下的九级白玉红毡阶。当年，赵高捧诏宣诏，传送大臣奏章，不知多少次地走过这九级台阶，可谓熟悉之极，闭着眼睛也能健步如飞。荆轲刺秦之时，赵高便是从九级高阶上老鹰般飞了下来，扑在了秦王身前的。然则，今日赵高捧定皇帝印玺迈上白玉阶时，却面色苍白大汗淋漓了。

噫！坚实的阶梯突然虚空，脚下无处着力一脚踩空，赵高陡地一个踉跄，几乎栽倒在第二级白玉阶上。喘息站定，稳神一看，脚下台阶却分明依旧。赵高咬牙静神，举步踏上了第三阶。不可思议地，脚下石阶突然再度塌陷，竟似地裂无二，赵高惊恐一呼，噗地跪倒于阶梯之上。殿中的新贵大臣们人人惊愕恐惧，梦魇般张大了嘴巴却不能出声。强毅阴狠的赵高恼羞成怒了，霍地站起，大踏步抬脚踩上了第四级白玉红毡阶。瞬息之间，轰隆隆异声似从地底滚出，白玉阶轰然塌陷，一条地缝般的深涧横生脚下，一阵飓风陡地从涧中呼啸而出，皇帝印玺顿时没了踪迹，赵高也扑倒在阶梯石坎满脸鲜血……

惊恐的赵成阎乐飞步过来，将赵高抬下了玉阶。大殿一如往常了，似乎一切都没有发生过，一切都原封不动。喜好即时称颂的新贵们鸦雀无声了，大殿如同幽谷般寂静。最令新贵们惊骇的是，那方皇帝印玺眼睁睁不见了，谁也说不清这方神异的物事是如何在众目睽睽之下神奇消失的。

这件事便是《史记·李斯列传》所记载的“赵高引玺而佩之，左右百官莫从；上殿，殿欲坏者三”的故事。此事在《秦始皇本纪》中没有提及，本可看做“信之则有，不信则无”的无数历史神异之一。然据实而论，此等事亦不可轻易否定。一个显然的问题是，以赵高之野心与其时权势，究竟是何等因素使他不能登上最高权力，确实缺乏任何合理的解释。历史上此类无解之谜颇多，九鼎失踪千古难觅，秦代大咸阳至今找不到城墙遗址，以至于有史学家推测秦咸阳没有城墙，是一座开放式大都会等等。此等不解之谜的长期存在，足以说明：即或在人类自身的文明史领域，我们的认识能力依然是有限的。

赵高反复思忖，终于决断，还是立始皇帝的嫡系子孙妥当。

当河北战事不利的消息传来时，赵高一时狂乱的称帝野心终于最后平息了。赵高没有理政之能，没有治世之才，然对大势评判却有着一种天赋直觉。大秦天下已经是风雨飘摇了，河北有项羽楚军，关外有刘邦楚军，关中大咸阳却只有狩猎走马杀戮捕人的五万材士营，无一旅可战之军。无论谁做皇帝，都是砧板鱼肉，赵高何须冒此风险也。再说，楚军对秦仇恨极深，一旦进入关中，楚人定要清算秦政，定然要找替罪牺牲，赵高若做皇帝或做秦王，岂非明摆着被人先杀了自己？将始皇帝子孙推上去，自己则可进可退，何乐而不为哉！一班新贵仆从们自那日亲历了赵高“即位”的神异骇人情形，也不再其心勃勃地争做“赵始皇帝”大臣了，赵高说立谁便立谁，自家只顾着忙活后路去了。

在宗正府折腾了三日，赵高无奈地选定了子婴。

按照血统，子婴是始皇帝的族弟。由于胡亥赵高“灭大臣，远骨肉”的血政方略，始皇帝的亲生皇子公主十之八九被杀。在目下嫡系皇族中，扶苏胡亥一辈的第二代，经过被杀自杀放逐殉葬等等诛灭之后，已经荡然无存了。子婴辈的皇族子弟，也迭遭连坐放逐，又在扶苏胡亥与诸公子相继惨死后多次秘密逃亡，也是一片凋零了。赵高亲自坐镇，眼看着宗正府几个老吏梳理了皇族嫡系的全部册籍。结果，连赵高自己都大为惊讶了——这个子婴，竟是咸阳皇城仅存的一个皇族公子！也就是说，不立子婴，便得在后代少公子中寻觅，而后代少公子，也只有子婴的两个儿子。

“竖子为王，非赵高之心，天意也！”

以子婴作为，赵高很是厌烦。诛灭蒙氏兄弟时，这个子婴公然上书反对，是唯一与赵高胡亥对峙的皇族少公子。大肆问罪皇族诸公子公主时，这个子婴竟一度失踪，逃到陇西之地欲图启动老王族秘密肃政。后来，这个子婴又悄悄地回到了咸阳，骤然变成了一个白发如雪的盛年老公子。更教赵高厌烦的是，这个子婴深居简出，从不与闻任何政事，也绝不与闻赵高的任何朝会饮宴，更不与赵高的一班新贵往来。一个老内侍曾禀报说，当初指鹿为马时，二世身边的内侍韩谈偶见子婴，说及此事，子婴竟只淡淡一笑，连眉头都没皱一下。凡此等等疏离隔膜，依着赵高秉性，是必欲除之而后快的。然则，赵高也不能全然无所顾忌。一则，子婴是始皇帝唯一的族弟，是胡亥的长辈，又不危及胡亥权力，很得胡亥“尊奉”。赵高得让胡亥高兴；二则，赵高也不能杀得一个不留，不能背绝皇族之后这个恶名。若非如此，十个子婴也死得干干净净了。

子婴虽不尽如赵高意，然在“殿欲毁者三”的即位神异之后，赵高已经不想认真计较皇族子孙的此等细行了。左右是只替罪羊，子婴做与别个做有甚不同？人家楚盗刘邦项羽，尚敢找个牧羊少年做虚位楚王，老夫找个不大听话的皇子做牺牲猪羊，有何不可也。于是，从宗正府出来，赵高找来赵成阎乐秘密会商片刻，便派阎乐去了子婴府邸。

赵高给子婴的“上书对策”是三则：其一，国不可一日无君，故请拥立公子即位；其二，子婴只能做秦王，不能做皇帝，理由是天下大乱山东尽失，秦当守本土以自保；其三，沐浴斋戒三日，尽速即位。商定之后，赵高叮嘱阎乐道：“子婴执拗，小子说甚都先应了。左右一只猪羊而已，死前多叫两声少叫两声没甚，不与他计较。”

阎乐威风凛凛地去了，一个多时辰后又威风凛凛地回来了。阎乐禀报说：子婴几乎没话，一切都是木然点头，最后只说了一件事，沐浴斋戒仅仅三日，有失社稷大礼，至少得六日。阎乐说不行，只能三日。子婴便硬邦邦说，草率若此，我不做这个秦王。阎乐无奈，想起赵高叮嘱，便答应了。赵高听罢，嘴角抽搐了一下道：“六日便六日，你等预备即位礼仪便是。皇帝变诸侯，不需大铺排，只教他领个名号可也。”赵成阎乐领命，去呼喝一班新贵筹划新秦王即位大典了。

两人一走，赵高大见疲惫，不知不觉地靠在大案上朦胧过去了。倏忽三年，赵高骤然衰老了，灰白的长发散披在肩头，绵长黏糊的鼾声不觉带出了涎水老泪，胸前竟湿了一大片。朦胧之中，赵高在苦苦思谋着自己的出路，与那个刘邦密商未果，自己又做不成秦王，后面的路该如何走，还能保得如此赫赫权势么……

二　帝国回光　最后秦王的政变除恶

松柏森森的太庙里，子婴在沐浴斋戒中秘密进行着筹划。

侍奉陪伴子婴的，是老内侍韩谈。这个韩谈，便是二世胡亥临死之时身边说老实话的那个内侍。胡亥被赵高逼杀后，韩谈沦为宫中苦役，子婴派长子秘密将韩谈接到了自己府邸，做了谋划宫变的得力臂膀。当初子婴从陇西归来，秘密襄助诸多皇族子孙出逃，自己家族却一个没有离开咸阳，为的便是孤绝一举。子婴的谋划是：秘密联结皇族余脉与功臣后裔，寻机暗杀赵高，力挽狂澜于既倒。审时度势，子婴认定：天下大乱之时再继续等待大将拥兵入朝问政，几乎是不可能的事了，只有先暗杀了这个巨奸赵高，大秦或可有救。事若不成，殉难国家，也是皇族子孙之大义正道，何惧之有哉！为此，子婴已经进行了一年多的秘密筹划，家族人丁人人血誓报国，两个儿子全力秘密搜罗剑士。韩谈之才，一是熟悉宫廷，二是缜密精干，三是忠于皇族，故此成为追随子婴的得力辅佐。正当种种筹划行将妥当之时，赵高竟要拥立子婴为秦王，岂非天意哉！阎乐初来"会商"时，子婴一闻赵高之意，心头便剧烈地悸动了。那时，子婴只不断地告诫自己，要不动声色，要延缓时日，要妥为谋划。

六日斋戒，是子婴着意争得的重新部署之期。

有了即位秦王这一转折，许多本来的艰难都转为顺理成章了。太庙有一队听命于自己的护卫郎中，其余秘密联结的死士，则以随从内侍之身跟随。子婴进出咸阳宫各要害处，也方便了许多，甚或要召见边军大将，也将成为名正言顺之举。凡此等等便利，都使延迟宫变成为更具成功可能的路径。为此，韩谈等曾经动议，能否即位之后再实施除奸。子婴反复思忖，断然决策：剪除赵高不能延迟，再迟咸阳果真陷落，玉石俱焚矣！决断既定，暗杀赵高究竟选在何时，如何才能得手，立即成为急迫事宜。

虽是盛夏，太庙却是夜风习习颇为凉爽。太庙之南的一座庭院更见清幽，一片高厚的石屋深深埋在森森松柏林中，明亮的月光也只能斑斑点点地撒落进来，人迹罕至，静如幽谷。这便是赫赫大名的斋宫。举凡国家盛大典礼之前，或帝或王，都要进入这座斋宫，隔开尘世，净身静心，吃素几日，以示对天帝祖上的虔诚敬畏。因了此等特异处，斋宫自来都是神圣而又神秘的。除了斋戒的君王及斋宫侍者，任何人都不得进入这座庭院。

斋宫的沐浴房里，白发子婴肃然跪坐在厚厚的本色地毡上，斑斑月光洒进大格木窗，依稀映出一道裹着宽松大布的瘦长身影。轻微的一声响动，身影后丈许之遥的一道木门开了，蒸腾的水汽不断从门中涌出，一个老内侍走来低声道："君上，热水已成，敢请晚浴。"子婴淡淡地应了一声，在老内侍搀扶下起身，裹着一片大白布走进了水汽蒸腾的木门。门内是一个黑玉砌成的硕大浴池，足有两丈见方，铜灯镶嵌在四周墙壁中，灯光在浓浓水汽中变得昏黄模糊。沐浴池四边，垂首肃立着四名少年内侍。子婴淡淡道："你等下去，只韩谈一人侍奉足矣。"身旁老内侍一摆手，四个少年内侍肃然一应，轻步走出了沐浴房。

"韩谈，今夜一定要定下除奸方略。"子婴的目光倏忽明亮起来。

"老臣明白。"

子婴坐在了黑玉水池边上，背对着热气蒸腾的水雾微微闭上了双眼。说是清心斋戒，他却大感焦虑疲惫，但有缝隙便要凝神吐纳片刻。韩谈则轻步走到池畔，向东面石墙上轻轻三叩，石墙悄无声息地滑开了一道窄门，相继飘出了两个人影。

"君上，两位公子来了。"韩谈低声一句。

"见过父亲！"两个颇见英武的年轻武士一齐拱手。

"时势维艰，何时何地除奸为宜？"子婴没有任何琐细话语。

"但凭父亲与韩公决断！"两个儿子异口同声。

"韩谈，你熟悉赵高秉性，何时何地？"

"君上，老臣对此事多有揣摩，又通联了诸多怨恨赵高的内侍义士，依各方情势评判，除奸方略之要害，在于出其不备。"老内侍韩谈平静地说着，"时日，选在斋戒末了一日。所在，太庙斋宫最宜。方略，将赵高骗入斋宫，突袭暗杀。"

"如何骗法？"

"君上只说不欲为王，赵高必来敦请。"

"赵高狡诈阴狠，岂能轻易受骗？"

"寻常时日，或许不能。今日时势，赵高舍秦王不能，必来斋宫。"

“子桓子陵，剑术可有成算？”子婴将目光转向了两个儿子。

“多年苦行修习，儿等剑术有成！”

“赵高强力，非等闲之辈，务必一击成功。”

“儿等一击，必杀赵高无疑！”

“好。”子婴点头道，“韩谈总司各方部署，子桓子陵击杀赵高。联结朝臣将军事，目下暂且不动，以免赵高察觉。目下要害之要害，是先除赵高，否则大秦无救。为确保铲除赵高一党，我须示弱，以骄其心。国政整肃，只能在除奸之后开始。”

“君上明断。”韩谈低声道，“老臣已接到三川郡流散老吏密报：赵高曾派出密使与楚盗刘邦密会，意欲与刘邦分割关中，刘邦居东称楚王，赵高居西称秦王。与楚盗一旦约定，赵高便要再次弑君，再做秦王梦。”

“刘邦未与赵高立约？”子婴有些惊讶。

“赵高恶名昭著，刘邦踌躇未定。”

“也好。叫这老贼多做几日好梦。”子婴脸色阴沉得可怕。

斋戒第六日，赵高已经将新秦王即位的事宜铺排妥当了。

依赵成阎乐谋划的简略礼仪，午后子婴出斋宫，先拜祭太庙以告祖先更改君号事，再在东偏殿书房与赵高“商定”百官封赏事，次日清晨在咸阳宫大殿即位，封定新秦国大臣即告罢了。赵高原本便没将子婴即位看得如何重大，用过早膳的第一件事，便是与赵成阎乐会商如何再派密使与刘邦立约。

未曾说得片刻，老内侍韩谈一脸忧色地匆匆来了。韩谈禀报说，公子子婴夜得凶梦，不做秦王了，要回陇西老秦人根基去，派他来向中丞相知会一声。赵高听得又气又笑，拍案连说荒诞不经。阎乐冷笑道：“猾贼一个！无非不想做二世替罪羊而已，甚个回陇西，糊弄小儿罢了。”赵成黑着脸怒道：“贱骨头！添乱！我带一队人马去将他起出斋宫！”赵高板着脸道：“如此轻率鲁莽，岂能成得大事？子婴父亲迂阔执拗，子婴也一般迂阔执拗。你若强起，那头犟驴还不得自杀了？”见赵成阎乐不再说话，赵高一摆手道，“备车，老夫去斋宫。”阎乐道：“我带材士营甲士护送中丞相。”赵高大见烦躁道：“护送甚！咸阳宫角角落落，老夫闭着眼都通行无阻！继续方才正事，老夫回来要方略。”说罢对韩谈一招手，大踏步出门去了。

赵高吩咐韩谈坐上他的特制高车，辚辚向皇城驶来。路上，赵高问韩谈，子婴做了何梦？韩谈说，子婴只说是凶梦，他不敢问。赵高问，子婴部署了家人西迁没有？韩谈说，只看到子婴的两个儿子哭着从太庙出去了，想来是子婴已经让家人预备西迁了。赵高问，听闻子婴两子多年前习武，目下如何？韩谈说，习过两年，皇族之变后都荒废了，两人都成了病秧子，也成了子婴的心病。赵高淡淡冷笑着，也不再问了。

片刻间车马穿过皇城，抵达太庙。赵高吩咐护卫的百人马队守候在太庙石坊道口，自己单车进去。韩谈低声道，中丞相，还是教护卫甲士跟着好。赵高揶揄笑道：“此乃嬴氏圣地，老夫焉敢轻慢？”脚下轻轻一跺，宽大的驷马高车哗啷甩下马队，驶上了松柏大道。从太庙旁门进了斋宫，迎面一座大石碑当道，碑上大刻“斋宫圣土，车马禁行”八个大字。赵高冷冷一笑，还是脚下轻轻一跺，高车哗啷啷飞过石碑，飞进了森森清幽的松柏林。见韩谈惊得面色苍白，赵高淡淡笑道：“老夫不带军马进太庙，足矣。嬴氏败落，宁教老夫安步当车乎？”韩谈连连点头：“是也是也，中丞相功勋盖世，岂能效匹夫之为。”说话间，高车已到斋宫庭院门前停住了。韩谈连忙抢先下车，扶下了赵高。

“中丞相到——！”斋宫门前的老内侍一声长长的宣呼。

“我来领道。”韩谈趋前一步，一脸惶恐笑意。

“不需。”赵高淡淡一句，径自走进了斋宫庭院。

韩谈亦步亦趋地跟在赵高身后，从敞开的正门连过三进松柏院落，一路除了特异的香烟缭绕气息，没有见到一个人影，幽静空阔如进山谷。赵高踏上了第四进庭院的正中石屋的九级石阶，兀自揶揄着嘟哝了一句：“将死猪羊，尚能窝在这死谷素食，当真愚不可及也。”一边说一边一脚踢开了正门，厚重的木门吱呀荡开，赵高一步跨进了斋宫正室，绕过一面高大的黑玉屏便进了东首的斋宫起居所。眼见还是没有人影，赵高沉声一句：“子婴公子何在？老夫来也。”话音落点，一个少年内侍从起居室匆匆出来一作礼道：“启禀中丞相，公子已做完最后一次沐浴，正欲更衣。”赵高冷冷道：“不欲为秦王，还信守斋戒，何其迂阔也！”韩谈连忙趋前一步道：“中丞相稍待，我禀报公子出来会晤。”

“不需。老夫连始皇帝光身子都见过，子婴算甚。”

赵高一脸不悦，推开了起居室门，大步走了进去。屋中一个少年内侍惶恐道：“大人稍待，公子片刻出来……”话未说完，赵高已经推开了通向沐浴房的厚厚木门，一片蒸腾的水雾立即扑面而来。赵高径直走进水雾之中，矜持地揶揄地笑着：“公子不欲做秦王，只怕这斋宫便再也不能消受了。”弥漫水雾之中，子婴的声音遥遥飘来：“中丞相不能擅入，斋戒大礼不能破。我立即更衣，正厅相见。”赵高一阵大笑道：“此乃公子反复无常，自甘罚酒也！老夫既来，敢不一睹公子裸人光采乎？”尖亮的笑声中，赵高走向了浴房最深处的最后一道木门。

在厚厚木门无声荡开的瞬息之间，两口长剑陡地从两侧同时刺出，一齐穿透赵高两肋，两股鲜血激溅而出！赵高喉头骤然一哽，刚说得声：“好个子婴！”已颓然倒在了水雾血泊之中。门后子桓子陵一齐冲出，见赵高尚在挣扎喘息，子桓带血的长剑拍打着赵高的脸庞恨声道：“赵高老贼！你终有今日也！”旁边子陵骂声阉贼乱国罪该万死，猛然一剑割下了赵高白头，提在了手中。子桓奋然高声道：“父亲！赵高首级在此！”水雾之中，戎装长剑的子婴飞步而来，韩谈也疾步进来禀报：“君上，皇族皇城义士已经集结了。”

“立即出宫！带赵高首级缉拿余党！”子婴奋然下令。

四人风一般卷出斋宫，依照事先谋划，立即分头率领皇族与皇城的义士甲兵杀向赵高府邸。所谓义士，除了残存的皇族后裔，主要是直属皇城的卫尉部甲士，郎中令属下的护卫郎中与仪仗郎中，皇城内的精壮内侍与侍女，以及遇害功臣的流落族人仆役等等。由于韩谈等人秘密联结，种种人士连日聚结，竟也有一两千人之众，一时从皇城鼓噪杀出，声势颇是惊人。赵高及其新贵，原本大大地不得人心。此时，赵高的一颗白头被高高挂在子婴的战车前，男女义士又不断高呼赵高死了诛杀国贼等，一路呼啸蜂拥，不断有路人加入，到得赵高府邸前，已是黑压压怒潮一片了。

阎乐赵成正与新贵们聚在赵高府邸，秘密计议如何再度联结刘邦事，突然听闻杀声大起，大门隆隆洞开，男女甲士愤怒人群潮水般涌来。阎乐赵成们堪堪出得正厅，来到车马场呼喝甲士，便被潮水般的人群亮闪闪的剑戈包围了。子婴的战车隆隆开进，遥遥便是一声大吼："悉数缉拿国贼！不得走脱一个！"子桓子陵疾步冲到阎乐赵成面前，不由分说便将两人分别猛刺致伤，跟着立即死死捆缚，丢进了囚车。一时间人人效法，个个新贵大臣都被刺成重伤，血淋淋捆作一团丢进了囚车。子婴跳下战车，右手持金鞘秦王剑，左手提赵高人头，大步走上高阶喊道："国贼赵高已死！拥戴王室者左站！"剩余的新贵吏员们大为惊慌，纷纷喊着拥戴王室，跑到子婴左首站成了一片……

整整三日，咸阳城都陷在一片亢奋与血腥交织的混乱之中。

赵高三族被全数缉拿，阎乐赵成三族被全数缉拿，举凡任职赵高之三公九卿的新贵们，则个个满门缉拿。整个咸阳的官署都变成了应急国狱，罪犯塞得满当当。老人们都说，当年秦王扫灭嫪毐乱党，也没如此多罪犯，新王有胆识，只怕是迟了。子婴见咸阳城尚算安定，认定人心尚在，遂决意尽快了结除奸事。旬日之后，咸阳城南的渭水草滩设了最后的一次大刑场，一举杀了赵高及其余党三族两千余人。虽是除奸大庆，可观刑民众却寥寥无几，只有萧疏零落的功臣后裔们聚在草滩欢呼雀跃着："国贼伏法！大秦中兴！"

这是公元前207年夏秋之交的故事。

赵高一党，终于在帝国末日被明正典刑，彻底根除了。

赵高是中国历史上唯一一个以宦官之身，连续两次实施罪恶政变的巨恶异谋之徒。赵高之前半生与后半生，直如雄杰恶魔的无过渡拼接，生生一个不可思议的人格异数。赵高数十年忠实追随始皇帝，以无数次的救危急难屡建大功，进入权力中枢实属正道，不存在始皇帝任人之误。在璀璨的帝国群星中，赵高的强力异能，赵高的文华才具，赵高的精通法令，赵高的敬重大臣，赵高的奉公敬事，其时几乎是有口皆碑，堪称全然与帝国功臣们同质的内廷栋梁。始皇帝骤然病逝与赵高不可思议地突变，既有着深刻的权力结构的变异法则，更有着人性深处长期潜藏的本源之恶。赵高的畸形巨变，折射出帝国山岳的浓浓阴影，击中了集权政治出现权力真空时的脆弱特质。一个中国历史上最伟大的法治帝国，何以被一个突发权力野心而毫无政治理念的中枢阴谋家颠覆？这是人类文明史的一个永恒课题，更是中国文明史的一个永恒课题。

赵高的畸形人格，既印证了孟子大师的性善说，更印证了荀子大师的性恶说。性善说将人类的希望寄托于人性美好的本真。性恶说将人类的希望寄托于遏制恶欲的法治。哪个更高，哪个更大，哪个更圆，哪个更亮，将成为任何一个时代任何一个国家任何一个民族的文明抉择难题。人性复杂难测之奥秘性，人性反向变化之突发性，人性恶欲泛滥之毁灭性，人性良善滋生之建设性，凡此等等人性课题，几乎都无一例外地包容于赵高个案中，成为人性研究的永恒课题。我们没有理由轻视赵高，以“阉人巨恶”一言以蔽之。赵高是中国文明史上一个具有突发转折性的黑恶休止符，潜藏着打开诸多文明暗箱的历史密码。可以说，在中国两千余年的奸恶权臣中，唯有赵高具有涉足文明史而不能逾越的意义。

赵高之结局，《史记》各处皆云子婴等杀之。班固却云：“吾读秦史，至于子婴车裂赵高，未尝不健其决，怜其志。婴，死生之义备矣！”班固是答汉明帝之问，上书言秦灭诸事说这番话的。班固之论，附记于《秦始皇本纪》之后。班固之有此说，或在两汉时尚有不同于司马迁所见到的秦史资料。以常理推测，子婴不具备依法问罪于赵高而后行车裂的力量，只能是先暗杀而后诛灭余党。若仅仅车裂尸身，虽有可能，终显乖张。故此，司马迁的史料甄别该是妥当的。班固之言，一家一事之说也。

三　轵道亭外的素车白马

子婴即位，立即举行了第一次大朝会。

咸阳宫大殿又响起了浑厚肃穆的钟声，稀疏零落的大臣们匆匆走进了久违的大殿，大多都是白发老人与年轻公子了。几度折腾，群星璀璨的帝国功臣干员们已经消失净尽了。留给子婴的，只是一个气息奄奄的末日帝国。子婴戴起了天平冠，手扶着已经显得古朴过时的又宽又短的镇秦剑，走到帝座前凝视着殿中的一片白发后生，良久没有说话。大臣们的参拜也颇显尴尬，不知该如何称呼子婴君号，是秦王还是皇帝陛下。毕竟，秦王名号是赵高定的，诛杀了赵高势力，子婴对君号还没有明白诏书。于是大臣们只有纷乱躬身，笼统呼了一声君上了事。子婴心下明白，站在帝座前道："首次朝会，先定君号。是继位皇帝，抑或复归秦王，根基在大势评判。若有平定乱军之力，自当称帝。"子婴没有说后半句，然其心意谁都明白。

大殿良久默然，老臣们的粗重喘息清晰可闻。这些残存的末流元老们，已经多年隔绝于国事了，对山东乱象与秦军情势等可谓人人懵懂，仓促聚来如何拿得出挽狂澜于既倒的长策大略。只有一个老臣昂昂然道："不管乱得甚样，终须有平定之时！老臣之见，自当即皇帝位，秦三世！"老臣说罢张望左右，却没有一个人呼应。子桓终于按捺不住，挺身而出高声道："君父，子桓愿率十万大军镇守函谷关！"子陵也挺身而出高声道："君父，子陵愿北上九原，率二十万大军南下平乱！"一位老臣摇头叹道："两位公子壮心可嘉，然则终难行也！老臣曾供职太尉府，对军情大体知道些许。关中老秦人已经寥寥零落，如何去征发十万大军？九原固然尚有军马，可粮草早已不济，且不说公子能否安然抵达九原，纵然到了九原，能叫士卒空着肚腹打仗么？若有充裕粮草，章邯王离两部大军能扫不平盗乱么？"老臣一番话落点，老少大臣们顿时没了话说。

"材士营不是有五万军马么？"子桓高声问了一句。

"是也是也，材士营还在也。"老少大臣们一时恍然纷纷点头。

"材士营早快空了！"一个年轻人高声道，"我便是丞相府属官，职司材士营粮草。自山东大乱，三川郡守李由自杀，天下赋税进入关中之水陆两道皆断，关中粮草早已告急。二世一死，赵高凑不够粮草，已经遣散了材士营三万人，只剩下了两万人。便是这两万人，也纷纷逃亡，如今只有五六千了……"

“逃亡？有吃有喝，他等逃甚？”一个老臣懵懂发问。

“逃甚？”年轻人冷笑道，“材士营将士以胡人居多，又从来只会狩猎走马，不练打仗，留在关中还不是摆架势等死？听说匈奴新单于要大举南下，材士营早开始溜号了！”

“果然如此，关中岂非空无一军了？”一个老臣大是惊恐。

举殿默然，无人回答。

“不说了！”子婴沉重地叹息了一声，“大势评判，赵高没错，还是回称秦王罢了。子桓与韩谈做特使，立即出函谷关，召章邯军回师关中防守，下令王离军守住九原阴山。河北乱事，秦国放手算了……”

“君上！河北军报已到多日，老臣无处可报！”

“河北军报？快说！”子婴骤然变了颜色。

“诛灭赵高之前，章邯军报已到，赵高隐瞒不告任何人！”一个老臣愤愤然唏嘘高声道，“河北战事，我军断粮，十万九原将士全军覆灭！王离、苏角、涉间三大将全部惨死战场！章邯军残部突围，又被项羽盗军追杀，已经在漳水陷入绝境……”

老臣尚在唏嘘愤然叙说，子婴已经咕咚栽倒在青铜大案，天平冠的流苏珠玉哗啦飞迸散落，殿中顿时大乱……夤夜醒来，子婴痴痴看着守在榻前的韩谈与两个儿子，长叹一声，两行泪水无声地流下两颊。四人默然相对良久，韩谈哽咽低声道：“君上，刘邦楚军已进逼武关，为今之计，只有与之周旋了。设法存得社稷余脉，再做后图……”

终于，子婴点头了。

刘邦占据了武关，军营一片欢腾。

自上年与宋义项羽部分道进兵，刘邦一路打了许多次小仗，也攻占了十几座城池。因中原已经没有了章邯的平盗大军，郡县城邑只有平日主要职司捕盗的尉卒县卒，故此颇有势如破竹之势。刘邦明白自己实力不足，一路西来心思不在打仗，而主要在搜罗各色流散人马入军。举凡流民少壮、各方诸侯战败后的流散人马、官府在大型工程后留下的善后军马、乱世激荡出来寻找出路的游士壮勇等等，刘邦尽皆一体收纳。进到富庶的三川郡南阳郡时，刘邦楚军已风风火火扩张到近二十万人马，已经颇见壮阔声势了。或收服或投奔的名士与将军也有一串了：独自领军的楚将陈武，高阳名士郦食其，魏军散将皇欣、武蒲，秦军的宛城守将及舍人陈恢，秦列侯戚鳃、王陵等，总归是很有一番气象了。

此时，救赵的宋义项羽军一直滞留安阳。刘邦也不敢贸然进兵关中，便在占据南阳后转入峭山地带驻扎，在这片山地整整窝了一冬，除了整训操演人马，各方搜罗粮草，大体没有战事。

其间，刘邦几次不耐，要进兵关中。可张良却老是摇头，说时机不到，早进无功。刘邦问为何。张良说，巨鹿之战不见胜负，进了关中也无用。若巨鹿之战项羽胜秦军，我可乘虚攻占关中。若项羽落败，沛公便回芒砀山照做流盗，哪里也别想去。刘邦便是一阵大笑，鸟事！自家成事还是别家成事？老是看人颜色起坐，羞人也！张良也笑，说这叫潜龙勿用，乘时而动，天不打雷，龙便不能抬头。刘邦便笑骂一句，鸟个潜龙，分明一条虫！其间，赵高曾派密使与刘邦会商，说若能分割关中为王，赵高愿为内应灭秦。刘邦始终只是云山雾罩地与之盘桓，不与赵高特使准定盟约。张良贺刘邦得赵高助力，刘邦则大笑说，鼠窃狗盗，与赵高为伍，惭愧惭愧！萧何说，沛公入咸阳之日，将赵高人头献于关中父老，足以自雪了。刘邦突然狞厉一笑说，赵高奸恶，得煮一锅人肉汤，让天下人分而食之。

如此这般，熬过了深秋，熬过了寒冬，终于到了河冰化解的春日。得闻项羽军破釜沉舟北上，张良才说，目下可动，然却只能动一步。刘邦说声知道了，立即便去忙碌部署了。一番密商，奇袭武关的方略便告成了：派出郦食其与陆贾两个名士做说客，进入武关游说秦军守将献关降楚。再派曹参、灌婴各率三万人马向函谷关佯攻，虚张声势以牵制迷惑函谷关秦军。刘邦则自领中军与樊哙周勃等部，秘密从丹水河谷进逼武关，伺机奇袭。因是首战关中要塞，刘邦志在必得，根本不在乎名士说客是否能说降成功，心思只在偷袭之上。

武关之战很是顺利。此时的秦军人心惶惶，关中军事又无统一部署，武关将军依据粮草状况，将守军对整个丹水流域的巡视悉数撤销，只守着关城不出。刘邦军的樊哙周勃率数百精悍军士乔装成楚地商旅北上，大布苫盖的货车实际藏满了兵器。武关军士正在做例行盘查，不防樊哙周勃突然动手，杀死盘查军士又杀散城门守军，事先埋伏在山谷的大军便蜂拥杀来抢关入城。未及一个时辰，武关城头便飞起了“刘”字大旗。

此时，郦食其陆贾的游说方见成效，秦军守将已经放松了防守抵御之心，双方正在会商如何妥当善后。不料尚未定论，樊哙乱军已经入城涌入了官署。秦军守将大为震怒，立即率身边护卫与樊哙乱军展开了拼杀。一应官吏百姓闻讯，也纷纷赶来助战，整个武关城内便陷入了一片混战。

暮色时分，刘邦接得捷报，正要入城，萧何却黑着脸急匆匆来了。刘邦忙问何事？萧何愤愤然说，樊哙周勃在武关屠城，杀尽了所有守军，也杀尽了城中百姓。刘邦虽感惊讶，却又释然笑道：“果真如此，一定是城内拼死抵御，那两个粗货杀红了眼。不打紧，项羽屠城多了，我军只一次，怕它何来？”萧何正色道：“沛公何其不明也！项羽屠城，所过无不残灭，已在天下恶名昭著，连楚怀王都忌惮这个剽悍猾贼，不敢让其进入关中。沛公欲成大事，若效法项羽，必将大败也！”刘邦顿时皱起了眉头：“有如此厉害么？”旁边张良点头道：“萧兄言之有理，此前，我军已在颍阳屠城一次，进入关中再屠城，只怕后患甚大。项羽屠城，沛公亦屠城。若如项羽，沛公必败。”

刘邦额头顿时渗出了汗珠，搓着手急促转了两圈道：“两位先生所言，我倒是明白。可散兵游勇多多，不让他杀人越货，能留住人么？娘的，乱世治人，还真是难！”萧何道：“沛公只要心明意坚，自有整军之法。沛公若图目下小利，自要放任屠城。”刘邦皱着眉头似笑非笑道：“你说的，我愿意屠城？只要你能保得军粮财货，我便有办法。否则，你便是说破大天，终究不管用。左右老子不能成了空营，做光头鸟沛公！”萧何道：“有人心，才有财货粮草。失了人心，迟早都是空营。”刘邦脸色阵红阵白，指着萧何鼻子急吼吼大喊：“好你个萧何！逼我刘季跟这班粗货兄弟翻脸！好！我听你！可没得吃喝钱财，老子找你要！总不成你要人喝风屙屁！”急吼吼喊罢，刘邦一阵风出营上马飞去了。

刘邦率幕府人马进入武关，没有片刻歇息，立即将攻占武关的将士全部聚集到了校军场。大片火把之下，刘邦登上了将台，笃笃点着拄在胸前的长剑高声道：“今日奇袭武关，兄弟们有功，我刘季将论功行赏，人赐十金！至于爵位官职，那得等到灭了秦成了事再说。今日便封你个万户侯，顶个屁用！”

“谢赏金！沛公万岁！”火把飞动一片欢呼。

“万岁个鸟！今日这般占城，谁也没好！”刘邦突然声色俱厉，骂得滔滔江河一泻直下，“刘季与兄弟们一样，都是粗货出身，得说一番粗话！我等偷鸡摸狗穿墙越户杀人放火扯旗造反，在大秦子民中，十有八九都是疲民无赖！可我等都是庶民，我等打仗，要杀的是贵胄官吏，要反的是大秦朝廷，关庶民屁事！庶民都是我等父老兄弟，没有庶民拥戴，甭说粮草后援，要打了败仗，连个藏身的狗窝都没有！刘季与老兄弟们，当初在芒砀山做流盗近一年，他娘的杀过老百姓么！要杀人越货，能藏得下去么！这叫甚？这叫好狗护三家！你便是只游狗，也得靠几个门户不是！没人给你丢一根骨头，你还不是一只死狗！你他娘的当兵杀人，不当兵了，还不是人杀你！要想日后不被人杀，今日便甭乱杀百姓！今日不积阴德，日后不定祖坟都被人挖了！说今日，今日进武关，谁个他娘的下令屠城？樊哙！是你么！准定是你个狗才！你杀狗杀猪还不够，还要入城杀人！狗胆包天你！来人！拿下樊哙！先打一顿大棍！”

“沛公！城内乱战！我没下令！……”

不管樊哙如何大吼大叫，刘邦只叫事先部署好的中军卫士拿住樊哙一阵呼啸乱打。其时也没有法定军棍，所谓大棍者，实则长矛木杆也。卫士将长矛倒转过来，倒是比后来的法棍威风多了。乱棍纷乱呼啸之间，刘邦依旧愤然嘶声大吼着：“打！打死这个屠夫！”片刻之间，樊哙一身鲜血，无声无息地躺在地上不动了。全场将士大骇，乱纷纷跪倒乱纷纷哭喊：“沛公饶恕樊将军！我等甘愿受罚！”周勃也奋然脱去了甲胄衣衫，光膀子赳赳拱手道：“周勃治军不严！甘愿与樊将军一起受责！”

“都给我起来！听我说！”

将士们唏嘘站起，刘邦没理睬周勃，高声对全场道，“楚军灭秦，天下大道！成了大事，人人富贵！然则，要成事便得有法度。我等都是粗货，忒多文辞谁也记不住，刘季只与全军兄弟立约三则：日后不得屠城！不得杀降！不得抢劫奸淫！凡有违抗，刘季亲手宰了他狗娘养的！听见了么！明白了么！”

“听见了！明白了！”全场一片声浪。

“至于打仗有功，刘季必有赏赐，若有不公，任何人都可找刘季说话！谁混得日子过不下去，都来找刘季！刘季领兄弟们起事，是要做人上人！”

“沛公万岁——！”

刘邦屠城事，在《史记》中颇见微妙。颍阳屠城，明记于《高祖本纪》，只有一句话：“南攻颍阳，屠之。”武关屠城，却未见于《高祖本纪》与《项羽本纪》，而见于《秦始皇本纪》，也是一句话：“沛公将数万人已屠武关，使人私于高……”也就是说，司马迁将刘邦的两次屠城，分别记载在两处，显然是有所避讳，不欲使刘氏皇族过分难堪。在秦末大乱之世，项羽“诸所过无不残灭”，大屠城大坑杀大劫掠大纵火每每令人发指。刘邦军在进入关中之前，也有两次屠城，虽不若项羽恶名昭著，却也绝非人道王师。项羽刘邦如此，其余所谓诸侯军之种种暴行，则更为普遍。此等暴虐毁灭行径飓风般盛行秦末，将帝国时期的宏大建设以及战国时期积累的丰厚财富，几乎毁灭净尽，人口锐减，天下陷入了惊人的萧疏荒漠，以致西汉初期“将相或乘牛车”，朝廷陷于极大困境，刘邦本人几乎被匈奴大军俘获。庶民更是家徒四壁，生存状况远远恶化于秦帝国之时。

这一历史事实，赤裸裸现出了六国贵族复辟的残酷兽性，与对整个社会的毁灭性灾难，也显示了“诛灭暴秦”的旗帜是何等的荒诞不经！尝见后世诸多史家，动辄便有“诛无道，灭暴秦”之辞，便觉滑稽，总会想起《水浒》中“说得口滑”的那些信口开河者。谚云，有口皆碑。又云，众口铄金。两千余年悠悠恶口，将屠夫变成了英雄，将功臣变成了罪犯，将山岳变成了深渊，将深渊变成了山岳，将真正的兽性暴虐，变成了吊民伐罪的王道之师，我族悲矣哉！《诗》云：“高岸为谷，深谷为陵。”岂我族文明史之符咒哉！

刘邦军在武关整肃之后，气象大有好转，立即挥兵北进关中。

此时巨鹿之战已告结束，项羽军正在追逼章邯余部，欲迫使章邯军降楚。此时咸阳政变迭起，国政几乎陷于瘫痪，秦军在关中的守备事实上已经形同虚设。当刘邦军进入蓝田塬时，拦阻秦军只是老秦国蓝田大营的传统驻守老军两三万人而已。刘邦派出特使周旋的同时，又突然攻杀，遂占据了蓝田大营。据《高祖本纪》，连同蓝田之战，刘邦军入关三破秦军，两次“大破”，一次追击战“遂破之”。就实说，全然虚夸粉饰之辞也。此时关中秦军一无主力，二无战心，何来值得两次大破之军？究其实，不过击溃了完全不需攻杀便能遣散的非战守营军，借以显示灭秦战绩而已。据理推测，不是太史公从刘邦对楚怀王的战报上扒来的原辞，便是转录汉军后世的美化传闻。

至此，刘邦及其轴心将士对关中大势已经明了，再不担心大战激战，而是一力谋划如何进入咸阳。以萧何方略，沛公军当先以老秦东都栎阳为根基，积蓄粮草整肃军马，时机成熟一举攻占咸阳。刘邦连连点头，觉得这一方略很是稳妥。张良却以为，萧何之策过于迟缓，当此大厦将倾之时，大咸阳已经在连番血雨腥风中没有了任何抵抗余力，子婴杀了赵高一党，必派密使前来立约。当此之时，不需再占栎阳耗费时日，当谋划一举入咸阳。不入咸阳，终不能践楚怀王之约，耽延之时若项羽军赶到，只怕沛公便要前功尽弃了。刘邦恍然猛醒，拍案连连道：“立即部署进兵咸阳！子婴密使来不来，老子不管他！”

最后一夜，秦王子婴是在太庙度过的。

韩谈做密使赶赴蓝田塬，已经与刘邦约定：子婴君臣降楚，待刘邦禀明楚怀王而后封定祭祀社稷之地。刘邦军不杀皇族，不伤百姓，不劫掠财货，不进入太庙。也就是说，子婴以降楚换得了残存皇族与整个大咸阳的平和易主，其后，咸阳剩余老秦人去留自便，嬴氏皇族便如同周灭商后的商人余脉，在一方封地上延续祖先血脉了。子婴反复思虑，这是唯一的了结大秦的出路了，沧海桑田世事变换，大秦气数已尽，子婴又能如何？子婴唯一能告于先人者，嬴氏社稷犹存，血脉不灭也。三日前，刘邦军已经开进关中腹地，驻扎于咸阳东南的霸上了。明日正午，刘邦便要在咸阳东受降了。

韩谈守候在廊下，子婴独自走进了祭祀正殿。

灯烛明亮，香烟缭绕。祭祀长案上，猪牛羊三牲整齐排列着。子婴一身本色素衣，一根丝带扎束着雪白的长发，无冠无剑，扶着一支竹杖进来，肃然跪倒在长案前。子婴一脸淡泊，木然的祷告似乎在宣读一件文告："列祖列宗在上，子婴伏惟以告：自始皇帝骤薨，国事迭经巨变，终致大秦三岁崩矣！子婴不肖，虽诛杀赵高，然无力回天。九原军死难殉国，章邯军不得已降楚，朝无能臣，国无大军，府库空虚，赋税绝收，皇族凋零，子婴为存社稷余脉，为存咸阳国人，唯有降楚一途。明朝之期，子婴便非秦王。今夜，子婴最后以秦王之身，行祭祀列祖列宗之大礼。嬴氏皇族，大秦一统天下，此后不复在矣！列祖列宗之神位，亦当迁往陇西族庙。嗟乎！国亡家破，子婴善后无能，愧对先人矣！"

祷告完毕，遥遥传来太庙钟室的一声悠长钟鸣。子婴艰难地扶杖站起，缓慢地走向了大殿深处。沉沉帷幕之间，矗立着一座座丈余高的黑玉神龛，立着一尊尊嬴氏祖先的蓝田玉雕像。从一尊尊雕像前走过，木然的子婴任热泪不断地涌流着，喃喃地自语着，列祖列宗，子婴再看先人一眼，死亦瞑目矣！

韩谈回来之后，子婴已经向楚怀王拟好了一件降书。降书末了，子婴请封嬴氏余脉于陇西之地，使老秦人重归久远的故里，在那里为楚王狩猎农耕养牛养马。老秦人太苦了，熬过了夏，熬过了商，熬过了西周，在漫漫岁月中多少次几欲灭种矣！自东周成为诸侯，老秦人更是急剧地起落沉浮，危难与荣耀交错，牺牲与屈辱并存，战死了多少雄杰，埋葬了多少烈士。直到孝公商君变法之后，老秦人才赳赳大出于天下，激荡风云一百五十余年，成就了统一华夏大业，烨烨雷电中，老秦人一举登上了皇皇文明之绝顶。然则急转直下，老秦人又在冥冥难测的风云突变中轰然解体，于今，天下老秦人竟连一支像样的大军也难以聚合了……子婴一尊尊看着，一尊尊诉说着，一直看完了六百余年三十五尊先人的雕像：

老祖秦仲	在位二十三年
次祖秦庄	在位四十四年
秦襄公始立诸侯	享国十二年
秦文公	享国五十年
秦宁公	享国十二年
秦出公	享国六年
秦武公	享国二十年
秦德公	享国二年
秦宣公	享国十二年
秦成公	享国四年
秦穆公	享国三十九年
秦康公	享国十二年
秦共公	享国五年
秦桓公	享国二十七年
秦景公	享国四十年
秦哀公	享国三十六年
秦惠公	享国十年
秦悼公	享国十四年
秦厉公	享国三十四年
秦躁公	享国十四年
秦怀公	享国四年
秦灵公	享国十年
秦简公	享国十五年
秦惠公	享国十三年
秦出子	享国二年
秦献公（进入战国）	享国二十三年
秦孝公	享国二十四年
秦惠文王	享国二十七年
秦武王	享国四年

秦昭王	享国五十六年
秦孝文王	享国一年
秦庄襄王	享国三年
秦王嬴政	战国二十五年
秦始皇帝	帝国十二年
秦二世胡亥	在位三年

这三十余座雕像中，没有子婴。那最后一座虚空的神龛，是二世胡亥的位置。因了战乱，因了种种艰难，也因了朝野人心对胡亥的不齿，这尊玉身至今未能雕成。子婴是最后的秦王，是亡国之君，只怕已经无缘进入皇族太庙，而只能在日后的族庙家庙中享祭了。子婴已经不知多少次地数过了，截至今日，他做了四十六日秦王[1]，第四十七日，便是他成为平民的开始……

“君上，五更末刻了，不能耽延了。”

韩谈的轻声呼唤惊醒了子婴。

子婴步履蹒跚地扶杖出来，太庙庭院的森森松柏林已经显出了霜雾朦胧的曙色，红光紫雾，整个天地一片蒙蒙血色。子婴没有问韩谈此等征候是何预兆，子婴已经无心过问此等事了。韩谈也没说天色，只在旁边陪伴着子婴默默地走着。未出庭院，太庙的太卜令却匆匆前来，肃然一躬道：“禀报秦王，太卜署作征候之占，红霾蔽天，血灾凶兆也。”子婴苦笑道：“血灾？上天不觉迟暮么？几多血灾了，用得占卜？”说罢笃笃点着竹杖去了。路上，韩谈惶恐不安地低声道：“君上，老臣之见，今日得赶紧教两公子与王族人等一体离开咸阳。太卜之占，素来是无异象不占，不可不虑。”子婴惨淡笑道：“国家已灭，王族宁不与社稷共存亡乎！逃甚？刘邦便是负约，要杀戮残存王族，嬴氏也认了。天意若此，逃之一身何用矣！”韩谈不再说话了。

红霾笼罩中，咸阳宫开始悄无声息地忙碌起来。

---

[1] 《秦始皇本纪》云子婴为秦王四十六日；《李斯列传》云，子婴立三月。从本纪说。

降楚的礼仪，韩谈与子桓已经与刘邦军约定过了。子婴请以国葬之礼出降。刘邦哈哈大笑说，国葬便国葬，也是末世秦王一番哀国之心，无碍大局。出降受降之地，选在了咸阳东南的轵道亭。这是一座郊亭，大体在刘邦的霸上军营与大咸阳之间的官道边。因这条官道东出函谷关与进入太行山口轵关陉的轵道相连，实际便是全部轵道的关中段，故而一直被呼为轵道，道边迎送亭自然也唤作了轵道亭。

卯时到了。当沉重悠长的号角声从皇城传出时，周回数十里的咸阳城头，黑色秦字大旗一齐消失了。守军士卒们放下了手中兵器，默默地走下了雄峻的城垣。各官署仅存的大臣吏员，人人一身布衣，无冠无剑，默默地走出了咸阳南门。皇城内残存的皇族后裔与有官爵的内侍侍女，则是人人白衣散发，无声地汇聚到咸阳宫前的车马广场。

“国薨也——！皇城落旗开门——”

随着韩谈嘶哑悲怆的呼声，皇城内外所有的旗帜仪仗都消失了，郎中们将斧钺器械堆积到城头城下所有的指定地，悄无声息地汇进了一片白茫茫之中。原本平静麻木的人群，随着韩谈的呼声与仪仗旗帜的消逝，突然哭声大起，内侍侍女郎中们纷纷扑向殿前玉阶头撞玉柱，惨烈自戕。片刻之间，白玉广场变成了血泊之地……

子婴视若不见，领着残存的人群缓缓流淌出皇城。咸阳城街市整个空了，从皇城出来直到南门，一条长长的大道上空荡荡杳无一人。直到子婴车马人群流出南门与大臣人群会合，依然没有一个庶民身影。

这一天，整个大咸阳都死寂了。

出降受降，平静得没有任何波澜。

子婴是虔诚出降的。整个出降队列徒步而来。只有子婴与王后，乘坐着一辆以四匹白马驾拉的取缔了任何饰物的王车，脖颈上绑缚着一根原本系印的黑丝带，怀中抱着装有皇帝印玺的玉匣，车后紧跟着两个儿子。王车去饰，白马驾拉，送葬国家之意也，此谓“素车白马”。系印丝带绑缚脖颈，国王该当自杀殉国也，此谓“系颈以组”。子婴献出的印玺是天子五玺。除了那方号为皇帝行玺（常用印玺）的和氏璧玉玺，其余五方大印分别是皇帝之玺、皇帝信玺、天子行玺、天子信玺、天子之玺。

加起来是两皇帝玺、三天子玺，共五方印玺。只有在这一日，向由符玺事所专掌的五方神圣印玺，第一次集中在了一个大铜匣中。当布衣散发的子婴系颈以组，将天子五玺高高捧于头顶，一步步向刘邦战车前走来时，刘邦大笑了，楚军金鼓齐鸣了……

终于，刘邦军马隆隆开进了大咸阳。

四　烽烟废墟　帝都咸阳大火三月不灭

刘邦军进入咸阳，首要难题是如何面对庞大无比的帝国遗业。

无论事先如何自觉胸有成算，刘邦们入城之后还是乱得没了方寸。关中的连绵胜迹，大咸阳的宏阔壮丽，使这些大多没进过京畿之地的粗朴将士们大为惊愕，新奇得一时晕乎乎找不到北了。尽管有武关整肃在先，士卒们还是弥散于大街小巷，抢劫奸淫时有发作，整个大咸阳陷入了惊恐慌乱，民众乱哄哄纷纷出逃。刘邦虽说做亭长时领徭役入关中曾经进过咸阳，也偶然遇见过一次始皇帝出巡，但却也从来没有进过皇城。张良萧何陆贾郦食其等名士与将军，也是个个没进过皇城。进咸阳的当日，刘邦顾不得整肃约束部伍，立即与一班干员兴冲冲进入皇城观赏，可一直转悠到三更，还没看完一小半宫室。刘邦万般感喟，大手一挥笑道："这皇城大得没边，嫔妃侍女多得没数，索性今夜住进来乐一回！"随从将士们立即一阵万岁狂呼。旁边张良却低声道："沛公此言大是不妥。项羽军在后，不能失秦人之心。"刘邦蓦然省悟，却见旁边樊哙黑着脸不做声，于是笑骂道："如何，你小子美梦不成，给老子颜色看了！"樊哙气昂昂道："先生说得对！沛公光整肃别人，自家却想泡在这富贵乡不出去！"刘邦一阵大笑道："好好好，走！出去说话。"

回到幕府，中军司马报来乱军抢劫奸淫的种种乱象。刘邦大皱眉头，当即深夜聚将，会商善后之法。将军们纷纷说秦王子婴是后患，不杀子婴不是灭秦。刘邦心智已经清醒，重申了与楚怀王之约与义兵之道，说子婴是真心出降，杀降不祥，杀子婴只能自绝于关中。最后议定，将子婴“属吏”，待禀明楚怀王后再作决断。属吏者，交官吏看管也。之所以如此决断，并非刘邦真正要请命楚怀王，而是顾忌项羽军在后，自己不能擅自处置这个实际是帝国名号的秦王。

此事刚刚决断，一直不见踪迹的萧何匆匆来了。刘邦大是不悦道：“入城未见足下，也去市井快活了么？”萧何奋然一拱手道：“沛公，我去了李斯丞相府。”刘邦揶揄笑道：“如何，趁早抢丞相印了？”萧何没有笑，深深一躬道：“沛公，我去查找了天下人口、钱粮、关塞图籍，已得数车典籍。我等两手空空，何以治理郡县？”刘邦恍然大悟，起身正容拱手道：“萧兄真丞相胸怀也，刘季受教。”

再议诸事，将军谋臣们已经狂躁大减，遂理出了行止三策：其一，降楚之秦国君臣一律不杀；其二，全军开出咸阳，还军霸上；其三，废除秦法，与秦人约法三章，稳定关中人心。萧何率一班文士立即开始书写文告，天亮之际，约法三章的白布文告已经在咸阳纷纷张挂出来。天亮后，刘邦又带着萧何，亲自约见了咸阳国人中的族老，倡明了自己的定秦方略与约法三章。末了，刘邦高声说：“我所以入关中，为父老除害也！我军不会再有所侵暴，父老们莫再恐慌！明日，我即开出咸阳，还军霸上！待诸侯们都来了，再定规矩。”很快，咸阳城有了些许生气，开始有人进出街市了。

这约法三章最为简单，全部秦法尽行废除，只约定三条规矩：其一，杀人偿命；其二，斗殴伤人治罪；其三，盗抢财货治罪。其时之文告用语更简单：“与父老约，法三章耳：杀人者死，伤人及盗抵罪。余悉除去秦法。”此等处置，全然应急之策，其意只在彰显刘邦灭秦的大义之道：入咸阳，存王族，除苛法，安民心。无论后世史家如何称颂，约法三章在实际上都是一种极大的法治倒退，而绝非真正的从宽简政。数年之后，刘邦的西汉王朝在亲历天下大混乱之后，几乎悉数恢复了秦政秦法，足证“约法三章”之随机性。

约法三章的同时，萧何给所有的咸阳与关中官署都发下了紧急文告，明告各官署“诸吏皆案堵如故”。也就是说，要所有秦官秦吏依旧行使治民权力，以使郡县乡里安定。如此一来，已经占据关中大半人口的山东人氏与老秦人众，一时都安定了下来，纷纷给刘邦楚军送来牛羊酒食。刘邦下令，一律不许接纳百姓物事，说辞很是慷慨仁慈：“我军占据仓廪甚多，财货粮草不乏。民众苦秦久矣，刘季不能耗费百姓物力也！”于是，刘邦善政之名在关中一时流传开来，民众间纷纷生发出请刘邦为秦王之议。《史记·高祖本纪》描绘云：“人又益喜，唯恐沛公不为秦王。”

凡此等等，皆是关中安民之效。与后来项羽的兽行暴虐相比，刘邦的宽政安民方略颇具远见卓识。其最直接的后续效应，是刘邦的王师义兵之名，在关中民众中有了最初的根基。后来，当刘邦以汉王之身北进关中时，关中百姓竭诚拥戴，全力支持汉军与项羽长期对抗，使关中变成了刘邦汉军的坚实根基。萧何之所以能“镇国家，抚百姓，给馈饟，不绝粮道”，源源不绝地为汉军提供后援，其根本原因，便是关中民众对项羽军的仇恨，与对汉军的自来厚望。历史地说，这是相对远大的政治眼光所必然获得的长远社会利益。

还军霸上数日之后，刘邦突然决断，要抵御项羽于函谷关外。

那夜，一个神秘的游士请见刘邦。这个游士戴着一方蒙面黑纱，个头矮小，人头尚在刘邦肩头之下。矮子举止煞有介事，步态很是周正，刘邦笑得不亦乐乎了。蒙面矮人没笑，只一拱手道：“甘泉鲰生，见过沛公。吾所以来，欲献长策，以报沛公保全关中之德也。”鲰者，原本杂小鱼类，于人，则谓短小丑陋者也。刘邦一听来人报号，不禁又呵呵笑了：“自认丑生，安有长策乎？”鲰生淡淡云：“人丑，其言不丑。沛公计丑人乎，计正理乎？”刘邦顿时正色，肃然求教。鲰生悠然道：“长策者，十六字也：东守函谷，无纳诸侯，自王关中，后图天下。”刘邦皱眉道：“关中力竭，子婴不能王，我何能王耶？”鲰生道：“子婴不能王者，秦政失人心也。沛公能王者，善政得人心也。秦富十倍于天下，地形之强，雄冠天下。在下已闻，项羽欲封章邯三将为三王。若项羽入关，沛公必不能坐拥关中也。此时若派重兵东守函谷关，使项羽诸侯军不能西进关内。沛公则可征关中民众入军，自保关中而王，其后必得天下。方今之势，关中民众多闻项羽暴虐，必随沛公也。而欲与天下争雄，必据关中为本。沛公好自为之也！”说罢，鲰生无片刻停留，一拱手出得幕府去了。刘邦醒悟，追到帐外，已没了人影。

此时，张良萧何恰好皆不在军中。刘邦反复思忖，鲰生方略果能如愿，则一举便能立定根基。然若果真张开王号，名头又太大，自己目下军力实在不堪。关中民众能成军几多，也实在不好说。刘邦知道，智计之士有一通病，总以民心如何如何，而将征发成军与真正能战混作一团。实则大大不然，关中民众纵能征发数万，形成能战精兵也远非一两年事。然，鲰生之谋又确实利大无比，不能割舍，且要做便得快做，慢则失机失势。刘邦转悠半夜，终于决断，先实施一半：只驻军函谷关抵御项羽，而暂不称王。如此可进可退：果真扛得住项羽军，再称王不迟；扛不住项羽军，总还有得说辞退路。心思一定，刘邦大为振奋，深感自己第一次单独做出了一则重大决断，很是有些自得。天亮之前，刘邦断然下达了将令：樊哙、周勃两部东进，防守函谷关，不许任何军马入关。

刘邦没有料到，这个匆忙的决策很快使自己陷入了生死劫难。

倏忽之间，秋去冬来。

十一月中，项羽军与诸侯各部军马四十万隆隆南下，号为百万大军，经河内大道直压关中。王离的九原军覆灭后，项羽与诸侯联军连续追杀章邯的刑徒军。此时，大咸阳正在连番政变之中，赵高杀二世，子婴杀赵高，朝臣吏员几次大换班，政事陷于完全瘫痪。章邯军所有后援悉数断绝，若再与项楚军转战，势必全军覆没。老将章邯虑及刑徒军将士大多无家可归，为国苦战竟无了局，义愤难忍却又万般无奈，最后只有降楚了。而此时的项羽军诸侯军也正在粮草告乏之时，不欲久战，遂在洹水之南的殷墟，达成出降受降盟约。是年仲秋，章邯三将率二十余万刑徒军降楚了。

项羽接纳了老范增方略，给章邯一个雍王名号，给司马欣一个上将军名号，令两人率降军为前部军马西进。章邯向为九卿重臣，一路说动沿途城邑之残存官署全都归附了项楚军，敖仓等几座仓廪残兵也悉数放弃了抵御。项羽军对沿途仓廪大为搜刮，粮草兵器顿时壮盛了许多。大军进至新安，眼见函谷关遥遥在望，项羽却突然与黥布等密谋，实施了一场极其血腥的暴行——突然坑杀了二十余万降楚刑徒军！

坑杀的事由很是荒诞不经：刑徒军士卒不堪楚军将士“奴掳使之”，遂生怨声。有人密报了项羽，项羽立即作出了一番奇异的推定：“秦吏卒尚众，其心不服，至关中不听，事必危，不如击杀之！”史书记载的最后事实是：“于是，楚军夜击，坑秦卒二十余万人新安城南。”对于多次屠城坑杀的项羽，此等大举暴行驾轻就熟，很快便告结束。

《史记·项羽本纪》为坑杀找了一个同样荒谬的背景理由：项羽的诸侯军中多有当年服过徭役的军吏士卒，当年秦军吏卒对此等人“遇之多无状”。是故，才有秦军降楚后，诸侯吏卒乘战胜之威，将秦军士卒当做奴隶虐待的事发生。列位看官留意，章邯之“秦军”原本并非传统的政府军，而是应急成军的刑徒与官府奴隶子弟。刑徒原本便是苦役，而官奴子弟同样卑贱，如此两种人如何有权力对当年的山东徭役施以“无状”虐待？再者，刑徒军中纵有少量的官军将士加入，亦决然不会人人都虐待过当年的徭役者，将二者等同置换，从而作为对降卒施虐的依据，显然的荒诞。此等理由，只说明了此时尚存的一个历史事实：除了项羽本人不可理喻的暴虐，诸侯复辟势力对秦帝国的仇恨是一种普遍存在，项羽的疯狂只是群体暴虐的发动点而已。

新安坑杀迅速传遍天下，刘邦的函谷关守军大为震恐。

项羽大军抵达函谷关前，见关城大张“刘”字大纛旗，关门则紧闭不开。前军大将黥布命军士呼叫开城。可城头却现出了刘邦军大将樊哙的身影，樊哙大喊着，沛公信守楚怀王之约，先入关中者王，项楚军当自回江东才是。项羽闻报大怒，立即下令黥布军与当阳君两部攻城。项楚军此时大非昔比，已经接手了章邯秦军的全部重型连弩与大型器械，且仍由章邯军残存的弓弩营将士操作，攻城大见威力。而函谷关的刘邦军，虽也有大型防守器械，然樊周两将却已经早早遣散了守关秦军，刘邦军士卒根本无法操持那些需要长期演练的防守器械。樊哙周勃更不知秦军防守函谷关的独有战法，只以最传统的滚木礌石与臂张弓射箭应对，根本无法抵挡在城外弓弩营箭雨遮蔽下的潮水般的攻城楚军。不消半个时辰，函谷关便被攻破。樊哙周勃恐惧于项羽杀戮成性，早领着余部军马向西逃窜了。此战经过在史料中只有“击关，遂入”四个相关字，足见其如何快捷了。

楚军破关，项羽只觉又气又笑，也不下令追杀，只挥军隆隆入关。整肃数日，项羽大军再度西进，终于抵达关中腹地，在骊山之北的戏水西岸驻扎了下来。项羽的中军幕府，驻扎在一片叫做鸿门的高地上。此时，已经是十二月的隆冬时节了。

当夜，老范增领来了一个乔装成商旅的人物来见项羽。此人乃刘邦的左司马曹无伤。曹无伤神秘地对项羽禀报说：“沛公欲王关中，要拜子婴为丞相！秦之珍宝，已经被沛公尽数掳掠了！”老范增阴沉着脸色说：“刘邦自来贪财好色，然入关中，财货不取，女色不掠，其志不在小也！老夫曾教望气者相之，言此人上有龙虎五彩之气，此天子气也。少将军当急击勿失也！”项羽大怒，立即下了一道秘密军令：整休一日，第三日攻杀刘邦军。

不料，项羽的这道密令，刘邦却意外地事先知道了。

项羽的一个叔父（季父）项伯，与刘邦军的张良素来交好。得闻项羽密令攻灭刘邦军，项伯匆匆找到霸上，劝说张良赶紧离开刘邦，或随他投奔项羽，或另谋出路。张良说，如此不告亡去，不义也，容我向沛公一别。项伯不善机谋，随张良来到中军幕府，等在了辕门外树影下，张良自己进去告别。张良匆匆来见刘邦，将项羽攻杀密令一说，刘邦顿时大为惊恐。张良此时才问，驻军函谷关抵御项羽，何人谋划？刘邦坦诚地说了鲰生献策自己决断事，没有丝毫隐瞒，只问张良该当如何。张良说，目下事急，只有先疏通项伯，再谋疏通项羽。刘邦忙问，先生如何与项伯熟识？张良说，项伯当年杀人在逃，他曾急难护持，于项伯有救命之恩。刘邦与人交接很见功夫，立即问张良项伯谁年长。张良说，项伯年长。刘邦立即说，先生为我请入，我当以兄长之礼待之。

张良出来一说，项伯虽有难色，终不忍负张良之恩，只有跟张良走进了幕府。刘邦恭敬地以事兄之礼相待，设置了匆忙而不失隆重的军宴，以尊奉长者的一种叫做“卮”的酒器连连向项伯敬酒，热诚盘桓，询问项伯的寿数子女。得闻项伯有女未嫁，刘邦立即为自己的长子求婚。项伯感刘邦豪爽坦诚又尊奉自己为长者，又见张良殷殷点头，便欣然允诺了。于是，两人倏忽之间结成了婚约之盟。之后，刘邦说起了年来进兵诸事，末了无比诚挚地抹着泪水说："刘季入关中，秋毫不敢有所犯，只登录吏民、封存府库，以待上将军前来处置。所以派军守函谷关，无非防止乱军流盗而已。果真抵御，刘季能不亲临军阵，而仅以两个粗货率军么？刘季日夜北望上将军到来，岂敢反乎！敢请项兄为我说几句公道话，刘季不敢背德也！"项伯大为心感，当场欣然允诺，并对刘邦叮嘱了一句："天亮之后，足下记着立即来谢项王。"

项伯连夜回到鸿门幕府，对项羽备细禀报了见刘邦事。末了，项伯说了一番意味深长的话："若非沛公先破关中，我军岂敢长驱直入乎？今人有大功，而我灭之，不义也。若能因善而遇，大道也。"项羽见叔父说得诚恳，又听说刘邦万分惶恐，心下大感欣慰，当即点头允诺，取缔了攻杀刘邦军的密令。

次日清晨，尚未到惯常聚将的卯时，刘邦便带着百余名随从来到项羽幕府外，恭谨地等候召见了。若论楚军各方势力资格，刘邦原本与项梁同时举事，又被楚怀王尊为"宽大长者"，又先入关中，此时本是最老资格的一方楚军势力，高着项羽一辈。今日如此谦卑地早早赶来等项羽召见，虽说迫不得已，也是刘邦刻意为之。

果然，年轻的项羽得到禀报后大感尊严，立即下令召见刘邦。刘邦恭敬地进入幕府参拜，又重申了自己的诸般忠心与苦衷，末了慷慨唏嘘地说："老臣与将军戮力同心灭秦，将军战河北，刘季战河南。刘季不期先入关破秦，才能与将军再度相见于此也！今必有小人之言，有意让将军与老臣生出嫌隙。"项羽不善言辞，交接人物也是喜怒立见颜色，见刘邦称臣唏嘘，一时竟有些愧意，脱口而出道："此等话，都是沛公那个左司马曹无伤说的。不然，项籍何至于问罪沛公？"刘邦心下惊愕，脸上却一如既往地虔诚抹泪诉说。项羽对赫赫沛公竟然称臣大是欣慰，说得片时，吩咐大摆酒宴抚慰刘邦。

于是，有了那则流传千古的鸿门宴的故事。

太熟的老故事无须多说了。总归是刘邦得种种因素暗助，从盛大而暗藏杀机的酒宴上不告而逃，终于安然脱身了。鸿门宴之后，几个相关人物的命运，皆由此而发生重大变化。其一，向项羽告密的左司马曹无伤，被刘邦回到霸上军营后立即秘密诛杀了。其二，刘邦开始小心翼翼地与项羽周旋，不再对项羽的任何决断提出异议了。这般韬光养晦，直到后来韩信的“明修栈道，暗度陈仓”而北进方告了结。其三，后来的楚汉相争中，项伯几乎成了刘邦的不自觉内应，与刘邦始终保持着秘密联络。其四，老范增对项羽绝望了。这位项楚军最重要的也是唯一具有相对长远目光的奇谋之士，用长剑击碎了刘邦送来的玉斗，唉的一声，顿足长叹：“竖子不足与谋也！来日夺项王天下者，必刘邦也！我等人众，实则今日已为之虏矣！”后来，这位奇谋之士终于在另一个奇谋之士陈平的反间计迷雾中倒下，在项羽的疑忌中愤然告退，郁闷悲愤而发背疽，在归乡途中惨死了。其五，项羽始被刘邦迷惑，自此屡屡落入与刘邦周旋的种种困境，最终迅速溃败身死。

鸿门宴之后，项羽自感已得天下，遂决意恢复诸侯制。

基于名义之需，项羽上书楚怀王，请命“分地而王”。不料，执拗的楚怀王竟只回复了两个字：“如约。”其意明显之极：按照当初之约，先入关中者王，此时当由刘邦为王封地，而不当由项羽称王分封。项羽恼羞成怒，撕碎了回书骂道：“怀王算鸟！我家项梁所立罢了。无战无伐，何以得以主约！定天下者，是项羽！是诸将！不是楚怀王！”此时，诸侯们已经人人明白项羽要做天下之王，要以天子名义分封诸侯，乐得人人逢迎，更乐得早日占据一方。于是，项羽以诸侯共倡为名，给楚怀王奉上了一个虚空名号——义帝，而自己则做了实际上的天子。不久，楚怀王便被项羽派人暗杀了。这位颇具见识的牧羊少年，终于消失在秦末的大毁灭风暴中了。

隆冬时节，复辟诸侯制的分封大典在楚军营地举行了。

项羽亲自宣示了废除帝国郡县制的王书，向天下彰明了分封诸侯的王道长策。接着，诸侯们上书称颂项羽武功，拥立项羽为西楚霸王，行天子号令。霸王者，王号也；西楚者，王畿所在地也，或曰国号也。其时，旧楚地域分为四楚：淮北之陈郡地带为北楚，江陵地带为南楚，江东吴越为东楚，彭城地带为西楚。项羽以彭城为都，故号西楚霸王。

项羽名号，实为中国历史上最为荒诞不经的一个王号。以字之本义论，霸是“魄”的本字，原指每月初始的新月，故从“月”。《周书》有“哉生霸”之说。《说文》云：“霸，月始生，霸（魄）然也。”进入春秋战国，“霸”遂演化为强力大争、强力治世学说的轴心语词，这便是霸道、霸王之说，与王道说对立；通常，法家被指认为霸道说，然并非法家认可。若以实际论之，霸则指霸主，譬如赫赫大名的春秋五霸；越王勾践横行江淮时，诸侯曾纷纷庆贺，也曾称颂其为霸王。也就是说，霸王之名，其时泛指拥有一种超乎寻常的军力威势的王者，与“霸道”治世学说并无必然联系。若以复辟诸侯制的政治主张而言，项羽恰恰与霸道反其道而行之，正好该是王道复古论者。故此，项羽自号霸王，其意绝非宣示治世理念，而仅仅是炫示自己的赫赫威势。

更有甚者，项羽之前的所有霸主、霸王、五霸等等名号，皆为天下指认，而无一人自封。公然以“霸王”自封为正式王号者，五千年唯项羽一人也。其刚愎横暴，其愚昧昭彰，其蠢蛮酷烈，由此足见矣！关中民众此后评说项羽，有一个极为传神的说法：“人言楚人沐猴而冠，果然！”《史记·索隐》云，沐猴而冠说的是楚人性暴躁。其实大不然也。猴子沐浴而冠带者，妖精也，魔怪也，绝非性情暴躁之意也。这一诅咒式评判，以“楚人”为名，实则明确指向项羽。因为，刘邦也是楚人，而关中民众却争相拥戴其为秦王。是故，此骂在实质上并不涉及对楚人的整体评判。唯其此骂入骨三分，项羽大为恼怒，立即下令搜捕那个说者，活活在大鼎里用滚水煮死了此人。《集解》引两说，一云此人为蔡生，一云此人为韩生，总归关中士子也。

项羽即霸王位，分封的十八位诸侯王分别是：

魏豹	西魏王	都平阳
韩成	韩王	都阳翟
赵歇	代王	都邯郸

田都	齐王	都临淄
臧荼	燕王	都蓟城
刘邦	汉王	都南郑
瑕丘申阳	河南王	都洛阳
司马印	殷王	都朝歌
张耳	常山王	都襄国
黥布	九江王	都六（县）
吴芮	衡山王	都邾城
共敖	临江王	都江陵
田市	胶东王	都即墨
田安	济北王	博阳
韩广	辽东王	都无终
章邯	雍王	都废丘
司马欣	塞王	都栎阳
董翳	翟王	都高奴

分封完毕，项羽扶着长剑站起，吼出了自己的快意宗旨："本王已经定天下！然尚未向暴秦复仇！三日之后，杀秦王子婴，开掘骊山陵，焚烧咸阳！本王将与诸侯瓜分关中财货女子而后各回封地享国！"诸侯们惊愕良久，才开始狂呼霸王万岁了。

这一日，呼啸的北风鼓荡起漫天红霾，大咸阳的天空一片雾蒙蒙暗红。

楚军在渭水草滩摆开了声势浩大的刑场，将在咸阳能搜罗到的嬴氏皇族悉数缉拿，押解到了灭秦刑场。白发子婴走在队首，其后大多是少年男女与白发老者，除了子婴身后的子桓子陵，精壮者寥寥无几。残存的嬴氏子孙们步履蹒跚地蠕动着，没有一个人发出任何声息，似乎一片梦游的人群散落在古老的陇西草原。关中民众忙于惊恐出逃，没有一个人前来观刑。十万江东精锐围起的刑场，依然一片空旷寥落。项羽亲率十八位诸侯王前来行刑，号为复仇之杀。

终于，午时鼓声响起了。

项羽走下刑台，走到了子婴面前冷冷一声：“子婴抬头！”

雪白的头颅缓缓仰起，子婴直直盯着项羽，轻蔑地淡淡地笑了。

项羽顿时大怒，突兀大喝：“暴秦孽种！知罪么！”

子婴冷冷笑道：“秦政固未尽善，然绝非一个暴字所能了也。大秦为天下所建功业，岂一屠夫所能解耳？屠夫可杀子婴，可灭嬴氏，然终不能使秦政灭绝矣！”

项羽被激怒了，吼声如雷，丢开长剑一把扭住了子婴白头。

但听一声异常怪响，一颗血淋淋的白头已经提在了项羽手里！

子婴尸身一阵剧烈抖动，脖颈突然激喷出一道血柱直扑项羽。

项羽顿成一个血人，连连跳脚大吼：“杀光嬴氏皇族！”

在项羽的吼声中，楚军大刀起落，一排排人头落地了。

鲜血汩汩流入枯草，流入灰蒙蒙翻滚的渭水，红色的河水滔滔东去了……

杀完了嬴氏皇族，项羽的数十万大军立即开始大肆掳掠咸阳与关中财货。这是亘古未见的彻底掳掠，其轴心是三大方面：其一盗掘骊山陵，其二搜罗大咸阳宫室与关中所有行宫台阁之财货与妇女，其三征发民户财货与妇女入军。而后，项羽军又大肆征发关中牛马人力车辆，昼夜不绝地向彭城运送财货妇女。

苍茫壮阔的骊山陵，遭受了第一次浩劫，也是历史上最大规模的浩劫。项羽亲自坐镇掘陵，楚军大队兵马狂风卷地而来，推倒了翁仲，掀倒了殿阁，掘开了陵墓，肆意砸毁陵墓中排列整齐的兵马俑军阵，从地下搬运出能搬走的所有殉葬财宝。就在楚军要大规模开掘始皇陵地宫时，红霾笼罩的天空突然炸雷阵阵电光闪闪，隆冬天竟然大雨如注冰雹如石漫天砸下，掘陵楚军立刻死伤遍地，兵士们仓皇奔走惨叫连天。黥布赶来惶惶说：“冬雷大凶，不宜继续掘陵。”项羽才气狠狠悻悻中止了开掘地宫。

怒气难消，项羽全力以赴地劫掠关中财货妇女了。

项羽下了一道军令：举凡不出财货妇女者，一体坑杀！此时的关中人口，已经大多为山东迁入人口，老秦人已经居少数了。所谓山东迁入人口，主要是三大部分：一是灭六国前入秦定居的山东商旅，一是灭六国后迁徙进来的六国贵族，一是大量滞留的山东徭役。拥有财货妇女者，实以前两种人口居多，而尤以老山东商旅为最多。此两种人满心以为，楚军最不当抢掠的便是他们。殊不知，项羽却骂入秦山东人氏助纣为虐，照样一体掳掠。于是关中大乱，民众多有动荡怒声。项羽闻报大怒，立即下令坑杀怨民。于是，项羽军又有了最大规模的“西屠咸阳”暴行。

自此一屠，关中精华人口几乎丧失殆尽。

《史记·项羽本纪》对项羽入秦的作为记载是：“项羽引兵西屠咸阳，杀秦降王子婴；烧秦宫室，火三月不灭；收其货宝妇女，而东。”《秦始皇本纪》的记载是：“项籍为从长（纵约盟主），杀子婴及秦诸公子宗族；遂屠咸阳，烧其宫室，虏其子女，收其珍宝货财，诸侯共分之。”《高祖本纪》的记载是：“项羽遂西，屠烧咸阳宫室，所过无不残破。秦人大失望，然恐，不敢不服耳。”三处皆有屠咸阳，可谓凿凿矣！自春秋战国至秦末，史有明载的大规模战争掳掠，只有两次：一为乐毅灭齐之后，二为项羽入关之后。与项羽的全面酷烈暴行相比，乐毅实在已经算是仁者了。乐毅尚能自省，掳掠只以财货劳力为大体界限，从未屠城。后期，乐毅更欲以仁政化齐。项羽不同，暴行十足而彻底，其残酷暴虐，远远超过此前此后的任何内乱动荡与外患入侵。

这一年的冬天大干大冷，整个关中陷入了一片死寂。

上天欲哭无泪，年年隆冬雪拥冰封的关中，没有一片雪花飘落。红霾一冬不散，天空大地终日雾蒙蒙烟沉沉血红无边，残破的村社，荒芜的农田，尽行湮没在漫天红尘之中。春天终于来了，却没有丝毫的春意。空旷的田野没有了耕耘，泛绿的草滩没有了踏青，道中没有车马商旅，城垣没有人口进出，座座城池冷清不堪，片片村社鸡犬不鸣。整个大咸阳，整个关中平野，都陷入了无以言说的悲凉萧疏。

诸侯们不敢与江东楚军在掳掠中争多论少，分得的财货妇女远远少于项羽军。一个奇异干冷的冬季，已经使诸侯军在关中难以为继了。开春稍暖，诸侯们便以各种各样的理由先行退出了关中。项羽眼见大秦数百年之财货妇女，已经全部东流，关中业已变成了萧疏残破的原野，咸阳变成了杳无人迹的空谷，自觉了无生趣，遂决意东归了。

此时，有人进言于项羽，说了一通关中的好处，劝项羽都关中以霸。项羽却俨然一个出海成功的海盗，得意而又慨然地说：“富贵不归故乡，如锦衣夜行，谁知之者！”于是，有了那则“沐猴而冠”的恐惧骂辞。项羽眼皮也不眨，便索拿烹杀了那个敢骂他沐猴而冠的士子。然则，项羽却由此而隐隐生出了一种深深的恐惧：只要大咸阳冰冷地矗立着，秦人迟早都会复仇。既然自己不在关中立足，大咸阳便决然不能留在关中，否则，无论何方势力进入关中，都将是后患无穷。

决意东归之日，项羽下令纵火焚烧咸阳。

这是整个人类文明史上最为野蛮的毁灭之火。

犹带寒意的浩浩春风中，整个大咸阳陷入了无边的火海，整个关中陷入了无边的火海。巍巍皇城，万千宫室，被罪恶的火焰吞噬了；苍苍北阪，六国宫殿，被罪恶的火焰吞噬了；阿房宫，兰池宫，穷年不能尽观的无数壮丽宫室，统统被烈火吞噬了。大火连天而起，如巨浪排空，如洪水猛兽，一片又一片，整个关中连成了火的汪洋，火的世界。殿阁楼宇城池民房仓廪府库老弱生民猪羊牛马河渠田畴直道驰道，万千生命万千民宅，统被这火的海洋吞没了。赤红的烈焰压在半天之上，闪烁着妖异的光焰，烧过了春，烧到了夏……

这是公元前206年春夏之交的故事。

三年之后，刘邦军再度进入关中，大咸阳已是一片焦土。

两千余年之后，大咸阳已经成为永远埋在地下的废墟。

然则，那个伟大的帝国并没有就此泯灭。

帝国的永恒光焰，正时时穿越时空隧道，照亮着我们这个民族脚下的道路。

［第六部终］

祭秦论　原生文明的永恒光焰

——秦亡两千二百十五年祭

公元前207年秦亡，至今岁，两千二百十五年矣！[1]

漫漫岁月，沧桑变幻，人类文明在甘苦共尝中拓展延伸，已经由我们在《大秦帝国》中走过的铁器农耕文明，进境为工业文明与科学文明之交会时代了。然则，文明的进境并没有从根本上改变人性，没有改变人性的基本需求，更没有改变人类面对的种种基本难题。人还是人，人类还是人类，国家还是国家，民族还是民族；贫困与饥饿依然随处可见，战争与冲突依然不断重演；先民曾经反复论争的人性善恶、法治人治、变革守成、贫富差异等等基本问题，并没有因为工业与科学的出现而消弭。甚或相反，交通的便捷与信息的密集，使种种冲突更为剧烈，更为残酷，更为多元，更为全面。我们在高端文明时代面对的基本问题，依然是先民在原生文明时代面对的基本问题。

我们的脚步，依然是历史的延续。

回首历史而探究文明生发演变之轨迹，对于我们这个五千年绵延相续而守定故土的族群，有着重新立定精神根基而再造高端文明的深远意

[1] 《祭秦论》写于2008年。

涵。对于在各种文明的差异与冲突中不断探索未来之路的整个人类，有着建设性的启迪。深入探究足迹漫长而曲折的中国文明史，其根基点，无疑在于重新开掘中国原生文明的丰厚内涵。

深刻认知我们这个民族在文明正源时代的生存方式、生命状态及其无与伦比的创造力，并从高端文明时代应有的历史高度，给予正确客观的解析，方能如实甄别我们面临的精神遗产，恰如其分地选择我们的传统文明立足点，避免将古老糟粕当做稀世珍宝的难堪与尴尬。唯其如此，走完大秦帝国的历史之路，再解析帝国灭亡的历史奥秘，清点帝国时代的文明遗产，并回顾我们的历史意识对原生文明时代的认知演变，便成为重新开掘的必要一步。

由于种种原因，我们的历史意识已经长久地堕入了一种误区：对繁杂细节的考据，淹没了宏阔的文明视野；对具体事件的记叙，取代了高远的剖析与甄别。年深日久，几乎形成了一种怪圈：桩桩小事说得清，件件大事不明白。就事件的发端、经过、结局等具体要素而言，几乎每一日每一事的脉络都是清楚的，不存在诸多民族常有的那种动辄消失几百年的大段黑洞。然则，对重大事件、重大人物、重大时代、国民精神、生存方式等等具有文明坐标意义的历史核心元素的研究评判，却始终不着边际，没有形成一种以国民意识体现出来的普遍认知。至少，在我们已经跨入高端文明的门槛之后，我们的浩瀚典籍中还没有一部立足于文明史高度，对中国的传统文明作出整体解析与评判的著作。作为中国原生文明时代的轴心，秦帝国所遭遇的历史口碑，是这种褊狭的历史意识浸渍而成的最大的荒诞剧。

我们每每惊叹于地下发掘的宏阔奇迹。

我们常常麻木于文明开掘的精神再生。

追溯秦帝国的历史兴亡脚步，我经常不自觉地陷入一种难以言说的迷茫。埋首检索那些汗牛充栋的典籍史料，我每每惊愕于一个不可思议的现象：对于如此一个只要稍具历史目光与客观头脑，便能评判其不朽文明价值的帝国时代，何以那么多的历史家学问家以及种种骚人墨客乃至市井演义，都充满了怨毒的心绪，不惜以种种咒骂横加其身？隋唐之后更是不分析，不论证，不甄别，凡涉春秋战国秦之评判，大体皆统统骂倒。及至当代目下，仍有诸多学人秉承此风，屡屡说得口滑，言辞之轻慢戏侮几近江湖套路，读之既咋舌不已，又颇觉滑稽。

问题究竟出在了什么地方?

何等历史烟雾，使秦文明两千余年不为国人意识所认同?

这既是《大秦帝国》开篇序言提出的基本问题，也是这部作品在最后该当有所回应的基本问题。我力图做到的，是以所能见到的种种史料为依据，解析国民历史意识对秦帝国非议曲解的演变轨迹，并探究秦帝国灭亡的基本原因，发掘中国原生文明的精魂所在，对我所追慕的伟大的原生文明，对我所追慕的伟大的秦帝国，有一个诚实的说法。

是文为祭，以告慰开创华夏原生文明的伟大先贤们。

一　暴秦说：秦末复辟势力的历史谎言

秦帝国的骤然灭亡，是中国文明史上最大的黑洞。

秦以排山倒海之势一统天下，以变法图强之志大规模重建华夏文明；使当时的中国，既一举跨越了以“国人”与奴隶生产为根基的夏商周三代古老松散的邦联文明，又一举整合了春秋战国五百余年剧烈大争所酝酿出的全部文明成果；以最大的规模，以最快的速度，巍巍然创建了人类在铁器时代最为伟大的国家形式，最为进步的社会文明。依照历史的法则，具有伟大创造力的权力主体，其权力生命至少应当延续相当长的一个历史时期。然则，秦帝国却只有效存在了十二年（其后三年为崩溃期)。随着始皇帝的骤然撒手而去，建成这一伟大文明体系的权力主体，也轰然溃灭了。

这一巨大的命运落差，给攻讦与谎言提供了历史空间。

历史的发展，已经显示出固有的内在逻辑：权力主体的灭亡，并不等同于其所创建的文明体系的灭亡；权力主体在某个阶段的突然沉沦，并不必然植根于其所创造的文明体系。历史的事实是：作为文明建筑师的秦帝国骤然灭亡了，秦帝国所创建的文明体系却为后世继承了；秦帝国政权因突发政变而突然崩溃了，其结局却并未改变秦帝国所创造的文明体系的历史本质。

历史的逻辑，已经包含了解析历史真相的路径。然则，我们对秦帝国灭亡之谜的历史探究，两千余年一直存在着一个巨大误区：将秦帝国所创建的文明体系与秦帝国权力主体等同而一，论秦亡必以秦政为因，论秦政必以秦亡为果，以秦亡之速推论秦政之恶，以秦政之恶推论秦亡之速，互为因果，越纠缠越乱。由于这个巨大误区的存在，对秦亡原因之探究，长期陷入一种愚昧的因果定论：秦政暴虐，暴政亡秦。诚然，这个误区看似只是方法论意义上的误区，是“暴秦”说的学理成因之一。但是，两千余年来我们的历史学家始终集中于孜孜寻求“暴政”依据，并无数次地重复这则古老的论断，直至当代依然没有发生大的变化，其中自然有着上述误区的长久积淀。

“暴秦”说其来有自，我们的梳理得从源头开始。

对以秦政秦制为轴心的秦文明的评判争议，其实自秦孝公商鞅变法之后的秦国崛起时期便开始了。就总体而言，战国时代对秦文明的评判是两大主流：一则，是从制度的意义上，高度肯定秦国变法及其所创造的新型法治文明，并力图效法秦国，由此形成了以赵国燕国变法为代表的第三波变法浪潮；一则，是从施政的意义上，对秦国法治作出了严厉指控，其代表性言论是“苛法”说与“虎狼”说。在战国时代，尚未见到明确的“暴政”说法。就根基而言，这两种说法的根基点是不同的。“苛法”之说，是具有“王道”价值观的守旧学派的一种政治评判。尽管这一评判具有守旧学派反对一切变法的特质，并不具有认真探究的客观性；但就其基本面而言，尚是一种法治与政论的争鸣，不具有总体否定的意图。“虎狼”之说，则是山东六国基于族群歧视意识，在抗争屡屡失败之后，以仇恨心态发出的政治诅咒，实属攻讦性的非正当评判，自不当作为文明评判的历史依据。

从基本面说，战国后期的秦灭六国之前，天下言论对秦政的评判是积极认定的。最基本的依据，有两方面。一方面，战国末期兼具儒法两学，且学术立场素来公正的荀子大师，对秦制秦政秦风素有高度评价。在《强国》篇中，荀子依亲自入秦的所见所闻，对秦风秦政作出了最高评价：“佚而治，约而详，不烦而功，治之至也。秦类之矣！”在《正论》篇中，荀子则对“治世重刑”的合理性作了充分论证，实际是对“苛政”说的回应。荀子之说，没有任何人提出反驳。另一方面，战国末期“天下向一”的历史趋势日渐形成，“天下一统”的可操作战略也由李斯适时提出。这种人心趋势，意味着天下寄厚望于秦政，寄厚望于秦国“一”天下。如此两个基本面充分说明：战国之世对秦政的总体评判虽有争议，但天下主流是肯定秦政秦制的。当然，这种肯定的后面，有一个最基本的社会价值原则在起作用：求变图强是战国时代的核心价值观，而战国变法只有秦国最成功，成功本身是“应时而变”的结果，是顺应潮流的结果，社会意识不可能否定自己的潮流。在“求变图存”与“大争事功”成为时代精神的大背景下，整个社会对一个获得巨大成功的国家，是没有指责理由的。

秦帝国一统天下后，舆论情形发生了变化。

变化的轴心，是关于恢复诸侯制还是建立郡县制的大争论。由这一大争论生发开去，牵涉出对夏商周三代文明与秦帝国所创文明的总体对比，以及与之相关的总体评判。然则，这场大争论及其余波，仍然被争论各方自觉限定在战国精神所能容纳的争鸣之内：反对方并未涉及对秦政的总体指控，创新方也并未以对方对传统诸侯制的赞美而横加指责，更谈不上问罪了。历史声音的突然变调，开始于“焚书坑儒”案之后。自儒生博士们纷纷从秦帝国庙堂“亡”去（不经正式辞职而私自离职），评判秦文明的言论中便出现了一种此前从未有过的声音：秦政毁灭典籍，暴虐之道也。被秦始皇拜为少傅文通君的孔子八世孙孔鲋，以及诸多在秦帝国职任博士的名儒，都在离开中央朝廷后与藏匿山海的六国贵族们秘密联结起来了。这种以“非秦之政”为共同点的秘密联结，使原本并不具有真实政治根基而仅仅是庙堂论政一家之言的政治评判，不期滋生为六国贵族复辟的政治旗帜。

“暴秦”说，遂以极大的声势，在秦末之乱中陡然生成了。

自陈胜吴广举事反秦，对秦政的认知评判，便成为当时所有反秦势力必须回答的紧迫问题。以反秦次序论，最先反秦的陈胜吴广农民集团，当时对秦政并无总体性仇恨。“闾左徭役”们直接仇恨的对象，首先是秦二世的过度征发，尚不涉及对秦政如何评判。陈胜的“天下苦秦久矣”之叹，所言实际内容也只是二世即位后的政治行径。基于农民集团的直感特质，陈胜吴广的发端路径很简单：先以为扶苏、项燕鸣冤为事由，后又以“张楚”（张大楚国）为举事旗号，最终达成以武力抗争谋求最好的社会出路。演变的转折点，出现于陈胜举事后谁也预料不到的天下轰然而起的陡然大乱之局。陈胜农民军迅速占据了陈郡，六国贵族与当地豪强纷纷聚来，图谋借用陈胜力量复辟，这才有了最初的“暴秦”说。原发经过是：陈郡“三老豪强”们劝说陈胜称王，并大肆称颂其反秦举事是“伐无道，诛暴秦”的大业。这是贵族阶层第一次对秦帝国总体冠以“暴秦”之名，是中国历史上最早的“暴秦”说。

就其实质而言，这是一个显然的政治权谋：志在复辟的贵族势力，利用农民集团政治意识的幼稚，以称颂与劝进的方式，将自己的政治目标巧妙设定成农民集团的政治目标，从而形成天下共讨“暴秦”的声势。其实际图谋，则是使农民反秦势力成为贵族复辟的强大借用力量。其后的历史事实，正是如此演进的：除了刘邦、项梁、黥布、彭越四支反秦势力，是借陈胜发端声威而没有直接借用陈胜兵力举事外，其余所有六国贵族都投奔了陈胜吴广集团，直接以陈胜划拨的军马为根基，以陈王部将的名义出兵，而后又迅速背叛陈胜，纷纷复辟了六国旗号。陈胜政权的迅速消失，其根本原因，正是被大肆渗透其中的贵族复辟势力从内部瓦解了。

复辟势力遍地蜂起，对秦政秦制的总体攻讦，立即以最激烈的复仇方式爆发出来。六国复辟者们纷纷杜撰煽惑说辞，愤愤然将秦政一概骂倒。其间，诸多攻讦在史料中都是零散言辞，只有三则言论最成系统，因而具代表性。这三则言论，都是由张耳、陈余为轴心的“河北”赵燕集团所生发，既是当时最具煽惑力的言论，又是被后世“暴秦”论者引用最多的史料。唯其如此，我们将这三则言论全文引录如下：

陈中豪杰父老乃说（陈涉称王）……陈涉问此两人（张耳陈余），两人对曰：“夫秦为无道，破人国家，灭人社稷，绝人后世，罢百姓之力，尽百姓之财。将军瞋目张胆，出万死不顾一生之计，为天下除残也！今始至陈而王之，示天下私。愿将军毋王，急引兵而西；遣人立六国后，自为树党，为秦益敌也！敌多则力分，与众则兵强。如此野无交兵，县无守城，诛暴秦，据咸阳以令诸侯。诸侯亡而得立，以德服之，如此则帝业成矣！今独王陈，恐天下不解也。”

武臣等从白马渡河，至诸县，说其豪杰曰：“秦为乱政虐刑以残贼天下，数十年矣！北有长城之役，南有五岭之戍，外内骚动，百姓罢敝，头会箕敛以供军费，财匮力尽，民不聊生。重之以苛法峻刑，使天下父子不相安。陈王奋臂为天下倡始，王楚之地，方二千里，莫不响应，家自为怒，人自为斗，各报其怨而攻其仇，县杀其令丞，郡杀其守尉。今已张大楚，王陈，使吴广、周文将卒百万西击秦。于此时而不成封侯之业者，非人豪也！诸君试相与计之！夫天下同心而苦秦久矣！因天下之力而攻无道之君，报父兄之仇而成割地有土之业，此士之一时也！”

武臣（武信君）引兵东北击范阳。范阳人蒯通说范阳令曰：“窃闻公之将死，故吊。虽然，贺公得通而生。”范阳令曰：“何以吊之？”对曰：“秦法重。足下为范阳令十年矣！杀人之父，孤人之子，断人之足，黥人之首，不可胜数。然而，慈父孝子莫敢事刃公之腹中者，畏秦法耳！今天下大乱，秦法不施，慈父孝子可事刃公之腹中以成其名。此，臣之所以吊公也！今诸侯畔（叛）秦矣，武信君兵且至，而君坚守范阳，少年皆争杀君而投武信君。君若急遣臣见武信君，可转祸为福在今矣！”范阳令乃使蒯通见武信君（又做了范阳令的使者，这里又有了一大篇为范阳令辩护的说辞）……武信君从其计，因使蒯通赐范阳令侯印（注意，又成了武臣的使者）。赵地闻之，不战以下城者三十余城。

这三则以攻讦秦政秦制为轴心的言论，具有显然的不可信处：

其一，强烈的复仇心态与权谋目标，使其对秦政的攻讦具有明显的手段性，丧失客观真实性。简单说，第一则是张耳陈余利用农民集团在政治上的幼稚，对陈胜设置了巨大政治陷阱：不要急于称王，农民军应当一面全力对秦作战，一面同时扶持六国贵族尽速复辟。这一陷阱的要害，是诱骗农民军抵挡秦军，而六国贵族趁机复辟称王。为了这一目标，张陈两人将“破人国家，灭人社稷，绝人后世”列为“暴秦”首恶，而将复辟六国贵族作为“为秦树敌”的首要急务。后来的事实是：包括张陈集团在内的六国贵族，一旦借陈胜兵力出动，则立即迅速称王，丝毫不顾忌“示天下私”之嫌疑了。这等因赤裸裸的权谋需要而蓄意生发的“暴秦”说，是典型的攻讦说辞，无法与严肃的评判相提并论。是故，后世说者大多悄悄抛弃了这一说法，不再将灭六国作为秦帝国的罪行对待。

其二，为达成尽速下城占地的实际利益，虚声恐吓，肆意夸大。蒯通说范阳令之辞，是“秦任酷吏”说的代表。其对民众仇恨之夸张，其先前的恐吓与后来的抚慰之间的自相矛盾，都到了令人忍俊不能的地步。显然的事实是：蒯通为使自己成为纵横名士，先恐吓范阳令，再允诺自己所能给范阳令的前途：只要降赵为复辟势力收服城池，便可“转祸为福”；而后，蒯通再转身变作范阳令特使，对武臣又大说范阳令苦衷，使武臣“从其计”；再后，蒯通又摇身变作武臣特使，赏赐范阳令以侯爵印并高车驷马；至此，蒯通个人目标达成而成为名士重臣，范阳令也“转祸为福”，武臣也借此得到三十余城。此等秦末策士卷入复辟黑潮，其节操已经大失战国策士之水准，变成了真正的摇唇鼓舌唯以一己之私利的钻营者。即或大有“贤名”的张耳陈余，后来也因权力争夺大起龃龉，终究由“刎颈之交”变成了势不两立。我们要说的是：此等实际利益争夺中的虚声恐吓说辞，多有肆意夸大，不足作为史料凭据。

其三，此类说辞大而无当，与当时事实有显然的矛盾，其诸多纰漏完全经不起推敲。譬如武臣集团的说辞，其显然的夸大胡诌至少有四处：一则，“吴广周文将卒百万西击秦”。《史记》只云“数十万”，尚且可疑。百万大军攻秦，全然信口开河。二则，“陈涉王楚之地，方二千里”。其时，陈胜农民军连一个陈郡尚且不能完全控制，何来方二千里土地？三则，“头会箕敛，以供军费”。秦帝国军费来源颇多，说辞夸张地归结描绘为“家家按人头出钱，官府以簸箕收敛”这一残酷形式。四则，“家自为怒，人自为斗，各报其怨而攻其仇，县杀其令丞，郡杀其守尉”。就实而论，举事反秦之地在初期肯定有仇杀与杀官事实，如项梁刘邦举事都是如此。然若天下尽皆这般，何以解释章邯大军出动后在大半年之内的秋风扫落叶之势？

其四，秦末复辟势力具有典型的反文明性，其强烈的施暴实践，最充分地反证出其诛暴言论的虚伪性。作为秦末复辟势力的轴心，江东项羽集团的大暴行具有骇人听闻的酷烈性。《史记·项羽本纪》记载了项羽集团对平民与降卒的六次大屠杀，全部都是战胜之后骇人听闻的屠城与杀降：第一次襄城屠城，坑杀全城平民；第二次城阳大屠杀，杀光了此前辅助秦军抵抗的全城平民；第三次新安大屠杀，坑杀秦军降卒二十万；第四次咸阳大屠杀，杀戮关中平民无计，大烧大杀大劫掠大掘墓；第五次破齐大屠杀，坑杀田荣降卒数目不详，大劫掠大烧杀，逼反复辟后的齐国；第六次外黄大屠杀，因一个少年的利害说辞而放弃。种种大规模暴行之外，项羽又恢复了战国大煮活人的烹杀，后来又有杀楚怀王、杀秦王子婴并嬴氏皇族、大掘秦始皇陵等暴行。项羽集团频频大规模施暴，使大屠杀的酷烈恶风在秦末之乱中骤然暴长。号为“宽大长者”而相对持重的刘邦集团，也有两次大屠城：一屠颍阳，二屠武关。自觉推行安民方略的刘邦集团尚且如此，其余集团的烧杀劫掠与屠杀则自可以想见了。

当时，不幸成为“楚怀王”的少年芈心，对项羽的种种恶魔行径始终心有余悸。这个楚怀王对大臣将军们忧心忡忡而又咬牙切齿地说：“项羽为人，剽悍猾贼！项羽尝攻襄城，襄城无遗类，皆坑之！诸所过之处，无不残灭！”故此，楚怀王坚执不赞同项羽进兵咸阳，而主张“宽大长者”刘邦进兵咸阳。剽者，抢劫之强盗也。悍者，凶暴蛮横也。猾者，狡诈乱世也。贼者，邪恶残虐也。少年楚怀王的这四个字，最为简约深刻地勾出了项羽的恶品恶行。这个聪明的楚怀王当时根本没有料到，因了他这番评价，项羽对他恨之入骨。此后两三年，楚怀王便被项羽以“义帝”名目架空。之后又被毫不留情地杀害。楚怀王能如此评判，足见项羽的酷烈大屠杀已经恶名昭著于天下了。

太史公亦曾在《项羽本纪》后对其凶暴深为震惊，大是感慨云：“羽岂舜帝苗裔邪？何兴之暴也！”《索隐述赞》最后亦大表惊骇云：“嗟彼盖代，卒为凶竖！”——很是嗟叹啊，他这个力能盖世者，竟陡然成了不可思议的凶恶之徒！显然，项羽之凶恶为患，在西汉之世尚有清醒认知。孰料世事无定，如此一个恶欲横流凶暴骇人的剽悍猾贼，宋明伊始竟有人殷殷崇拜其为英雄，惋惜者有之，赞颂者有之，以致颂扬其“英雄气概”的作品广为流播。如此荒诞之认知，我族良知安在哉，是非安在哉！

整个战国之世兵争连绵，但却没有过一次屠城暴行。秦始皇灭六国大战，秦军也没有任何一次屠杀平民的暴行。秦末复辟势力却变成了疯狂恶魔，对整个社会展开了变态的报复，其残暴酷烈远远超过了他们所指斥的“暴秦”千百倍。此等无与伦比的大破坏大摧毁暴行，风行“楚汉相争”的短短几年，成为中国乃至整个人类历史上绝无仅有的飓风大破坏时期。其直接后果是，繁荣昌盛的帝国文明在五六年中骤然跌入了“人相食，死者过半”的社会大萧条大赤贫境地，以致西汉建政五十余年后仍然陷入严重赤贫而不能恢复。

作为历史谎言的生发期，说者的动机、手法与怨毒的心绪，已经在上述特征中得到了最充分体现。某种意义上，秦末复辟者的言行，恰如孔子指斥少正卯所描画：言大而夸，辞伪而辩，行辟而奸，心逆而险。是故，其攻讦之辞无处不似是而非，几乎没有一条可以作为评判秦文明之依据。倘若忽视这些基本特征，而将其作为论证“暴秦”的历史依据，则意味着我们的历史意识尚不具有高端文明时代应有的分析水准。

二　历史实践与历史意识的最初分裂

以对秦文明的评判为轴心，西汉历史的实践与意识出现了最初的分裂。

历经为祸剧烈的秦末之乱与楚汉相争，西汉王朝终于再度统一了中国。当此之时，如何面对秦帝国及其母体春秋战国时代，成为西汉建政立国最为紧迫的实际问题。如何解决这一问题，直接取决于主导阶层的历史意识。所谓历史意识，其轴心是社会主导阶层的文明视野，及其所能代表的广泛的社会利益，而绝非领袖个人秉性与权力阴谋所能决定。文明视野与社会利益的广泛度，有一个具体的基准问题：对待秦帝国所开创的大一统文明框架，是全面继承还是另起炉灶?

从中国文明演进的历史意义上说，西汉是一个极其重要的具有特殊意义的时代。这一特殊在于：西汉处在中国原生文明之后的第一个十字路口，最具有发生种种变化的社会潜质，最具有重塑中国文明的种种可能。一言以蔽之，西汉王朝承担着“如何承前，如何启后”的最重大的历史课题。唯其如此，西汉王朝的历史抉择，显得特别的重要。

西汉的开国阶层，基本是由秦末各种社会职业的布衣之士组成的。其中坚力量之中，除了一个韩国贵族张良，刘邦集团的文臣武将大多由吏员、商贩、工匠、小地主、游士、苦役犯六种人构成。刘邦本人，更是典型的秦末小吏（亭长）。虽有职业的不同与社会身份的些许差异，但就总体而言，他们都处于平民阶层。这一广大阶层，是孕育游离出战国布衣之士的社会土壤，其中的佼佼者，几乎无不具有战国布衣之士的进取特质。从社会意识与历史意识的意义上说，当时的士人阶层，是对历史与所处时代有着相对全面、客观、清醒认识的唯一社会阶层。基于这种社会根基，刘邦集团的种种政治作为，一开始便与项羽集团有着种种较为鲜明的反差。对待秦文明的基本态势，刘邦集团与项羽集团更有着重大的区别。项羽集团作为既得利益的丧失者，对秦文明恨之入骨，既彻底地有形摧毁，又彻底地精神否定，灭秦之后则完全复辟了诸侯制。

刘邦集团则虽然反秦，却对帝国功业与秦始皇始终有着一种实实在在的景仰。对于帝国文明框架，则一开始便采取了审慎地权衡抉择的做法。

汉高祖刘邦到汉武帝刘彻，历经百余年，西汉终于完成了这种权衡抉择。

这一过程，并不全部都是难题。对于中央集权、郡县制、统一政令、统一文字、统一度量衡、统一生产交通标准、移风易俗以及种种社会基本法度，西汉王朝都全部继承了秦文明框架。所谓“汉承秦制”，此之谓也。事实上，重新确立的秦制，也被整个社会迅速地重新接受了。所谓权衡抉择，主要集中于两个核心：一则，如何对待具有强大传统的诸侯分封制？二则，如何对实际继承秦制而道义否定秦制做出合理阐释？具体说，对待分封制的难点，是要不要仿效秦帝国废除实地分封制，实行虚封制？合理阐释继承与否定秦文明的矛盾方式的难点，则是要在反秦的正义性与秦文明的历史价值之间，做出恰如其分的评判与说明。

对于分封制难点，西汉王朝做出了有限妥协，至汉武帝时期基本确立了有限实地分封制。这一基本制度，比秦帝国有所倒退，也给西汉王朝带来了长期的恶果。这是“汉承秦制”历史过程中的另一个基本问题。尽管西汉的妥协是有限的，然由于分封制（即或是有限实地分封制）带来的社会动荡连绵不断，故在西汉之后，这种有限分封制一代比一代淡化，魏晋之后终于演变为完全的虚封制。也就是说，历代政权对秦制的实际继承，在西汉之后更趋完整化。这一历史现象说明。历经秦末乱世的复辟劫难，又再度经过西汉初中期“诸侯王”引发的动荡，历史已经最充分地昭示出一则基本道理：从秦制倒退是没有出路的，其结局只能导致中国重新陷入分裂动荡；历经春秋战国五百余年激荡而锤炼出的统一秦制，是适用于社会的，是有益于国家的，是有利于华夏民族长远壮大发展的。从实际制度的意义上说，秦文明在本质上获得了完全的历史认可。

然则，在历史意识的评判上，却出现了巨大的分裂。

西汉王朝发端于反秦势力。这一最基本的事实，决定了西汉政权不可能对秦帝国及秦文明在道义上给予认同。否则，西汉政权便失去了起事反秦的正义性。对于历来注重道义原则而强调“师出有名”的古老传统，这一点非常重要。中国古代社会之所以将“吊民伐罪”作为最高的用兵境界，其根源，正在于注重政治行为的道义原则。若对方不是有罪于天下的暴政而加之以兵，便是“犯”，而不是“讨”或“伐”；既是天下“讨秦伐秦”，则秦只能是暴政无疑。这便是中国古老的政治道义传统所蕴涵的逻辑。

虽然，刘邦集团的社会根基不同，决定了其与六国贵族的复辟反秦具有种种不同。但在指斥秦政，从而使自己获得反秦正义性这一点上，却是共同的。其间区别，只是指斥秦政的程度与方式不同而已。如前所述，六国贵族对秦政是仇恨攻讦，是蓄意谎言。而刘邦集团的指斥秦政，则仅仅限于泛泛否定。

细察《史记·高祖本纪》，刘邦本人终其一生，对秦政的评判只有两次，且都是同一句话。一次是最初的沛县举事，在射入城邑的箭书上说了一句：“天下苦秦久矣！”另一次，是在关中约法三章时，又对秦中父老说了一句：“父老苦秦苛法久矣！”另外，还有两件值得注意的事情。一件事，是刘邦在称帝后的第八年，也就是临死之年的冬天，下诏为战国以来六位“皆绝无后”的王者建立固定的民户守冢制度：陈胜及赵悼襄王等四王，各封十家民户守陵，信陵君封五家；只有对秦始皇，封了二十家守陵。在其后两千余年的历史上，封民户为秦始皇守陵，刘邦是唯一的一个。与之相对比的是，汉武帝泰山封禅时，儒家大臣已经可以明确提出秦始皇不能进入封禅之列，而汉武帝也采纳了。另一件事，是刘邦在建政第六年，擢升秦帝国的统计官张苍为“计相”，并“令苍以列侯居相府，领主郡国上计者”。实际上，便是以萧何为总政丞相，以张苍为主掌经济的副丞相。以秦帝国经济官员为自己的经济丞相，刘邦实际推行秦政的意图是很明确的。这位张苍，后来在汉文帝时期一直擢升至丞相，总政十余年。其时，甚至连西汉王朝的历法、国运、音律等，都一律秉承秦文明不动。这种全载式继承，一直延续到汉武帝。

与刘邦同代的开国重臣，也鲜有系统指斥秦文明的言论。最典型者，是大谋士张良。张良曾经是韩国末世的“申徒”（民政经济大臣），纯正的六国贵族，且其青年时期始终以谋杀秦始皇与鼓动复辟反秦为使命。但是，在投入刘邦集团后，张良却只以运筹谋划为任，从来没有涉足实际政务，再也没有对秦政做出过公然指控。刘邦称帝后，张良事实上便隐退了。身为六国贵族，张良的政治表现前后有巨大变化且最终退隐，颇值得探究。历来史家与民间演义，皆以“淡泊名利，功成身退”说之。实则不然，张良的变化，实际与刘邦集团的政治氛围密切相关。张良既不能使刘邦复辟诸侯制，又不愿追随刘邦实际推崇秦政，只有忍痛抛开历来的政治企图，而走入修身养性的“神仙”道路。这一人生逻辑，当较为接近历史之真相也。

刘邦之后的吕后、惠帝、文帝、景帝君臣，情形皆大体相同：极少涉及评判秦政，但有涉及，也只是淡淡几句宽泛指斥。也就是说，在汉武帝之前，对秦政秦制的理念否定尚停留在感性阶段——出于必须的反秦正义原则，仅仅对秦文明有原初的必须性的感性评判而已。于是，“天下苦秦久矣”便成为笼统的代表性说法。

这种感性指斥，在汉武帝时期开始发生变化。

西汉对秦文明的评判，由感性向知性转化，开始了大规模的理念评判。

这一变化的背景是：西汉政权已经稳定昌盛，开始了结文治武功方面的种种难题。武功方面，是大力连续反击匈奴。文治方面，则以阐释继承与否定秦文明的历史矛盾为基点，确立国家意识形态的主流价值法则。在这一大背景下，文治目标的实现体现为两个方面：既涌现了中国历史上第一部系统梳理华夏足迹的经典史书——《史记》，又涌现了大量的审视秦文明的言论与文章。

从总体上说，西汉时代对秦文明的评判，以及对秦亡原因的探究，呈现出相对客观的态势。所谓相对客观，是西汉评判大体摆脱了秦末复辟者充满怨毒与仇恨的心绪，开始从论说事实的意义上评判秦文明。一个基本的事实是：西汉学人无论是肯定还是否定秦政，都极少引用秦末复辟者咒骂秦政的恶辞，都是在陈述自己认定的事实。尽管其中不乏大而无当的囫囵指责，但就其基本面说，相对客观了许多。但无论客观程度如何，西汉对秦文明的理念否定是清楚的，且由感性到知性，越来越趋于理论化。

具体说，为西汉官方认定的《史记》相关篇章中，尚很少对秦文明作总体指斥。在《货殖列传》、《河渠书》、《平准书》等综合性叙述篇章中，都是铺叙历代经济功绩与地域风习，基本不涉及对历代文明演进的阶段性总体评判。即或在专门叙述意识形态变化的《礼书》、《乐书》、《律书》中，也很少指斥春秋战国秦帝国时代。在《礼书》中只有一段隐约肯定又隐约指责的说法："周衰，礼废乐坏……至秦有天下，悉内六国礼仪，采择其善，虽不合圣制，其尊君抑臣，朝廷济济，依古以来。至于高祖……大抵皆袭秦故……少所变改。"在《太史公自序》及人物之后的"太史公曰"中，偶有"秦失其道"、"秦既暴虐"等言辞，但远未达到秦末复辟势力那般一体咒骂，亦远未达到后世史家那般总体认定"暴政亡秦"。

汉武帝本人的态度，也是颇具意味的。

《史记·礼书》记载了一则基本事实：汉武帝大召儒术之士，欲图重新制定礼仪，有人便主张恢复古代礼制。汉武帝下诏说："盖受命而王，各有所兴，殊路而同归，谓因民而作，追俗为制也。议者咸称太古，百姓何望？汉亦一家之事，典法不传，谓子孙何！化隆者闳博，治浅者褊狭，可不勉与！"显然，汉武帝对复古是敏感的，也是严厉的，即或仅仅是礼制复古，也依然给予很重的批驳，将话说得分外扎实：汉也是历代之一家而已，没有自己的法度礼仪，何以面对子孙！敏感什么？警觉何在？其实际底线是很清楚的：不能因为否定秦政而走向复古。这次诏书之后，汉武帝没有接受儒术之士的理念，而是大行更新：改历法、易服色、封泰山、定宗庙百官礼仪，完成了既不同于复古又不同于秦制的"汉家礼仪"，"以为典常，垂之于后。"汉武帝的颇具意味处，在于其始终自觉地把握着一则施政理念：秦可否定，然既不能因对秦的否定而走向复辟，也不能如同汉高祖那样全盘继承秦制。如此理念之下，对秦文明的否定，自然很难如后世那般走向极端化。

这一基本事实，透露出一则值得注意的历史信息：即或已经到了汉武帝时期，西汉对秦文明的总体性评判已经明确持否定原则，然其基本方面依然是谨慎的，依然避免以系统形式作最终的简单否定。《史记》中“非秦”言论的感性闪烁，以及这一时代诸多思想家对秦政秦制的评判，都在否定中包含着肯定，几类汉初的贾谊。凡此等等，足证这一时期对文明演进史探究的相对慎重与相对客观。

西汉的官方历史意识，在汉武帝之后开始了某种变化。

变化的标志，是在官方声音中开始出现总体否定秦文明的说法。所谓总体否定，是否定中不再包含肯定，而是全部一概否定，对秦文明的分析态度开始消失。最基本的事实，是汉昭帝时期的盐铁会议大论争。作为会议记录的《盐铁论》，如实记载了“贤良文学”与中央主政大臣桑弘羊的争论。其集中涉及评判秦文明的篇章，有《诛秦》、《周秦》、《伐功》、《申韩》、《备胡》等。贤良文学者，西汉之职业理论家也，儒生之群体也。他们对秦文明的评判，是总体否定而不包含任何肯定的。其典型言论有：“商鞅反圣人之道，变乱秦俗，其后，政耗乱而不能理，流失而不可复。”“秦任战胜之力以并天下，小海内以贪胡、越之地。”“秦力尽而灭其族，安得朝人也！”，等等。连反击匈奴这样的正义之举，也被说成“贪地”，其荒谬可见矣！中央主政大臣桑弘羊的评判，则截然相反，这里不再列举。虽然，从形式上说，这种整体指斥秦文明的论说，只是中央会议的一家之言，并不绝对代表中央朝廷的声音。但是，能以全盘否定秦文明的历史价值观为基准，以群体之势向朝廷正在奉行的实际政策发难，其中蕴涵的转机是意味深长的。

西汉时代的历史意识，更多表现在官员学者的个人论著中。

在官方探究的同时，西汉时期具有官员身份的学人，对秦政得失与秦亡原因也开始了大规模探究。这种探究有着一个鲜明的趋势：总体否定秦文明而局部或有肯定，力图从秦文明本身的缺失中寻觅秦帝国灭亡的原因。就其论说的影响力而言，西汉的不同时期分别有四个代表人物：一个是淮南王刘安学派，一个是贾谊，一个是贾山，一个是董仲舒。淮南王刘安的学派凝聚了一部作品，名为《淮南子》，其对秦文明、秦帝国、秦始皇一体指斥，从经济、军事、政治、民生等基本方面全面论说，其最终的评判属于全盘否定式。《淮南子·氾论训》的经济否定论可谓代表，其云：“秦之时，高为台榭，大为苑囿，远为驰道，铸金人，发適戍，入刍稿，头会箕赋，输于少府。丁壮丈夫，西至临洮、狄道，东至会稽、浮石，南至豫章、桂林，北至飞狐、阳原，道路死人以沟量！”

贾谊的《过秦论》，是被历代推重的一篇综合评判性史论。贾谊的基本立场是否定秦文明的，然其中也对秦孝公商鞅变法作了高度肯定，对秦始皇的基本功绩也作了高度肯定。贾谊对秦亡原因的总论断是：“仁义不施，而攻守之势异也！”贾谊对秦文明的总体论断则为：“秦王……废王道，立私权，禁文书而酷刑法，先诈力而后仁义，以暴虐为天下始……故秦之盛也，繁法严刑而天下震……秦本末并失，故不长久。”

贾山给汉文帝的上疏，也是明确指控秦政，号为“至言”。其代表性言论是：“秦……赋敛重数，百姓任罢，赭衣半道，群盗满山，使天下人戴目而视，侧耳而听！”其文咒骂秦始皇尤烈，“秦王贪狠暴虐，残贼天下，穷困万民，以适其欲也……秦皇帝身在之时，天下已坏矣，而弗自知也！”因贾山之说大而无当，几近于秦末复辟势力之怨毒咒骂，故其影响力在后世较弱，不如贾谊与其后董仲舒的论说。

董仲舒的指控秦政，属于全盘否定式的代表，其经济指控、法治指控、教化指控最为后世“暴秦”论者看重。董仲舒一生文章极多，仅上书便有一百二十三篇。其论秦之说主要有两则，一则见于本传记载的上书，一则见于《汉书·食货志》转引的“董仲舒说上曰”（上书或问对记载）。两论皆具后世“暴秦”说的典型性，被后世史家反复引证为史料依据，故此摘录于下：

《汉书·食货志》转引其经济指控云：古者税民不过什一，其求易供；使民不过三日，其力易足。……至秦则不然，用商鞅之法，改帝王之制，除井田，民得卖买，富者田连阡陌，贫者亡立锥之地。又专川泽之利，管山林之饶，荒淫越制，逾侈以相高；邑有人君之尊，里有公侯之富，小民安得不困？又加月为更卒，已，复为正一岁，屯戍一岁，力役三十倍于古；田租口赋，盐铁之利，二十倍于古。或耕豪民之田，见税什五。故贫民常衣牛马之衣，而食犬彘之食。重以贪暴之吏，刑戮妄加，民愁亡聊，亡逃山林，转为盗贼；赭衣半道，断狱岁以千万数。汉兴，循而未改……

《汉书·董仲舒传》载其法治指控秦云：师申商之法，行韩非之说，憎帝王之道，以贪狼为俗。非有文德以教训天下也。诛名而不察实，为善者不必免，而犯恶者未必刑也……又好用憯酷之吏，赋敛亡度，竭民财力，百姓散亡，不得从耕织之业，群盗并起。是以刑者甚重，死者相望，而奸不息。

《汉书·董仲舒传》记载其教化指控云：至周之末世，大为亡道，以失天下。秦继其后，独不能改，又益甚之：重禁文学，不得挟书，弃捐礼谊而恶闻之。其心欲尽灭先王之道，而专为自恣苟简之治，故立为天子十四岁而国破亡矣！自古以来，未尝有以乱济乱，大败天下之民如秦者也！其遗毒余烈，至今未灭，使习俗薄恶，人民嚚顽，抵冒殊扞，孰烂如此之甚者也！孔子曰："腐朽木之不可雕也，粪土之墙不可圬也。"今汉继秦之后，如朽木粪墙矣，虽欲善治之，亡可奈何……为政而不行，甚者必变而更化之……汉得天下以来，常欲善治而至今不可善治者，失之于当更化而不更化也！

董仲舒经济指控与法治指控的经不起推敲，我将在后面一并澄清。

这里需要指出的是：董仲舒在教化指控中，将西汉"习俗恶薄"的原因，没有归结为六国贵族集团大复辟带来的社会大破坏，而全数归结为秦政，这是显然的历史偏见。这种偏见并非误解，而是蓄意为之。董仲舒的目标很明确：促使汉制"更化"，变为以"三代王制"为本体，而由儒家执意识形态之牛耳的实际制度。而如果将世道沦落之根源归结于复辟动乱，则无异于否定了儒家颂扬"王制"的正当性。所以，只能将世风败坏的罪名，整体性推于秦政了事。此等基于显然的政治意图而全盘否定秦文明的做法，实在不甚高明，也存在着太多的矛盾纰漏。是故，并没有从总体上动摇“汉承秦制”的实际国策。董仲舒生于西汉中期，距秦帝国时代不过百年上下，对复辟势力的暴力毁灭、相互背叛、杀戮劫掠、道德沦落等等恶行，及其破坏力与后遗症，应该很清楚。对最为残暴的项羽集团的大破坏，董仲舒应该更清楚。然则，董仲舒却将这种破坏整个文明结构与社会伦理的罪责，转嫁于素来注重建设而法度整肃的秦文明时代，事实上是不客观的，是经不起质疑的。

西汉之世，秦末复辟势力的历史谎言遭到了总体遏制。

然则，西汉之世对秦文明的总体评判，也第一次以理论化的否定形式出现了。这种理论化，既表现于相对谨慎的官方探究，更表现于以私学官学中的种种个人探究为形式特征的普遍的“非秦”思潮。正是在诸如贤良文学、淮南王学派，以及贾山董仲舒等儒家名士的部分或全面指控秦文明的思潮中，使秦末复辟势力的历史谎言，又有了重新复活的历史机遇，并最终酿成了西汉末期王莽复辟的实际灾难，又最终弥漫为久远的历史烟雾。

从形式上说，西汉时代对华夏文明演进的总结与审视，对秦文明的总结与审视，是中国历史意识的第一次自觉。但是，由于具体的政治原因，由于所处时代的文明视野的限制，这次大规模的相对自觉的文明史审视，最终产生了接近于“暴秦”说的否定性结论。这一结论，导致了中国历史意识不可思议的分裂：实际继承秦文明，理念否定秦文明。

此前的中国，历史的脚步与历史的意识从来是坦率合一的：一个政治集团认定并推崇某一种文明，必然竭尽全力去追求并实现，反之则断然抛弃。只有从西汉这个时期开始，中国历史的实践与中国历史的意识，出现了怪诞的分离。尽管这种分裂是初始的，远非后世那般严重。但是，这一分裂因东汉的秉承而延续跌宕四百余年之后，终于积淀为荒诞的历史定式。作为实际继承秦文明的两汉中央政权，基于种种原因，始终对这种荒诞的分裂保持了默认，保持了实际上的支持。同时，由于“罢黜百家，独尊儒术”的文教方略的确立，儒家历史价值观日益占据主流，中国历史实践与历史意识对秦文明的荒诞分裂——实际建政与价值评判的分裂，随着历史的推移而更趋深重了。

三　历史烟雾的久远弥散

历史意识的烟雾，终于无可遏制地弥漫开来。

大一统的秦帝国十五年而亡，既无修史遗存，亦无原典史料现世。项羽的屠戮劫掠与焚烧，使大咸阳化作了废墟，集战国之世全部典籍法令与文明书证的丰厚无比的帝国文档库存，悉数付之罪恶火焰。从此，这个伟大的帝国丧失了为自己辩护的绝大部分书证、物证与人证，沦入了面对种种口诛笔伐而无以澄清的境地。就实说，后世对秦帝国的评判依据，相对直接的文本资料大体只有四种：其一是后来抢救再现的先秦典籍与诸子著作；其二是帝国遗留于山川河海的部分勒石碑文与残存物证；其三是司马迁的《史记》中所记载的经过作者“甄别”的史实；其四是西汉初期帝国遗民的部分亲历言论记录。当然，若天意终有一日可使始皇陵地宫藏品再现于世，我们为这个伟大帝国辩护的直接证据，完全可能发生根本性的改变。在此之前，我们的澄清依然分外的艰难。

然则，我们的努力不能停止。

历史，正是这样一步一步走过来的。

所谓国家与民族的历史意识，大体是四个层面：其一是历代政权对原生文明的实际继承原则；其二是见诸正史的官方意识对历代文明演进的价值评判；其三是历代史家学者及学派的历史论说；其四是见诸文学艺术与民间传说的普遍认知。我们所谓的历史意识的烟雾，当然指同时体现于这四个方面的种种变形。

从此四方面说，自西汉之后，秦帝国及其所处的原生文明时代，在理念上被大大扭曲变形，且表现为一个愈演愈烈的历史过程。也就是说，两千余年来，我们对自己的原生文明时代的总体态势，始终处于一种不可思议的割裂状态：一方面，在建政原则上，对一统秦帝国的文明框架原封继承，并全力维护；另一方面，在理念认定上，对秦帝国与春秋战国的文明功绩又极力否定，极力攻讦。这是一个奇特而巨大的矛盾。在整个人类文明史上，没有哪个创造了独立文明的民族，在后来的发展中极力贬低本民族原生文明的先例，更没有实际继承而理念否定的荒诞割裂先例。唯有我们，承受了先人的丰厚遗产，还要骂先人不是东西。此等咄咄怪事，发生于我们这个自认深有感恩传统的古老民族身上，岂非不可思议哉！

一片博大辽阔的文明沃土呈现出来，耕耘者的尸体横陈在田间。后来者毫不迟疑地宣布了沃土继承权，却又困惑于曾经包括自己在内的一群人杀死了耕耘者不好交代。于是，一面谨慎地审视着这片沃土，一面小心地探询着其余人对农夫之死的说法。终于，人们有一搭没一搭地耕耘着，开始探究起来，渐渐争论起来，又渐渐吵成了一团，终于将耕耘者的死与被开垦的沃土连成了一体，无休止地吵吵起来。有人说，这片土地邪恶，导致了农夫的突然死亡，与群殴无关。有人说，农夫愚蠢不知歇息，才有突然死亡。有人说，农夫耕耘有误，给这片土地留下了祸根。有人说，农夫根本不该开垦这片土地。有人说，农夫用力太猛死得活该。一代代争吵延续下来，人们终于一致认定：这是一个坏农夫，原本该死，不需争论。有浑不知事的孩童突然一问："农夫坏，开出来的土地也坏么？"人们惊愕良久，又齐声回答："土地是我们的了，自然不坏！"于是人们力乏，从此不屑提起这个死去了的农夫，索性简化为见了农夫尸体只啐得一口，骂得一声了事。偶有同情者，遥望农夫尸体叹息了一声，立即便会招来人众侧目千夫所指……

一则古老的寓言。一幅历史的大相。

大伪欺史，文明何堪？

东汉伊始，"暴秦"说终于成为官方正式立场。

西汉末期，基于对秦政的普遍指控，对夏商周三代的"王制"文明一时滋生出一种向往思潮。在这一思潮的弥漫中，一股信奉儒家文明价值观的社会势力崛起了。在追谥孔子为"褒成宣尼公"的同时，这股势力力图重新复辟周制，再现那个"宪章文武，礼治王化"的远古田园诗时代。这便是号为"新始"的王莽集团，在近二十年的岁月里全面复辟周制的荒诞时期。历史的演进是残酷的：王莽集团竭尽全力改制复古，非但没有使天下趋于王道昌盛，反倒引发了大饥荒大混乱大动荡，华夏大地再次沦入了较秦末大劫难有过之而无不及的社会大倒退，西汉二百余年累积的文明成果，悉数付诸东流！绿林赤眉农民军遭遇的大饥饿大杀戮，其酷烈远远过于因不堪徭役而举事的陈胜吴广农民集团。

历史的教训是冰冷的。随后立定根基的东汉政权，不再做任何复古梦，很现实地回到了忠实效法西汉而秉承秦制的道路上，在实际施政中再度肯定了秦文明的价值，断然摒弃了复古道路。秦末至西汉末的两百多年间，历经项羽王莽两次大复辟，既带来了毁灭性的灾难，也对整个社会历史意识产生了巨大的震慑。此后的中国历史上，尝试复辟“三代王制”的政治狂人再也没有出现，即或偶有政治幻想症者，也只能自家嘟哝几句而已。这一基本事实足以说明：华夏族群的历史意识已经实实在在地认定了秦文明的真实价值，在实际中永远地奉行不悖了。

历史意识的荒诞，也正在这样的时期定型了。

东汉王朝在实际奉行秦文明的同时，官方意识却更为明确地指控秦文明，更为高调地颂扬三代王制，从而弥漫出一股浓郁的弦外之音：三代王制本身仍然是值得推崇的，只是王莽的复辟还不够水准而已。再次确立这种实际建政法则与意识形态价值原则的荒诞割裂，是“暴秦”说弥漫为历史烟雾的根基所在。

《汉书·食货志》与《汉书·刑法志》，是东汉官方对历代文明框架（制）的总体看法。在这两篇概括叙述并评判历代体制的文献中，完全可以看出“暴秦”说的新面目。这两篇文献对华夏文明进程的总体评判是：以井田制为轴心的夏商周三代“王制”文明，是最高的理想社会状态；自春秋战国至秦帝国，则是最为不堪的沦落时代；西汉之世，始入承平昌盛。基于此等价值标准，这两篇文献的定式是：开首皆以大段篇幅描绘三代“王制”的田园诗画面，紧接着语气一转，便开始严厉指控春秋战国秦的种种不堪与暴虐，之后再叙述西汉的承平国策。

唯其具有代表意义，我将其对春秋战国秦的指控摘引如下：

《汉书·食货志》云：周室既衰，暴君污吏慢其经界，徭役横作，政令不信，上下相诈，公田不治……《春秋》讥焉！于是上贪民怨，灾害生而祸乱作。陵夷至于战国，贵诈力而贱仁谊，先富有而后礼让……及秦孝公用商君，坏井田，开阡陌，急耕战之赏，虽非古道，犹以务本之故，倾邻国而雄诸侯。然王制遂灭，僭差亡度。庶人之富者累巨万，而贫者食糟糠；有国强者兼州域，而弱者丧社稷。至于始皇，遂并天下，内兴功作，外攘夷狄，收泰半之赋，发闾左之戍。男子力耕不足粮饷，女子纺绩不足衣服。竭天下之资财以奉其政，犹未足以澹其欲也。海内愁怨，遂用溃畔。

《汉书·刑法志》云：春秋之时，王道浸坏，教化不行……陵夷至于战国，韩任申子，秦用商鞅，连相坐之法，造三夷之诛，增加肉刑、大辟，有凿颠、抽胁、镬亨之刑。至于秦始皇，兼吞战国，遂毁先王之法，灭礼谊之官，专任刑罚，躬操文墨，昼断狱，夜理书，自程决事，日县石之一。而奸邪并生，赭衣塞路，囹圄成市，天下愁怨，溃而叛之。

东汉官方认定“暴秦说”之外，学人官员的个人评判，也循此基准多有呈现。这一时代的文明史视野已经大为弱化，官员学者个人即或有局部肯定秦政的论说，也是星星点点不成气候。诸如东汉之桓谭、王充，皆有局部肯定秦政之文章，然已成为极其微弱的声音了。

东汉之后，华夏再度陷入了分裂割据状态。三国时代的剧烈竞争，颇有小战国气象。基于竞争本身的需要，这一时代对历史的重新认知，有了新的可能。由于《三国志》乃晋人陈寿撰写，且没有总括叙述某领域历史演进的诸《志》专类，是故，无法评判三国及西晋的官方历史意识。然则，从这一时期各方实际奉行的政策体制，以及著名君主与政治家的历史评判言论，仍然可见其对秦文明的总体评判。这种评判，较之东汉松动了许多。曹操被《三国志》评曰：“太祖运筹演谋，鞭挞宇内，揽申、商之法术，该韩、白之奇策……超世之杰矣！”而曹操对秦皇汉武的肯定也是明确的，其《置屯田令》云：“夫定国之术，在于强兵足食。秦人以急农兼天下，孝武以屯田定西域，此先代之良式也！”在三国大政治家中，唯有诸葛亮对秦政表现出继承东汉的荒诞割裂：实际奉行而理念否定。诸葛亮《答法正书》云：“……秦以无道，政苛民怨，匹夫大呼，天下土崩。”足见其忠实秉承东汉之传统也。

步入两晋南北朝时期，华夏大地纷争频仍，又逢北方诸族群相继占据北中国，政权不断更迭，相互攻伐不断。当此之时，中国关于文明史演进的探讨几乎趋于沉寂，玄妙清谈弥漫一时。无论是官府作为，还是官学私学，对历史文明的总体探讨及其理论总结，都几乎趋于销声匿迹。这是一个特殊的沉沦时代，两汉时代注重文明演进探讨的历史视野，这时已经变化为注重个人体验的思辨“玄学”。在玄学清谈弥漫之时，偶然也迸发出些许文明史探究的火花。葛洪的《抱朴子·外篇·用刑》，便对秦亡原因做了探讨，认定秦亡并非严刑而亡，“秦其所以亡，岂由严刑？秦以严得之，非以严失之也！”其余，如做过廷尉的刘颂、做过明法掾（解释法令的官员）的张斐，也都曾经从论说法令演进的意义上肯定过秦政。当然，这些声音远非主流，几乎没有实际影响力。

进入隋代，对文明演进史的探讨又是一变。

隋虽短促，然却是三百年分裂之后再度统一中国的重要时期，是华夏族群的第五次大一统。从实际制度框架说，隋继承了秦制无疑。然则，由于此时距秦帝国已经千年之遥，且又经过了西晋之后的三百年分裂战乱，隋对文明演进的审视，遂开始以西晋之后的历史演进为主，对两汉之前的历史已经很少涉及，对秦政得失的探究则更少了。虽然如此，我们还是可以从基本面看出隋代对秦文明的模糊肯定。隋文帝杨坚注重实务，临死之遗诏开首便是：“嗟乎！自昔晋室播迁，天下丧乱，四海不一，以至周齐，战争相寻，年将三百。”遗诏最后云：“自古哲王，因人作法，前帝后帝，沿革随时。律令格式，或有不便于事者，宜依前敕修改，务当政要。”显然，隋对秦文明所体现的变法精神尚是肯定的。

唐代情形，又是一变。唐变之要，是从隋的不甚清晰坚实的历史评判中摆脱出来，再度开始大规模总结文明演进史。结局是，唐又重新回到了东汉轨迹。唐人魏征主修的《隋书》，实则是唐政权的历史目光，而不是隋政权的历史目光。《隋书》的《食货志》、《刑法志》、《百官志》等综合篇章，在对特定领域的总括性叙述中，均对秦文明做出了复归东汉传统的评判：

> 《隋书·食货志》云：秦氏起自西戎，力正天下，驱之以刑罚，弃之以仁恩；以太半之收，长城绝于地脉；以头会之敛，屯戍穷于岭外。
>
> 《隋书·刑法志》云：秦氏僻自西戎，初平区夏，于时投戈弃甲，仰恩祈惠，乃落严霜于政教，挥流电于邦国；弃灰偶语，生愁怨于前，毒网凝科，害肌肤于后；玄钺肆于朝市，赭服飘于路衢；将闾有一剑之哀，茅焦请列星之数。
>
> 《隋书·百官志》云：秦始皇废先王之典，焚百家之言，创立朝仪；事不师古，始罢封侯之制，立郡县之官；太尉主五兵，丞相总百揆，又置御史大夫以贰于相。自余众职，各有司存。汉高祖除暴宁乱，轻刑约法，而职官之制，因于嬴氏。

如果说，《隋书》诸志的总括性叙述，代表了唐政权的官方评判，那么唐太宗在《贞观政要》中的理念，则是更为直接的建政施政态度。《贞观政要·君臣鉴戒》云："朕闻周秦初得天下，其事不异。然，周则惟善是举，积功累德，所以能保八百之基。秦乃恣其奢淫，好行刑罚，不过二世而灭。"其《务农》篇云："昔秦皇汉武，外多穷极兵戈，内则崇侈宫室，人力既竭，祸难遂兴。彼岂不欲安人乎？失所以安人之道也！"当然，唐代也有基于现实政治而对秦政秦法的具体肯定，但已经远非主流了。同一个魏征，在答唐太宗对商鞅法治的责难时，论说便是相对肯定的："商鞅、韩非、申不害等，以战国纵横，间谍交错，祸乱易起，谲诈难防，务深法峻刑以遏其患。所以权救于当时，固非致化之通轨。"(《魏郑公谏录》卷三)

在整个唐代的历史意识中，只有柳宗元对秦文明做出了"政"与"制"的区分，指出了秦"失在于政，不在于制。"其《封建论》云："秦有天下……不数载而天下大坏，其有由矣！亟役万人，暴其威行，竭其祸贿；负锄梃谪戍之徒，圜视而合从，大呼而成群；时则有叛人而无叛吏，人怨于下，而吏畏于上，天下相合，杀守劫令而并起。咎在人怨，非郡邑之制失也……酷刑苦役，而万人侧目。失在于政，不在于制。秦事然也！”将文明体制框架与具体的施政作为区别开来，这是自两汉以来最有见地的文明演进史观念。这一观念，在某种意义上合理解释了对秦文明的实际继承与理念否定这一巨大割裂现象——实际继承对“秦制”，理念否定对“秦政”。虽然，柳宗元的评判依旧远远不是主流历史意识；虽然，柳宗元的“秦制”几乎单纯地指郡县制，而并非包容了秦文明的所有基本方面，但就其历史意识的出新而言，依然是不容忽视的。

唐之后，华夏又陷入了几近百年的分裂割据。五代十国，是一个历史意识严重萎缩的时期，大器局的文明视野与民族进取精神，从这个时期开始严重衰退了。政变频频交错，政权反复更迭，邦国林立，各求自安。这一时代除了诸多的佛教事件与闪烁的诗词现象，几乎没有文明史意义上的重大事件，对中国文明史的探究自然也难觅踪迹。

宋王朝统一中国之后，几乎是立即陷入了连番外患与诸多内忧之中，对既往历史的审视已经大为乏力了。《宋史》乃元代主修，其概括性的诸《志》综述，已经根本不提秦文明了。当然，我们不能将《宋史》的综合叙述，看做宋代的官方历史意识。宋代的历史意识，我们只有到其学派思潮与主要人物的言论中去寻找。宋代儒学大起，生发出号为“理学”的新潮儒学。理学的历史意识，是儒家历史意识的极端化，自然是以儒家的历史价值观为根基的，又比儒家更僵化。

从宋代开始，一种历史现象开始生成：审视历史，必引孔孟言论以为权威。大量的先秦诸子典籍，在这个时期被一体性忽视。以致连墨子这样的大家，其论著也湮灭难见，沦入到道家典籍中隐身了。直到近代，墨子才被梁启超发掘出来，重新获得重视。最为实际的改革家王安石，尚且言必引孔孟为据，对制度沿革的论说则多以五代十国的兴亡为依据。其余人物之论述，则更可以想见了。以修《资治通鉴》闻名的司马光，其历史意识更是明确地贬斥秦文明。凡见诸《资治通鉴》的“臣光曰”，很少对秦政秦制作认真的总体性评判，而对秦政秦制的具体“罪行”指控，则屡见不鲜。朱熹、二程等儒家大师，指控秦文明更是司空见惯了。作为治学，他们对秦政的探究是很认真的。譬如朱熹，对商鞅变法之“废井田，开阡陌”做出了新解：“开”非开垦之开，而是开禁之开；开阡陌，便是开土地国有制不准买卖之禁，从此“民得买卖”土地。然则，这种具体的学问功夫，并不意味着文明历史意识的深化与开阔。从总体上说，宋代对秦文明及其母体时代的评判，是遗忘融于淡漠之中——既很少提及，又一概贬斥。

元明清三代，历史意识对秦文明的评判，已经板结为冰冷的硬体了。

元人修《宋史》，明人修《元史》，清人修《明史》。这三史，对包括秦帝国及先秦时代的评判都呈现为一个定式：先极为概括地简说夏商周三代，而后立即接叙距离自己最近的前朝兴亡，对春秋战国秦时代基本略去不提。这种现象，我们可以称之为“遗忘定式”。然则，遗忘绝不意味着肯定，而恰恰是偏见已经板结为坚深谬误的表征。元明清三代，非但官方历史意识断然以“暴秦”为总括性评价，即或被后世视为进步思想家的学子，也同样断然“非秦”。也就是说，自宋开始的千余年之间，对秦文明的评判已经积淀成一种不需要探究的真理式结论。耶律楚材有诗论秦：“……焚书嫌孔孟，峻法用高斯。政出人思乱，身亡国亦随。阿房修象魏，许福觅灵芝。偶语真虚禁，长城信谩为。只知秦失鹿，不觉楚亡骓。约法三章日，恩垂四百期……”海瑞云：“欲天下治安，必行井田……尚可存古人遗意。”邱浚云：“秦世惨刻。”黄宗羲云：“秦变封建而为郡县，以郡县得私于我也！”王夫之云：“郡县者，非天子之利也，国祚所以不长也。呜呼！秦以私天下之心而罢侯置守，而天假其私以行大公，存乎神者之不测，有如是夫！……秦之所以获罪于万世者，私己而已矣！”顾炎武云：“秦之亡，不封建亡，封建亦亡……封建之失，其专在下；郡县之失，其专在上……尽四海之内为我郡县，犹不足也！”凡此等等，其中即或有个别特出者对秦文明作局部肯定，也只是荧荧之光了。加之话本戏剧等民间艺术形式的渲染，“暴秦”论遂大肆流播。千年滥觞之下，虽不能说人人信奉，大体也是十之八九论秦皆斥之以“暴”

字了事。

从此，国人的历史意识与文明视野，沦入了最简单化的冻结境地。

1840年开始，中国在人类高端文明的入口处遭遇了巨大的历史冲击。

这一冲击历时百年余。几经亡国灭种的劫难，中国民族的历史意识终于开始了艰难的觉醒。自觉地，不自觉地，华夏族群开始了连绵不断的文明历史反思。民族何以孱弱？国家何以贫穷？老路何以不能再走？新路究竟指向何方？凡此等等关乎民族兴亡的思索，都在“救亡图存”这一严酷背景下蓬蓬勃勃地燃烧起来。于是，有了“戊戌变法”对中国现实出路的尝试，有了“辛亥革命”对中国现实命运的设计，有了“五四”运动对中国传统文明的反思，有了马克思主义传入中国后的“新文化运动”的文明反思。当我们这个民族终于自立于世界民族之林的时候，我们又开始了大规模的意识形态重建，开始了借助于高端文明时代的科学思维方式，对我们民族的文明史重新审视的历史过程。从一个民族开拓文明史进程的意义上说，我们这个民族的伟大智慧并没有被历史的烟尘窒息。我们坚韧努力的脚步，体现着我们民族再生与复兴的伟大心愿，也体现着我们民族的文明历史意识觉醒的丰厚成果。

但是，我们走过的弯路太多了。戊戌变法企图以浅层的形式变革，引领中国走入高端文明时代。我们失败了！辛亥革命则企图以仿效西方文明的政治变革方式，引领中国走入高端文明时代。我们也失败了！五四运动与新文化运动，企图以相对简单的“打倒”方式清理总结我们的文明史。我们并没有获得预期的成功。马克思主义传入中国所导致的社会大变革，使我们这个民族实实在在地站了起来。在我们的生存生计成为最迫切问题的历史关头，我们这个民族以最大的智慧，停止了无休止的论争，从纷杂折腾中摆脱出来，而全副身心地投入到了民族富强的努力之中。历史证明，我们的伟大智慧挽救了民族，挽救了国家，给我们这个民族在最艰难的历史时刻开启了真正复兴的希望。

然则，被我们搁置的问题，并不因为搁置而消失。

一个民族的文明发展历史，有着必然的逻辑：要在发展中保持悠长的生命力与饱满的生命状态，就必须有坚实的文明根基；这种文明根基的坚实程度，既取决于民族文明的丰厚性，更取决于一个时代基于历史意识而确立的继承原则。我们可以因为最紧迫问题所必需的社会精神集中，而暂时中止大规模的文明文化论争，诚如战国名士鲁仲连所言：“白刃加胸，不计流矢。”然则，我们不能忘记，在获得必要的社会条件之后，对文明历史的认真探究，依然是一个民族必需的文明再生的历史环节。我们所需要避免的，只是不能重蹈将文明审视一定等同于某一实际目标的简单化。也就是说，任何时候，一个民族对自己文明历史的审视，都不应该成为任何实际目标的手段。这一探究与审视，本身有其伟大的目标：清理我们的历史传统，寻求我们的精神根基，树立我们的民族精神，并使这些基本面获得普遍的社会认知，使我们民族的复兴与发展，有着久远的清晰的坚定的信念。

这是我们审视中国原生文明的根基所在。

四　认知中国原生文明的基本理念

对中国历史的审视，聚讼最烈而误解最深者，是对中国原生文明的认知。

任何一个民族，都有自己的原生文明生成期。原生文明，是一个民族的精神根基。一个国家、一个民族，在她由涓涓溪流汇成澎湃江河的历史中，必然有一段沉淀、凝聚、升华、成熟的枢纽期。这个时代所形成的文明与传统，如同一个人的生命基因，将永远以各种各样的方式影响或决定一个人的生命轨迹。这种如同生命基因一样的民族传统，便是一个民族的原生文明。各个民族对其原生文明的深刻反思，从来都是各个民族在各个时代发挥创造力的精神资源宝库。

原生文明是民族精神的坚实根基，是高端文明的永恒基因。

中国原生文明的生成期，是五帝时代与夏商周三代。中国原生文明的成就期，是春秋战国秦帝国时代。

春秋生发！战国绽放！秦帝国则以华夏族群五百余年的激荡大争所共同锤炼的文明成果为根基，对这一时代的种种社会文明形式，进行了系统的梳理总结，大规模地创建了适合我们民族且领先于铁器时代的新文明形态。从此，我们这个十里不同俗、隔山不同音的博散族群，开始有了我们统一的文字，有了统一的生产方式，有了种种具有最大共同性的生活方式，有了统一稳定的国家形式。具体文明形式的聚合一统，形成了我们民族的整体生存方式，形成了我们民族的整体文明，形成了我们独有的历史传统。从总体上说，中国的原生文明时代，是我们这个民族的文明智慧大爆炸时代，其时代精神坚刚强毅，其生命状态惕厉奋发，其创造智慧博大深远，其文明业绩震古烁今。唯其如此，原生文明时代是我们民族的文明圣土。我们有最充足的理由，对那个时代保持最高的敬意。这既是一个伟大民族的文明认知能力，也是一个伟大民族的文明良知。

可是，由于种种我们说到或没有说到的历史原因，我们的历史意识对我们的原生文明时代产生了普遍而深重的误解。我们无须怨天尤人，那是对我们这个伟大民族的失望。我们无须以批判清算的简单方式了结历史，那是对我们这个伟大民族历史智慧的亵渎。事已如此，任何固执，任何褊狭，任何自卑，任何狂躁，都无助于我们的文明脚步。我们应当客观，应当冷静，应该耐心，应该细致，应该有胸襟，应该有能力，非如此，不能勘透我们的文明历史，不能找到内核所在。

审视中国原生文明的基本点，是对春秋战国秦帝国时代的总体认知。

从整体上否定一个时代，不可能对这个时代的文明创造作出肯定性评价。

两千余年来，对中国原生文明成就时代的总体评判，一直存在着巨大的争议。渐渐成为主流的历史意识认为：那是一个崇尚谲诈与阴谋的暴力时代，是王化败坏道德沦落的时代，是只有赤裸裸利益争夺而仁义道德荡然无存的时代。唯其如此，那个时代的君王是骄奢淫逸的罪魁祸首，士人是追逐功名利禄而毫无节操之徒，民众则是世风大坏利欲熏心争夺不休，人际交往充满着背信弃义，庙堂官场充斥着权谋倾轧，邦国战争弥漫着血腥杀戮。一言以蔽之，那是一个恐怖的时代，一个不堪的时代。翻开史书，此类评判比比皆是，其用语之怨毒，其渲染之浓烈，直教人心惊肉跳。

另一种始终不占据主流位置的历史意识，则持相反观念：那是一个“求变图存”的时代，是一个五千年历史中最富“巨变”的时代，是一个朴实高贵的时代，是一个创造新政新制的时代，是一个圣贤迭出原典林立的时代，是一个“士”阶层拥有最独立自由人格的时代。是故，从三国时代开始，便有了“书不读秦汉以下”的先秦崇拜说。虽然，对春秋战国秦帝国时代的正面评价远非主流，然却成为我族一种珍视原生文明的精神根基。

与后人的两种历史评判相对比，身处该时代的“时人”，对自己的时代有着特殊清醒的评判。代表着社会普遍心声的《诗经》，对这个时代的大象描绘多有这样的句子：礼崩乐坏，瓦釜雷鸣；高岸为谷，深谷为陵；烨烨雷电，不宁不令；山陵卒崩，百川沸腾。等等等等，不一而足。而名士学子的评价，最具代表性的有两则，一则是晏子对春秋时期社会精神的描述：“凡有血气，皆有争心。”一则是韩非子对战国风貌的大概括：“大争之世，多事之时。”在百家争鸣而蓬勃共生的诸子百家中，对自己所处时代持总体否定的评判者，不能说没有，实在是极少。最典型者，大约只能说是孔子及其创立的儒家，对那时的“礼崩乐坏”持有极其悲观的看法。

总体上说，当时的社会意识对自己的时代已经有了清醒的认知：这个时代一边是沦落，一边是崛起，有腐朽没落的阴暗，更有进取创新的光明，其主导潮流无疑是雷电烨烨的大创造精神。客观地说，任何一个时代，都有足以构成普遍性问题的具体弊端。原生文明时代，也同样有种种社会弊端。有巨大的贫富差别，有深重的社会灾难，有民众的饥饿，有官吏的腐败，有难以计数的阴谋，有连绵不断的战争等等。举凡社会基本问题，在那个时代都有。若仅仅注重于具体的阴暗与苦难，从而以因为有此等阴暗而否定一个时代所创造的文明，应该说，这不是文明历史的评判视野。作为一种文明审视所应具有的历史意识，我们应该看到的基本方面是：这个时代的总体生存方式、总体生命状态及其独有的创造力，这个时代解决种种社会矛盾的基本方式是否具有进步性，其创造的文明成果是否经得起历史的验证，是否足以构成一个民族的精神根基。舍此而孜孜于种种具体阴暗的搜求罗列，将完全可能导向历史虚无主义，而悲剧性地否定整个人类历史开掘创造的存在意义。无论如何，这是不可取的方向。

审视中国原生文明的基本点之二，是对秦文明的界定与性质认定。

这是当代史学界生发的新问题：秦文明是落后文明，还是先进文明？

这是一个典型的历史价值观问题，也是一个当代历史意识涌现出的新的基本问题。多有历史学家与学人之论著认为：秦统一中国，是“落后文明征服先进文明”的一个例证。这一认识包含的基本价值观是：秦文明是落后文明，而当时的山东六国是先进文明。进入二十一世纪后，这种评判仍然出现在历史学界。这个命题的内涵具有诸多混乱，实在是一个堪称“臆断”的评判。然则，因为这一评判牵涉出对原生文明审视的一系列基本事实的认定，故而在事实上成为最基本的问题。这个问题的实质，是对秦文明历史性质的总体认定，其必然牵涉的基本方面有三则：

一则，何谓秦文明？引起两千余年争论不休的秦文明，究竟是指商鞅变法之前的早秦文明，还是指商鞅变法之后的新秦文明？若指前者，落后无疑。然在事实上，早秦文明却绝非后人争论的秦文明，大约也不会是此等理念持有者所谓的秦文明。若指后者，则显然有违历史事实——在历代评判言论中，没有人将早秦文明作为否定对象，而只明确地否定战国秦文明与帝国秦文明。同时，也有违高端文明时代的普遍共识——当代历史认知中的秦文明，没有人理解为早秦文明。这里的混乱是：说者将商鞅变法之前的秦文明与商鞅变法之后的秦文明不作区分，囫囵地以秦人族群发源地为根基，将早秦文明看做战国秦文明与帝国秦文明，又一体认定为落后文明。

我们需要强调的一个基本认知是：凡是涉及秦文明评判的历史论著或民间认定，人们所说的“秦文明”，一定是变法之后的战国秦文明与一统华夏后的帝国秦文明，而不是早秦文明。若将这两个时期的秦文明都看做“落后文明”，而将这两个时期的山东六国文明看做“先进文明”，那就是明白无误地脱离了高端文明时代的基本历史价值观，不是这里要澄清的问题了。

二则，秦人族群起源。这个问题之所以基本，在于它是秦为“落后文明”这一论断的根基。秦人究竟起源于东方华夏，还是本来就是西方戎狄？在当代中国民族史学界有争论，在当代历史学界也有争论。然则，在此前的中国历史上却大不相同：隋唐之前基本无争论，隋唐时期始有“秦人起自西戎”说出现。从问题本身说，《史记》明确记载了秦人族群的起源与迁徙，明确认定：秦人是大禹时代的主要治水部族之一，始祖首领是大业、大费（一说伯益）；商灭夏的鸣条之战，商人与秦人结盟，秦人尚是参战主力之一；殷商中后期，秦部族成为镇守西陲的军旅部族，蜚廉、恶来是其首领；西周之世，秦人不愿臣服周室，流落西部戎狄区域，后渐渐归附臣服于周；西周末期的镐京之乱，周平王敦请秦人勤王救周，秦始成为东周的开国诸侯。认真分析史料，秦人族群的历史足迹并不混乱，司马迁的记载很清楚，甚或连秦族的分支演变都大体一一列出了。

春秋之世，秦国尚不强大，故以“蛮夷”指斥秦国者不是没有，然实在极少。即或有，也并非起源确指之意，而仅仅表示一种轻蔑。战国之世，秦国在变法之后强大，指斥秦人为“蛮夷”者遂骤然增多。然就其实质论，如同“虎狼说”一样，都是泄愤骂辞，而非认真确指。在中国历史上，此等基于邦国族群仇恨而生出的相互攻讦现象多多。最早者，有周族骂商族为“戎殷”、“蠢戎”；其后的南北朝人，又相互骂为“北虏”、“岛夷”；春秋战国时，中原诸侯则骂楚为“荆蛮”、秦为“戎狄”等等。若以此等言辞作为族群起源之评判依据，殊非偏执哉！唯其如此，西汉之世为秦立史，秦人的起源与迁徙历史，根本不是疑点。司马迁作史的原则是“信则存信，疑则存疑”。对一个西汉持否定评判的先代族群，若有如此重大的“非我族类”的事实，岂能不如实记载？姑且不说事实，即或是疑点，司马迁也必会如实记载下“人或曰”之类的话语，以期引起人们注意。然，《史记》中却从未见此等迹象。显然，秦人是否中原族群，直至西汉并无大的争论。其后直至隋代，也没有大的争论。秦人族群被“认定”为西部戎狄，仅仅只是起自唐代。如前所引，《隋书》中方有“秦人起自西戎”之说。分析历史，这显然是唐人的政治需要：以秦族起源类比于起自北周胡族的隋，影射隋之短命如秦而已。此历史恶习也，并无基于事实的公正探究立场，不当为凭。

秦族起源问题之争论，恰恰是在当代滥觞了。历史学家蒙文通于上世纪三十年代提出“秦人戎狄”说，并以《秦之社会》及《秦为戎族考》论证，推定秦族群与骊山戎皆为“犬戎”。之后，随即出现了“秦人东来”说，以卫聚贤的《中国民族的来源》、黄文弼的《秦为东方民族考》为代表，认定秦人为中原族群。后一论说，自不待言。以蒙氏“秦人戎狄”说而论，实则是依据史书中的种种零星言论推演而成。这种推演，曾被近年故去的著名秦史专家马非百先生批评为：“蒙氏以此为据，殊属偏执。”

作为学术研究，学人持何观点，原本无可厚非。我们要说的是：原本不是问题的秦人族群起源，何以突然竟成了问题。仅仅是那些上古史书中的星星点点的攻讦言论起作用么？果真如此，《史记》中对楚族也有“荆蛮”“南蛮”之说，更有“非我族类，其心必异”的攻讦，如何楚人起源不成其为问题，从来没有引起过大规模的争论？当“落后文明”说与“秦为戎狄”说联结起来的时候，我们的历史意识中潜藏的一种既定的东西才彰显出来：“落后文明”说以“秦为戎狄”说为依据，“秦为戎狄”说则为“落后文明”说寻找族群根基。虽然，“秦为戎狄”说与“落后文明”说，都并未成为普遍认知，但多有学者在高端文明时代依然重复并维护一个古老的荒谬定式，足见我们这个民族对文明历史的审视，将会有多么艰难！

三则，秦部族果真西戎部族，又当如何？在高端文明时代，将族群起源地看做判定文明先进或落后的根据，未免太过堕入西方史学的旧定式了。西方历史意识曾以罗马征服希腊为例证，生发出一种理念：落后文明征服先进文明，在历史上多有发生。就罗马与希腊而言，当时的罗马族群是落后文明无疑，罗马征服希腊也是纯粹的武力吞并，体现了

“落后文明征服先进文明”的典型方式。然则，将这一理念延伸为某种定式，认为一个特定族群的早期状态便是其永久的文明定性依据，显然是荒诞的。由此而将秦文明与征服希腊的落后罗马文明等同，同样是荒诞的。

高端文明时代应当具有的历史价值观是：无论秦人是否戎狄，都不能因此而否认秦国在深彻变法之后，在两次文明大创造后形成新文明形态的历史事实。战国秦创造出了战时法治国家的新文明形态，灭六国之后秦更创造出了新的大一统国家的文明形态。这一历史事实说明：就基于文明内涵的历史定性而言，一个民族的文明先进与否，与其族群发源地及早期状态并无必然性关系。在文明史评判的意义上，族群发源地完全可忽略不计。若认定族群早期落后，其文明便必然永远落后，秦人即或全面变法移风易俗自我更新国家强大，依旧还是落后文明。果真如此，岂非制造出一种荒谬绝伦的“历史血统论”——民族生成永久地决定其文明性质！

诚如此，历史的发展何在，民族的奋进有何价值?

从高端文明时代应当具有的文明视野出发，这一观念已经为诸多先秦史及秦汉史研究家所抛弃了。然则，它依然是一种堂堂见诸多种论著的流行理念。最基本的文明性质判定，本来是高端文明时代审视原生文明时代最应该获得普遍认知的第一问题。实则恰恰不然，我们这个高端文明时代依然存在着“秦为落后文明，山东六国为先进文明”的认定。历史学界尚且如此，遑论民众之普遍认知了。

五　走出暴秦说误区：秦帝国徭役赋税之历史分析

认定秦帝国为“暴秦”，基本论据之一是徭役赋税指控。

及至当代，即或是对秦文明功绩整体肯定的史家，对秦政的经济“暴虐”也是明确指斥并多方论证的。历史上几乎所有指控“暴秦”的言论——包括被西汉时期抛弃了的秦末历史谎言都被当代史学家一一翻了出来，悉数作为指控依据。其中最基础的根基之一，是对秦帝国的以徭役赋税为轴心的经济政策的指控。

赋税徭役之作为问题提出，乃西汉董仲舒发端。在中国历史上，董仲舒第一个以数量表述的方式，认定了秦帝国的赋税率与徭役征发率，遂成为日后所有“暴秦”论者的最重要依据。在我所能见到的无数典籍资料中，都是原文引用董仲舒，而后立即认定秦为“暴秦”，缺乏任何中间分析。也就是说，将董仲舒之说当做真理式史料给予信奉。这种武断方式，几乎成为涉秦论说的一种“八股”。依据当代经济理念分析董仲舒之说，而后给予评判者，未尝见之也。

董仲舒的数量表述，主要是三组对比数字。第一组：古代为什一税，秦时佣耕豪田为什五税；第二组，秦人口赋与盐铁之利，二十倍于古；第三组，古代徭役一年三日，秦之“力役”则三十倍于古。我们且以当代经济理念结合历史事实分析董仲舒说，而后评判其能否立足。

第一则，先说最重要的田税率。

什一税，是说田税率为十分之一。这一税率，是夏商周三代较为普遍的贡赋制背景下对民众的税率。诸侯及附属国对天子的“贡”，不是税，自然也不涉及税率。自春秋时期开始，什一税事实上已经被大大突破了。突破的根本原因，不是普遍的暴政，而是生产力的发展与税源的拓宽，是社会经济大发展的合理结果。及至战国时期，由于铁制农具使用，可耕地的大量开垦，农作物产量大幅提高，生产力与整个社会经济水平都有了极大发展。此时，税率的大幅提高已经成为各大战国的普遍事实，绝非秦国一家。

据《中国赋税史》、《中国财政史》、《中国民政史》等综合研究统计：战国初期之魏国，百亩土地的正常年产量是一百五十石，丰年产量是三百石到六百石；折合亩产，则是每亩产量一石半至六石。《管子》则云：“高田十石，间田五石，庸田三石。”管子所云，当为春秋时期的齐国。也就是说，当时齐国的最高亩产可以达到每亩十石。以吴承洛先生之《中国度量衡史》，战国之“石”与“斛”接近，大体一百二十斤，每斤约合当代市斤六两到八两之间。依此大体推算，当时的亩产量最高可达当代重量的五六百斤至八九百斤之间！这一生产力水平，在整个自然经济时代，一直没有实质性突破。同样依据上述三史，秦帝国时期中国垦田大体已达到八百二十七万顷。由于人口的不确定，我们不能确知当时的人均耕地数字。但是，每人占有耕地至少在数十亩至百亩之间无疑，大大超出今日数量。如此历史条件下，战国与秦帝国时期的经济总量已经远远超过了夏商周三代，其税率的提高无疑是必然的。

然则，秦帝国时代的田税率究竟有多高，没有帝国原典史料可查。董仲舒的数字，也没有明确指认自己的史料依据。董列出的田税率是“或耕豪民之田，见税什五”。

依据当代经济理念分析，董仲舒的这个数字不是国家“税率”，而是佣耕户的地租率。其实际所指，是如陈胜那般“耕豪民之田”的佣耕者，向豪民地主交出一半的收成。董仲舒显然不懂经济，将地租率硬说成国家税率，使秦帝国时代的田税率猛然提升到十分之五的大比例。有意还是无意，已经不重要了。重要的是，后世将这一典型外行的指控当成了历史事实，当成了真理性质的史料依据。

就历史事实而论，交租之后的经济逻辑是：国家以地亩数量征收田税，只向地主征收，不针对佣耕者征税。之所以不针对佣耕者，有两个原因：其一，佣耕者耕的是地主的土地，佣耕者不是地主；其二，佣耕者是流动的，若以佣耕者为基数征税，固然可以避免历代都大为头疼的“漏田”现象，然在事实上却极难操作。所以，佣耕者向地主缴租，国家再从地主之手以登记核定的田数征税，是从战国时代开始一直延续两千余年的田税法则。唯其如此，此后的经济逻辑很清楚：佣耕者的一半产量中，必然包括了地主应该缴纳的田税。而地主不可能将粮食全部交税，而没有了自家的存储。是故，秦帝国的田税只能比“什五税”低，而不可能高。最大的可能是，国家与地主平分，也征收地主田租的一半为田税。如此，则田税率为十分之二点五。即或再高，充其量也只是十分之三。因为，秦帝国不可能将自己的社会根基阶层搜刮净尽。

第二则，再说人口盐铁税率。

人头税乃春秋战国生发，夏商周三代本来就没有，说它“二十倍于古”，是没有任何可比意义的。人头税之轻重，只能以当时民众的承受程度为评判标准。而史料所记载的人口税指控，除了秦末历史谎言的“头会箕敛”的夸张形容，再无踪迹可寻。

所谓盐铁之利，在“九贡九赋”的夏商周三代也基本没有，至少没有铁。即或有盐利，肯定也极低。因为，三代盐业很不发达，不可能征收重税。故此，说秦时盐铁之利二十倍于古，无论是就实际收入的绝对数量而言，还是就税率而言，也几乎没有任何可比意义。

若董仲舒的“二十倍于古”泛指整个商业税，则更见荒诞。战国至秦帝国时期的商业大为发达，七大战国皆有商业大都会。齐市临淄、魏市大梁、秦市咸阳、楚市陈城、赵市邯郸、燕市蓟城、韩市新郑。七大都会之外，七国尚各有发达的地域性大商市，如齐东即墨、魏北安邑、楚东南之江东吴越、秦西南之蜀中、赵北之胡市等等。其时之市场规模与国家来自关市的财政收入，远远超出夏商周三代何止百倍。以此论之，说商业税“二十倍于古”，只怕还估摸得低了。基本的原因是，夏商周三代的民众自由商事活动规模很小，而国家“官市”又多有限制且规模固定。总体上说，三代商市根本无法与《史记·货殖列传》所记载的战国秦时代的蓬勃商市可比。所以，商业税之比同样没有意义。

第三则，再说徭役征发。

以董说的夏商周三代一年三日徭役为基数，三十倍于古，是九十日。董仲舒列举了这九十日的大体构成：“月为更卒”，每年要有一个月给县里做工；“复为正一岁”，再给郡里每年也要做工。按照逻辑，按照历代史家的注释，这里的“一岁”不是一次性一年出工，而是一人一生总计服郡徭役一年，每年分摊出工。第三项“屯戍一岁”，每人一生中要给国家一次性守边一年。对董仲舒的分项说法，《史记》注解引师古之说，替董仲舒解释云：“率计，今人一岁之中，屯戍及力役之事三十倍多于古也！”所谓率计，是大体计算之意。显然，这一归纳没有说明一个男丁一年中究竟有多长时段的徭役，而只依据大体计算而笼统指斥“三十倍多于古也”，有失粗疏轻率，并武断过甚。

以董仲舒之说，一个男丁在一生中究竟要分摊多少徭役？

可以有四种计算方法：

其一，若以“能劳”为准，将一个男丁的徭役期限假设在二十岁至五十岁之间（二十岁加冠，五十岁称老），其有效劳役的基数时间为三十年；则三项徭役合计总量为五十四个月，具体均摊出工，则《史记》所云之“率计”，每年只有月余。

其二，若以六十岁一生为基数，则徭役总量为八十四个月，分而摊之，“率计”每年仍然只有月余。

其三，以六十岁一生为基数，以三十年“能劳”期为有效徭役征发时段，在三十年内服完八十四个月徭役，则“率计”两月余，还是不到三个月，仍然不到“三十倍于古”的九十日。

其四，只有以八十岁一生为基数，徭役总量为一百零四个月，以三十年精壮期服完徭役，其“率计”才可能超过三个月，实现董仲舒“三十倍于古”的宏大设想。然则，一个自然经济时代的政权，设定男人每人八十岁寿命而规定徭役，现实么？可能么？只怕董仲舒自己都要脸红了。

笼统指斥其“三十倍于古”，既夸大事实，也毫无实际意义。

即或不与董仲舒认真计较，便以第三种方法计，在实际中也远非那么不堪重负。国家征发徭役，只要不疯狂到要自断生计，大体皆在每年农闲征发，而不可能在农忙时期征发。而那个时代的实际农闲时间，每年无论如何在三个月之上。历史的事实是，每年月余的徭役，在战国时代不足论。即或接近三个月，也不可能达到严重威胁民众生存的地步。

秦帝国是一个大规模建设的时代，精壮男子每人每年服徭役一月余或两月余，客观地说，远在社会容忍底线之中。以秦帝国刻石所言，民众在秦始皇时期是大为欢悦地迎接太平盛世的。即或我们将刻石文辞缩水理解，至少也是没有反抗心理的。其另一个基本原因，是帝国工程的绝大多数都是利国利民的。疏通川防、开拓道路、抵御匈奴、南进闽粤、大兴水利、销毁兵器、迁徙人口填充边地等等等等。除了搬迁重建六国宫殿，秦始皇时期没有一件值得指控的大工程。以战国民众在大争之世所锤炼出的理解力，是会敏锐体察出恶政与善政区别的。只是到了秦二世时期，才因骊山陵与阿房宫的大规模建造而偏离社会建设轨迹，使工程徭役具有奢靡特质。如此大背景下，才有了陈胜吴广因“失期皆斩”面临生死抉择而不能容忍而举事反秦的社会心理动因。这与秦政的本来面目与总体状况，并非一事。以文明历史的评判意识，不当以胡亥赵高的昏聩暴虐取代帝国整个时期，更不能以此取代整个原生文明时代。

还有一个重大的历史现象必须申明：举凡历史上的强盛时代或富裕国家，其税率与征发率必然相对高；举凡历史上的不发达时代，或大贫困大萧条时代及贫穷国家，其税率与征发率必然很低或极低；直至当代，依然如此。

秦帝国正是前一种时代，前一种国家，其税率与徭役征发“年率”虽相对较高，但却是建立在自觉地大力发展生产力基础上的，其性质绝非对贫瘠的掠夺，而是在高度生产力水平上积聚社会财富，为社会进行大规模的建设。其后，秦末大动乱大复辟，将秦帝国建设成果悉数摧毁，“民失作业，而大饥馑。人相食，死者过半。高祖令民得卖子，就食蜀汉。天下既定，民无盖臧，自天子不能具醇驷，而将相或乘牛车。”在此等经济大萧条社会大贫困下，西汉即或实行了“什五税一”甚或“三十税一”，达到十五分之一与三十分之一的极低税率，其穷困状况仍然惨不忍睹。汉文帝时期，贾谊的《论积贮疏》犹云：“汉之为汉几四十年矣！公私之积，犹可哀痛。失时不雨，民且狼顾；岁恶不入，请卖爵子。既闻耳矣，安有为天下阽危者若是而上不惊者！”

这一基本的历史现象，给我们的历史意识提出了一连串的尖锐问题。

在大贫困大萧条时代的低税率低征发，与大发展大兴盛时代的高税率高征发之间，我们究竟应当如何评判？假如要我们选择，我们选择什么？贫困的低税率低征发，果真是“仁政”么？富有的高税率高征发，果然是“暴政”么？此等对比之法，果真有实质意义么？果真能说明问题么？果真值得作为最重要的依据去评判文明史么？两千余年来，我们一直在指控强盛秦帝国的高税率与高征发，我们一直在赞颂生产力低下时代与大贫困时代的“轻徭薄赋”，这符合历史演进的本质法则么？符合社会经济发展的逻辑么？

六　走出暴秦说误区：秦帝国法治状况之历史分析

秦法酷烈，历来是暴秦说的又一基本论据。

这一立论主要有五则论据：其一，秦法繁细，法律条目太多；其二，秦法刑种多，比古代大为增加；其三，秦法刑罚过重，酷刑过多；其四，秦时代罪犯多得惊人；其五，秦法专任酷吏，残苛百姓。举凡历代指控秦法，无论语词如何翻新，论据无出这五种之外。认真分析，这五则论据每则都很难成立，有的则反证了秦法的进步。譬如，将“凡事皆有法式”的体系性立法看做缺陷，主张法律简单化，本身就是“蓬间雀”式的指责。

首先，所有指控都有一个先天缺陷：说者皆无事实指正（引用秦法条文或判例）或基本的数字论证，而只有尽情的大而无当的怨毒咒骂。罗列代表性论证，情形大体是：第一论据，西汉晁错谓之“法令烦憯”，并未言明秦法法条究竟几多，亦未言明究竟如何烦乱惨痛，而只是宣泄自己的厌恶心绪。第二第三论据，除《汉书·刑法志》稍有列举云：“秦用商鞅，连相坐之法，造参夷之诛，增加肉刑、大辟，有凿颠、抽胁、镬烹之刑”外，其余尽是“贪狼为俗”、“刑罚暴酷，轻绝人命”之类的宣泄式指控。第四则论据更多渲染，“囹圄成市，赭衣塞路”，“死者相枕席，刑者相望，百姓侧目重足，不寒而栗”，“断狱岁以千万数”，“刑者甚众，死者相望”，等等等等。依据此等夸张描绘，秦时罪犯简直比常人还要多，可能么？第五则论据也尽是此等言辞，“狱官主断，生杀自恣”，“杀民多者为忠，厉民悉者为能”，“贼仁义之士，贵治狱之吏”，等等等等。

这一先天缺陷所以成为通病，是中国史学风气使然么？

当然不是。中国记史之风，并非自古大而无当，不重具体。《史记》已经是能具体者尽具体了，不具体者则是无法具体，或作者不愿具体也。到了《汉书》，需要具体了，也可以具体了，便对每次作战的伤亡与斩首俘获数字，都记录详尽到了个位数，对制度的记述更为详尽了。也就是说，对秦法的笼统指控，不能以“古人用语简约，习惯使然”之类的说辞搪塞。就事实而论，西汉作为刚刚过来人，纵然帝国典籍库焚毁，然有萧何第一次进咸阳的典籍搜求，又有帝国统计官张苍为西汉初期丞相，对秦法能无一留存么？更重要的现实是：秦在中央与郡县，均设有职司法典保存与法律答问的“法官”，西汉官府学人岂能对秦法一无所见？秦末战乱能将每个郡县的法律原典都烧毁了？只要稍具客观性，开列秦法条文以具体分析论证，对西汉官员学人全然不是难事。其所以不能，其所以只有指斥而没有论证，基于前述之种种历史背景，我们完全有理由认定：这种一味指控秦法的方式，更多的是一种政治需要，而不是客观论证。

唯其如此，这种宣泄式指控不足以作为历史依据。

要廓清秦法之历史真相，我们必须明确几个基本点。

其一，秉持文明史意识，认知秦法的历史进步性质。

秦国法治及秦帝国法治，是中国历史上唯一一个自觉的古典法治时代，在中国文明史上具有无可替代的历史地位。秦之前，中国是王道礼治时代。秦之后，中国是人治时代。只有商鞅变法到秦始皇统一中国的一百六十年上下，中国走进了相对完整的古典法治社会。这是中国民族在原生文明乃至整个古典文明时代最大的骄傲，最大的文明创造。无论从哪个意义上审视，秦法在自然经济时代都具有历史进步的性质，其总体的文明价值是没有理由否定的。以当代法治之发达，比照帝国法治之缺陷，从而漠视甚或彻底否定帝国法治，这是摒弃历史的相对性而走向极端化的历史虚无。依此等理念，历史上将永远没有进步的东西值得肯定，无论何时，我们的身后都永远是一片荒漠。

基于上述基本的文明史意识，我们对秦法的审视应该整体化，应该历史化地分析，不能效法曾经有过的割裂手法——仅仅以刑法或刑罚去认知论定秦法，而应该将秦法看做一个完整的体系，从其对整个社会生活规范的深度、广度去全面认定。即或对于刑法与刑罚，也当以特定历史条件为前提分析，不能武断地以秦法有多少种酷刑去孤立地评判。若没有整体性的文明历史意识，连同秦法在内的任何历史问题，都不可能获得接近于历史真相的评判。

其二，认知秦法的战时法治特质，以此为分析秦法之根本出发点。

秦法基于战国社会的“求变图存”精神而生，是典型的战时法治，而不是常态法治。此后一百多年，正是战国大争愈演愈烈的战争频仍时代，商鞅变法所确立的法典与法治原则，一直没有重大变化。也就是说，从秦法确立到秦统一六国，秦法一直以战时法治的状态存在。作为久经锤炼且行之有效的一种战时法治体系，秦法自然不会无缘无故地改弦更张。法贵稳定，这是整个人类法治史的基本经验。一种战时法治能稳定持续百余年之久，这意味着这种战时法治的成熟而有效。帝国建立而秦始皇在位的十二年，又因为大规模文明建设所需要的社会动员力度，因为镇压复辟所需要的社会震慑力度，也因为尚无充裕的社会安定而进行历史反思的条件，帝国在短促而剧烈的文明整合中，几乎没有机会去修改秦法，使战时法治转化为常态法治。是故，直到秦始皇突然死去，秦法一直处于战时法治状态，一直没有来得及大规模地修订法律。

从文明史的意义上说，秦帝国没有机会完成由战时法治到常态法治的转化，是整个中国民族在原生文明时代巨大的历史缺憾。而作为高端文明时代应该具有的文明视野，对这一法治时代的审视，则当准确地把握这一历史特质，全面开掘秦法的历史内涵；而不能以当代常态法治的标准，去指控古典战时法治的缺憾，从而抹煞其历史进步性。果真如此，我们的文明视野，自将超越两千余年“无条件指控”的坚冰误区。

其三，认知作为战时法治的秦法的基本特征。

战时法治，从古到今都有着几个基本特征。即或到了当今时代，战时法治依然具有如此基本特征。战时法治的超越时代的基本特征，是五个方面：一则，注重激发社会效能；二则，注重维护社会稳定性；三则，注重社会群体的凝聚力；四则，注重令行禁止的执法力度；五则，注重发掘社会创造的潜力。

就体现战时法治的五大效能而言，帝国法治的创造性无与伦比。第一效能，秦法创立了“奖励耕战”的激赏军功法，使军功爵位不再仅仅是贵族的特权，而成为人人可以争取的实际社会身份；第二效能，秦法确立了重刑原则，着力加大对犯罪的惩罚，并严防犯罪率上升；第三效能，秦法创立了连坐相保法，着力使整个社会通过家族部族的责任联结，形成一个荣辱与共利害相连的坚实群体；第四效能，秦法确立了司法权威，极大加强了执法力度，不使法律流于虚设；第五效能，秦法确立了移风易俗开拓税源的法令体系，使国家的财力战力在可以不依靠战争掠夺的情况下，不断获得自身增长。

凡此创造，无一不体现出远大的立法预见性与深刻的行法洞察力。

这一整套法律制度，堪称完整的战时法治体系。战时法治体系与常态法治体系的相同处，在于都包括了人类法律所必需的基本内容。其不同处，则在于战时法治更强调秩序效能的迅速实现，更强调对人的积极性的激发。是故，重赏与重罚成为战时法治的永恒特征。秦法如此，后世亦如此，包括当代法治最为发达的国家也如此。从此出发审视秦法，我们对诸如连坐法等最为后世诟病的秦法，自然会有一种历史性的理解。连坐相保法，在中国一直断断续续延伸到近现代才告消失，期间意味何在？何以历代尽皆斥责秦法，而又对秦法最为“残苛”的连坐制度继承不悖，这便是“外王而内法”么？这种公然以秦法为牺牲而悄悄独享其效能的历史虚伪，值得今天的我们肯定么？

其四，秦法的社会平衡性，使其实现了古典时代高度的公平与正义原则。

从总体上说，秦法的五大创造保持了出色的社会平衡：激赏与重刑平衡，尊严与惩罚平衡，立法深度与司法力度平衡，改进现状与发掘潜力平衡，族群利益与个体责任平衡，国家荣誉与个体奋发平衡。法治平衡的本质，是社会的公平与正义。正因为秦法具有高度的社会平衡性，所以才成为乐于为秦人接受的良性法治，才成为具有高度凝聚力与激发力的法制体系。

在一个犯罪成本极高，而立功效益极大的社会中，人们没有理由因为对犯罪的严厉惩罚，而对整个法治不满。否则，无以解释秦国秦人何以能在一百余年中持续奋发，并稳定强大的历史事实。荀子云：“秦四世有胜，非幸也，数也。”数者何？不是法治公平正义之力么？在五千年的中国历史上，甚或在整个人类的文明史上，几曾有过以罪犯成军平乱的历史事实？可是在秦末，却发生了在七十万刑徒中遴选数十万人为基本构成，再加官府奴隶的子弟，从而建成了一支精锐大军的特异事件。且后来的事实是：章邯这数十万刑徒军战力非凡，几乎与秦军主力相差无几，以致被项羽集团视为纯正的秦军，而在投降后残酷坑杀了二十万人。

这一历史事实，说明了一个法治基本现象：只有充分体现公平正义的法律，才能使被惩罚者的对立心态消除。在一个法治公平——立法与司法的均衡公平——的社会里，罪犯并不必然因为自己身受重刑而仇恨法治，只有在这样的法治下，他们可以在国家危难的时候拿起武器，维护这个重重惩罚了他们的国家。

另一个基本事实是：秦国与秦帝国时代，身受刑罚的罪犯确实相对较多，即或将“囹圄成市，赭衣塞路”、“死者相枕席，刑者相望”这样的描绘缩水理解，罪犯数量肯定也比后世多，占人口比例也比后世大。然则，只要具体分析，就会看出其中蕴含的特异现象。

其一，秦之罪犯虽多，监狱却少。大多罪犯事实上都在松散的监管状态下从事劳役，否则不能“赭衣塞路”。说监管松散，是因为当时包括关中在内的整个大中原地区并无重兵，不可能以军队监管刑徒，而只能以执法吏卒进行职能性监管，其力度必然减弱。从另一方面说，秦始皇时期敢于全力以赴地屯戍开发边陲，敢于将主力大军悉数驻扎阴山、岭南两大边地，而对整个腹心地域只以正常官署治理，如果法制状况不好且罪犯威胁极大，如果对法治没有深厚的自信，敢如此么？直到秦二世初期大作始皇陵、阿房宫，关中依然没有大军。后来新征发的五万“材士”驻屯关中，也没有用于监管罪犯。凡此等等，意味何在，不值得深思么？

其二，秦之罪犯极少发生暴动逃亡事件。史料所载，只有秦始皇末期骊山刑徒的一次黥布暴动。相比于同时代的山东六国与后世任何政权，以及同时代的西方罗马帝国，这种百余年仅仅一例的比率是极低的。这一历史现象说明：秦帝国时代，罪犯并不构成社会的重大威胁力量，甚或不构成潜在的威胁力量，反而成为了一支担负巨大工程的特殊劳动力群体，最后甚或成为了一支平乱大军。若是一个法治显失公平的社会，不会如此自信地使用罪犯力量，罪犯群体也不会如此听命于这一政权。当陈胜的“百万”周文大军攻入关中之时，关中已经无兵可用。其时若罪犯暴动，则秦帝国的根基地带立即便会轰然倒塌，陈胜农民军便将直接推翻秦帝国。而当时的事实恰恰相反，七十余万罪犯非但没有借机逃亡暴动或投向农民军，反而接受了官府整编，变成了一支至少超过二十万人的平乱大军。一个基本的问题是：假若罪犯不是自愿的，帝国官府敢于将数十万曾经被自己惩治的罪犯武装到牙齿么？

而如果是自愿的，这一现象意味着什么？

在人类历史上，无论一个时代一个国家是施行恶法，还是施行良法，都从来没有过敢于或能够将数十万罪犯编成大军且屡战屡胜的先例。只有秦帝国，尚且是轰然倒塌之际的秦帝国，做到了这一点。就其本质而言，这是法治史上极具探究价值的重大事件。它向法治提出的基本问题是：人民的心灵对法治的企盼究竟何在？社会群体对法治的要求究竟何在？只要法治真正地实现了公平与正义原则，它所获得的社会回报又将如何，它的步伐会有多么坚实，它的凝聚力与社会矛盾化解力会有何等强大。

可惜，这一切都被历史的烟雾湮没了。

轰然倒塌之际，秦法尚且有如此巨大的凝聚力，可见秦法之常态状况。

法治的良恶本质，不在轻刑重刑，而在是否体现了公平正义原则。

其五，认知作为秦法源头的商鞅的进步法治理念。

由于对帝国法治的整体否定，当代意识对作为帝国法治源头的商鞅变法也采取了简单化方法，理论给予局部肯定的同时，却拒绝发掘其具体的法治遗产。对《商君书》这一最为经典的帝国法治文献，更少给予客观深入的研究。《商君书》蕴藏的极具现实意义的进步法治理念，几乎被当代人完全淡忘，只肆意指控其为“苛法”，很少作出应有的论证。

帝国法治基于社会平衡性而生发的公平与正义，我们可以从已经被久久淡漠的商鞅的法治思想中看到明确根基。《商君书》所体现的立法与执法的基本思想，在其变法实践与后来的帝国法治实践中，都得到了鲜明体现。

唯其被执意淡漠，有必要重复申明这些已经被有意遗忘的基本思想。

一则，“法以爱民”的立法思想。

《商君书》开篇《更法》，便申明了一个基本主张：“法者，所以爱民也。礼者，所以便事也。是以，圣人苟可以强国，不法其故；苟可以利民，不循其礼。”这是由立法思想讲到变法的必要：因为法治的目标在于爱民，礼仪的目标在于方便国事；所以，要使国家强大，就不能沿袭旧法，不能因循旧制，就要变法。在《定分》篇中，商鞅又有“法令者，民之命也，为治之本也”之说。凡此，足见商鞅立法思想的人民性，在古代社会是绝无仅有的。在诸多的中国古代立法论说中，商鞅的“法以爱民”、“法令民之命”的思想，是独一无二的，是明确无误的，但也是最为后世有意忽视的，诚匪夷所思也。商鞅这一立法思想，决定了秦法功效的本质。秦国变法的第二年，秦人“大悦”。若非能够真实给民众带来好处，何来社会大悦？

二则，“去强弱民”的立法目标原则。

所谓“强”，这里指野蛮不法。所谓“弱”，这里指祛除（弱化）野蛮不法的民风。这一思想的完整真实表意，应该是：要祛除不法强悍快意恩仇私斗成风的民风民俗，使民成为奉公守法勇于公战的国民。也就是说，“弱民”不是使民由强悍而软弱，而是弱化其野蛮不法方面，而使其进境于文明强悍也。就其实质而言，“去强弱民”思想，是商鞅在一个野蛮落后的国家实现战时法治的必然原则，是通过法治手段引导国民由野蛮进入文明的必然途径，其进步性是毋庸置疑的。

三则，“使法必行”的司法原则。

商鞅有一个很清醒的理念：国家之乱，在于有法不依。历史的事实一再说明，一个时代一个国家的法治状况如何，既取决于法律是否完备，更取决于法律是否能得到真正的执行。某种意义上，司法状况比立法状况更能决定一个国家的法治命运。《画策》云：“国之乱也，非其法乱也，非法不用也。国皆有法，而无使法必行之法……法必明，令必行，则已矣！”

请注意，商鞅在这里有一则极为深刻的法哲学理念——国皆有法，而无使法必行之法。这句话翻译过来，几乎是一种黑格尔式的思辨：任何国家都有法律，但是，任何健全的法律体系中，都不可能建立一种能够保障法律必然执行的法律。这一思想的基础逻辑是：社会是由活体的个人构成的，社会不是机器，不会因法制完备而百分之百地自动运转，其现实往往是打折扣式的运转。这一思想的延伸结论是：正因为法律不会无折扣地自动运转，所以需要强调执法，甚至需要强调严厉执法。体现于人事，就是要大力任用敢于善于执法的人才，从而保证法律最大限度地达到立法目标。也正因为如此，秦法对官员“不作为”的惩罚最重，而对执法过程中的过失或罪责则具体而论处。

显然，商鞅将“使法必行”看做法治存在的根基所在。否则，国皆有法而依旧生乱。此后两千余年的中国历史上，包括韩非在内，没有任何一个人将司法的重要说得如此透彻。理解了这一点，便理解了秦任“行法之士”的历史原因。

四则，反对“滥仁”的司法原则。

商鞅执法，一力反对超越法令的“法外施恩”。《赏刑》云：“（法定），圣人不必加，凡主不必废。（依法）杀人不为暴，（依法）赏人不为仁者，国法明也。……圣人不宥过，不赦刑，故奸无起。”法外不施恩的原则，在王道理念依然是传统的战国时代，是冷酷而深彻的，也是很难为常人所能理解的。“杀人不为暴，赏人不为仁”的肃杀凛冽，与商鞅的“法以爱民”适成两极平衡，必须将两极联结分析，才是商鞅法治思想的全貌。这一思想蕴藏的根基理念是法治的公平正义，是对依法作为的根基维护。对如此思想，若非具有深刻领悟能力的政治家，是本能地畏惧的。这一司法原则，其所以在秦国扎下了坚实的根基，最根本原因便是它的公平性——对权贵阶层同样的执法原则，同样的执法力度。从这一原则出发，秦法还确立了不许为君王贺寿等制度。

商鞅这一思想产生的历史背景，是王道仁政的“滥仁”传统在战国之世尚有强大影响力。此前此后的变法所以不彻底，根基原因之一，便是不能破除国有二法与种种法外施恩之弊端。顾及到这一背景，对商鞅这一思想的价值性便会有客观性的认知。

五则，“刑无等级”的公平执法理念。

商鞅确立的执法理念有两则最重要：一则，举国一法，法外无刑，此所谓“壹刑”原则；再则，执法不依功劳善举而赦免，此为“明刑”原则。《赏刑》篇对这两个原则论述云：“所谓壹刑者，刑无等级，自卿相将军以至大夫庶人……罪死不赦。有功于前，有败于后，不为损刑；有善于前，有过于后，不为亏法；忠臣孝子有过，必以其数断；守法守职之吏有不行王法者，罪死不赦，刑及三族……故曰：明刑之犹，至于无刑也！”也就是说，卿相大夫忠臣孝子行善立功者，统统与民众一体对待，依法论罪，绝不开赦。相比于“刑不上大夫，礼不下庶人”的旧制传统，庶民孰选，岂不明哉！

六则，“使民明知而用之”的普法思想。

商鞅行法的历史特点之一，是法律公行天下，一力反对法律神秘主义。为此，商鞅确立了两大原则：其一，法典语言要民众能解，反对晦涩难懂；其二，建立“法官”制度，各级官府设立专门解答法律的“法官”。对于第一原则，《定分》论云：“夫微妙意志之言，上知（智）之所难也。……故，知（智）者而后能知之，不可以为法，民不尽知（智）；贤者而后能知之，不可以为法，民不尽贤。故圣人为法，必使之明白易知，愚知（智）遍能知之……行法令，明白易知……万民皆知所避就，避祸就福，而皆以自治也！”这段话若翻译成当代语言，堪称一篇极其精辟的确立法律语言原则的最好教材。商鞅使“法令明白”的目的，在于使民众懂得法律，从而能“避祸就福以自治”。这一番苦心，不是爱民么？

对于第二原则，《定分》论云：“为法令，置官吏朴足以知法令之谓者，以为天下正（法律）……天子置三法官：殿中置一法官，御史置一法官及吏、丞相置一法官。诸侯郡县皆各为置一法官及吏，……吏民欲知法令者，皆问法官。故，天下之吏民无不知法者。”其中，商鞅还详细论说了法官的工作方式、考核方式。其中对法官不作为或错解法令的处罚之法颇具意味：法官不知道或错解哪一条法律，便以这条法律所涉及的刑罚处罚法官。此等严谨细致的行法措施，不包含爱民之心么？此后两千余年哪个时代做到了如此普法？

七　走出暴秦说误区：秦帝国专制说之历史分析

当代“暴秦”说的一个新论据，是帝国“专制”说。

传统“暴秦”说，其指控主要来自经济与法治两个具体方面。及至近现代乃至当代，中国史识在基本秉承传统指控外，又对秦帝国冠以“专制强权”定性，秦文明及其所处的原生文明时代遂成一团漆黑，似乎更加的万劫不复了。这一指控基本不涉及史料辨析，而是一种总体性的性质认定，因此，我们只作史观性的分析评判。

首先的问题是，这一理念的产生，有非常值得深思的四个基本原因。

第一原因，是中国古代社会作出的三阶段划分：原始社会、奴隶社会、封建社会；作为“封建社会”开端的战国秦帝国，便合乎逻辑地被冠以专制定性。顺便说及的是，作为根基概念的“封建社会”是否真正科学，已经引起了史学界的关注与讨论，思想史家冯天瑜等人的文章相对深刻。这一质疑的出现至少说明，完全套用西方概念与理念框定中国古典社会，是值得商榷的。

第二原因，是西方文明史理念的影响。这一理念的基本表述可以概括为：举凡大河流域的文明，皆以治水为基础，生发出东方专制主义历史传统。这一理念的代表作有两部，英国学者汤因比的《历史研究》，美国学者魏特夫的《东方专制主义》。基于这一理念，作为东方大国的中国古典社会，被一律视为专制时代，秦帝国自然不能幸免。

第三原因，中国当代民主思潮的普及，使许多人对中国古典时代产生了本能的排斥，尤其对强盛时代产生了逆反心理。这一思潮表现为两种形式：一则是学人以论著或其他方式见诸社会的封建专制论说；二则是社会个体不加任何分析的武断认定。在《大秦帝国》第一部被改编为电视历史剧的过程中，我听到的这种非理性地将秦帝国认定为“专制”的说法不知几多。在网络上，也有人严厉质疑我“专制崇拜何时休”。自然，这些人对那个时代与秦帝国都缺乏基本的了解。然则，正是这种不了解而本能认定的普遍事实，给我们提出了一个很深刻的问题：我们对文明历史的评判，根基究竟应该在哪里？历史主义的评判意识，为什么在我们民族中如此淡薄？这种以所谓科学民主理念去断然否定自己民族文明史的现象，为什么在其他国家民族极其罕见，甚或没有，而在我们民族却大肆泛滥？

第四原因，历史“暴秦论”的沉积物与其余种种学说思潮的错位嫁接。自两汉之后，因“暴秦”说而沉积成的“非秦”理念代代强化，已经成为某种意义上的非理性认知。当此基础之上，诸多人等对包括西方史观在内的种种“非秦”定性，非但极容易接受，且更愿意以“新理论”来论证旧认知，从而证明被历史铸成的谬误具有真理的性质。诸多历史学家与文化人，论秦几乎形成了一种八股定式：对秦帝国时代不加任何论证，先行冠以“专制”或“落后文明”之定性，而后再展开以旧理念为根基的论述。其研究精神之沦落，距离儒家朱熹之对秦考据尚且不如，遑论科学？这里的直接原因，在于这种错位嫁接。根本原因，却实在是一个涉及诸多方面的复杂问题。

那么，秦帝国时代的文明与政权性质不是专制么？

是集权，是一种具有历史进步意义的中央集权，因而是一种进步的政治文明。

专制，是对民主而言的一个政治系统制度。民主制的产生有两个最基本的条件，一则是交通与信息的极大便捷，否则，没有社会大协商的条件；二则是生产力的巨大质变，否则，不可能承载人人参与国事这种极其巨大的社会成本。两千余年之前，人类的整个社会基础是自然经济，既没有便捷沟通的手段条件，更无法承载“人人当家做主”的社会成本。是故，民主制不可能在自然经济条件下出现。从这一意义上说，人类的古典时代，无一例外都是集权或专制政体，其间差别，只是专制程度的不同而已。

帝国时代，中国的传统是将近三千年的松散的天子诸侯制。以当代理念定性，夏商两代可称之为邦联制；西周可称之为联邦制。也就是说，其时之政治状态，是一元之下的松散多元化：天子威权有限，诸侯自由度极大。要说民主的根基，那时的政治协商现象远比后世要浓郁得多。原因只有一个，天子与诸侯之间，要做到谁强制谁，极难极难。此等政治条件，对社会生产力的推动极为缓慢；而在社会生产力终于发展到一定程度时，其松散乏力效率极低的社会管理又对生产力的发展阻碍极大。至少，任何对社会有益的大型工程都不可能实现。所以，春秋战国之世的生产力出现大发展后，此等松散邦联制、联邦制便开始渐渐消解。消解的形式，是实际上增大扩张诸侯国的自治权。

就其历史本质而言，这一现象的基础逻辑是：作为能够从整体上大大提高社会效率的“天子”系统，一时不可能改变。社会的实际单元——诸侯，便基于社会利益需求的强大推动，率先实行紧密化高效率的社会管理，从而出现一个又一个集权邦国。这种集权邦国渐渐普及为“天下”认可的普遍形式之后，整个“天下”对整个社会的松散分治便到了不能容忍的地步。于是，寻求整合整个社会效率的“向一”思潮开始出现。人类社会的复杂在于，当共同需求弥漫为普遍潮流时，由谁来充当这种共同需求的“供应商”，人群无法通过协商来确定，而需要通过武力竞争来确定。唯其如此，秦帝国以战争方式统一华夏，并建立了“治权归一”的中央集权制，是历史潮流推动的结果。

相对于既往三千年的松散乏力的邦联制、联邦制，中央集权的治权归一制，无疑具有一举迈入新时代的进步性。历史的实践证明，这种中央集权制问世伊始，立即展现了无与伦比的强大创造力，整个华夏社会的繁荣富庶远远超过了夏商周三代与春秋战国，在整个人类的古典历史上达到了一个空前绝后的高峰时代。此后两千余年，中央集权制一直绵延相续，终于僵化为落后于时代的国家体制。

这是历史，也是必然。

我们不能因此而否定中央集权制在创造时期的巨大进步意义。

我们可以，而且应该摒弃专制。

可是，我们不能因摒弃专制而连带否定我们民族的整个文明根基。

将中央集权体制曾经有过的历史进步性一概抹煞，又进而以专制定性取代中央集权，以今日之政治抉择取代总体上的文明评判，这既是理论逻辑的混淆，更是历史虚无主义的悲剧。以此等理念，人类历史将永远不会有进步坐标，任何时代的创造，都可能因其必然成为历史而被否定。不要忘记，即或我们自己，我们这个时代，也将被后来者评判。

从更为广阔的意义上说，我们要客观审慎地对待我们民族的政治文明传统，妥善寻求解决之道，而不能一概以反专制的理念简单否定我们的传统。我们民族的政治文明传统是什么？是“尚一”，是“执一”。我们的传统政治哲学，是“一生二，二生三，三生万物”。“一”，是我们民族的政治文明根基，五千年没有偏离。虽然，我们有千千万万人在不假思索地呼吁“民主”，然而，更有大于千千万万许多倍的人依然有着坚实的“尚一”根基。唯其如此，我们民族要开创未来，要取得更大的历史进步，要在政治文明取得突破，必须面对的难题有两个基本方面：

第一个难题，解决好“尚一”传统政治文明的社会根基。

第二个难题，寻求能够兼容“尚一”的群策群力的历史道路。

这是东方文明的独特处，更是中国文明的独特处。

自远古洪荒，我们的民族便走着一条特立独行的历史之路。我们的文字，我们的生活方式，我们的政治文明，我们的社会伦理，我们的建筑风格，我们的衣食住行，我们的所有基本方面，都是在没有历史参照系数的大势下独立创造的。我们这个民族的最大不同，在于她是世界上唯一的一个不以信仰与独特生活方式为聚合纽带，而以文明内涵、文化方式为聚合纽带的民族。某种意义上，任何一个群体，只要踏进了华夏文明圈，写中国字并奉行中国式的多元生活方式，她便渐渐真正成了华夏民族。无论是先秦戎狄，还是帝国诸胡与匈奴，还是五胡乱华，还是宋元明清的周边民族群，乃至世界上最难融合的犹太人，都曾经大批量地成为我们民族的群体成员。唯其如此，传统文明对于我们这个民族的意义，远远大于其他任何民族。我们曾经五千年绵延相续的生命历史，证实了我们民族文明的强大生命力与无与伦比的创造力。假若我们要忽视乃至淡漠我们民族的文明传统，而要硬生生奉行“拿来主义”，我们必然会走向巨大的不可预测的历史误区。

上述几个方面，是对“非秦”三大理念的历史辨析。

“非秦”三大理念是：暴秦论、落后文明论、专制论。

我没有将对诸如商鞅、秦始皇等轴心人物的评判列为“非秦”理念的基本问题，只是因为历史人物的史料相对确定，需要澄清的事件与客观因素不很多。历史论说对历史人物的不同评判，几乎完全是认识与理解的问题，尽管这种认识与理解也基于整体否定秦文明而生。另一个原因是，我对相关历史人物的理解，已经在整部书中作出了依据史实的艺术再现，不需要再以论说方式去概括了。

八　秦帝国骤然灭亡的两个最重大原因

秦帝国突然灭亡的原因，始终是中国历史的一个巨大谜团。

揭示这个谜团，对于全面认知中国原生文明具有基础性的意义。

任何历史秘密，大体都基于两个原因形成：其一是资料物证的巨大缺失或全部缺失，导致后人无从认知评判；诸多历史古国的消亡谜团与民族的断裂黑洞，都是这样形成的。破解这种历史秘密，起决定性作用的，是史料与证据的发现。其二是人为地扭曲真相，历史烟雾长期弥散，而使简单化的谬误结论成为传统主流，导致后来者文明探究的艰难寻觅。秦帝国灭亡之所以成为谜团，盖出第二原因也。破此等历史秘密，起决定作用的则是探究者及其所处时代的认知能力。

两千余年对秦亡原因的探究，一直与对秦政的总体评判紧密联系在一起，与“暴秦”说互为论证，形成了一个已经板结的主流定式，其结论极其简单明确：暴政亡秦。但是，大量的历史事实已经呈现出一个基本结论：秦政是一个伟大的文明体系，秦政并无暴虐特质。以中国历史作纵向对比，从项羽复辟集团毁灭帝国文明的暴政暴行开始，秦之后的大暴政导致的大劫难屡屡发生。与其相比，秦政文明水准远远高于其上。这一文明水准，主要指两个基本特征：一则是大规模的文明创新性，二则是大规模的建设性。这两个基本点，其后中国历史上的任何时代都无可比拟。是故，秦政绝不是中国历史上的暴政时期。

以人类文明史作横向对比，秦政则是同时代人类文明的最高水准。大体同时代的西方罗马帝国的残酷暴烈，与秦帝国的法治文明根本不可同日而语。举凡人类在自然经济时代的野蛮标志，都是西方罗马帝国及中世纪的专属物：斗兽场、奴隶角斗士、初夜权、奴隶买卖制、领主私刑制、贞操带、以掠夺为实质的宗教战争等等等等，其触目惊心，其阴暗恐怖，尽出西方落后文明也。这是历史的事实，不能因为西方社会今日的相对文明发达而否定其历史的野蛮性。客观地说，相比于西方罗马帝国，秦帝国的文明水准至少超过其半个时代，或者说高出其半个社会形态。

唯其如此，指控秦帝国“暴政”，并极其武断地以此作为秦亡基本原因，既缺乏基本的历史事实依据，又与高端文明时代的审视理念显然不合，是有失公正的。就历史观而言，我们不否认秦政与秦亡的内在联系，我们更对基于探究历史经验教训而研究秦亡与秦政之间的因果联系，表示由衷的敬意。我们只对缺乏历史依据的“暴政亡秦”说给予必须的否定，并客观公正地论述我们的理念。

要探究秦亡奥秘，首先得明确两则根基。

其一，将作为文明体系的帝国创造物——秦政体系，与作为权力主体的秦帝国区别开来，建立一种明确的认知：权力主体之与其文明创造物，是两个具有不同运行逻辑的各自独立的主体。两者之间有联系，但并无必然的兴亡因果关系。秦帝国的速亡结局，并不必然证明其文明体系（秦政）的暴虐。秦二世赵高政权的暴虐杀戮，只是帝国权力主体在历史延续中的变形，而不是作为帝国创造物的秦政的必然延伸。

其二，探究秦帝国灭亡奥秘，必须从高端文明时代应当具有的历史高度，透视解析那个特定时代的广阔的社会历史联结，寻觅导致其速亡的直接原因，以及更为深广的社会因素。任何简单化的方式，都只能重新陷入历史的烟雾之中。

从史料角度说，基本事实是清楚的，秦亡并无秘密可言。秦亡原因的探究，更多侧重于对既定历史事实以高端文明时代的价值理念给予分析与认定，而不是呈现新的史料证据，提供新的历史事实。这里的前提是：我们这个民族对历史事实的记述是大体完整的，没有重大遗漏的，历代分歧甚或烟雾的形成，原因不在事实不清，而在是非不明。

综合当代所能见到的全部基本资料，我们可以认定：秦帝国突然灭亡，有两个最为重大的原因：其一，突发政变所导致的中央政权突然变形；其二，战国传统所形成的巨大社会惯性，导致整个社会迅速地全面动荡。突发政变是秦亡的直接原因，战国惯性则是秦亡的基础原因。这两个原因所涉及的历史事实，大体都是清楚的。尤其是突发政变，更是人人皆知的历史事实。战国传统所形成的社会惯性，却历来为史家与社会所忽视，然也是客观存在的历史事实。是故，我们的探究重点不在新史料，而在新认知——高端文明时代所应当具有的历史透析能力。

其一，突发恶性政变，导致中央政权结构全面内毁。

秦帝国在权力交接的转折时期，突然遭遇恶性政变，历史异数也。

异数者，匪夷所思之偶然性与突发性也。对于秦始皇之后的权力交接，历代史家与社会意识都有这样一个基本评判：若由长公子扶苏继位，秦帝国的历史命运必然大不相同。其时，扶苏的品性与才具已经得到了天下公认，“刚毅武勇，信人奋士”，已经具有了很高的社会声望，连底层平民陈胜吴广等尚且知之，朝廷郡县的大臣吏员更不用说了。当时的始皇帝与天下臣民，事实上已经将扶苏作为储君对待了。尽管在施政宽严尺度上，扶苏的宽政理念被更看重复辟严重性的始皇帝否定了，但就其实际处置看，扶苏的重要性丝毫没有减弱。当此之时，历史却突兀地呈现出一幅最荒诞的画面：始皇帝突然死于大巡狩途中，最不成器的少皇子胡亥，突兀成了秦帝国的二世皇帝！

这一突兀变化的成因，及其演进环节所包含的具体因素，始终无法以常理推断。几乎其中任何一个环节都是突发的，几乎任何一个因素都是突然变形的，都不具有可以预料的逻辑性。突发性与偶然因素太多太多，教人常常不自觉地产生一种历史幻觉：莫非这当真是古人所谓的天意？

透析这场政变对秦帝国的直接的全面的内毁，认识其突发性与偶然性这一特质，是极其重要的。唯其突发，唯其偶然，唯其不可思议，才有了秦帝国中央政权的坚实结构迅速瓦解崩溃，才有了帝国臣民依然本着奉公守法的传统精神，在连番惊愕中不自觉接受了权力轴心极其荒诞的恶性作为。恶性政变突发，农民暴动又突发。秦帝国所有足以纠正中央恶变的政治力量，都因为没有起码的酝酿时间，而最终一一宣告失败。从根本上说，政变的突发性与农民举事的突发性聚合，决定了其后帝国命运的残酷性。这场突发政变所汇聚的历史偶然性因素，大体有如下方面：

始皇帝年近五十而不明白确立扶苏为太子，偶然性一也。

始皇帝明知身患疾病而坚执进行最后一次大巡狩，偶然性二也。

始皇帝大巡狩之前怒遣扶苏北上九原监军，偶然性三也。

始皇帝最后一次大巡狩，于诸皇子中独带胡亥，偶然性四也。

始皇帝中途患病而遣蒙毅回咸阳，偶然性五也。

始皇帝在蒙毅离开后以赵高兼领符玺令，偶然性六也。

始皇帝于沙丘行营病情突然加重，偶然性七也。

突发病情致始皇帝未能在死前写完遗诏，偶然性八也。

突发病情未能使始皇帝召见李斯会商善后，偶然性九也。

长期忠诚无二的赵高突发人性变形之恶欲，偶然性十也。

栋梁重臣李斯之突变，最为不可思议，偶然性十一也。

扶苏对假遗诏之缺乏辨识或不愿辨识，选择自杀，偶然性十二也。

蒙恬、蒙毅相继入狱，蒙恬被逼接受自杀，蒙毅被杀，偶然性十三也。

王翦、王贲父子于始皇帝生前病逝，偶然性十四也。

李斯一错再错，大失前半生节操才具，终致惨死，偶然性十五也。

胡亥素质过低而近于白痴，偶然性十六也。

秦帝国功臣阶层因李斯突变而分化不能凝聚，偶然性十七也。

赵高之恶欲野心膨胀变形，大出常理，偶然性十八也。

陈胜吴广之“闾左徭役”突发暴动，偶然性十九也。

关中老秦人人口锐减，对恶性政变失去强大威慑力，偶然性二十也。

……

必须申明的是：上述偶然性，并非指这些事件或因素是无原因爆发，而是指恰恰在这一时刻爆发的突然性。譬如最为关键的两个人物——赵高与李斯的突变，可谓这种偶然性的典型。以赵高前期表现与功绩，始皇帝对其委以重任且信任有加，是完全正常的，几乎是必然的。唯其如此，赵高的人性之恶变突然发作，并无必然性，确实是一种人性突变的偶然性。若说赵高从少年时代起便是一直潜藏在始皇帝身边的奸佞或野心家，是十分滑稽的。李斯更是如此，以其前期的巨大功绩与杰出才具，及其自觉的法家理念与几次重大关头表现出的坚定政治抉择，实在不可能在其与蒙恬的地位高低上计较。然则，李斯恰恰接受了赵高说辞，恰恰计较了，这是必然性么？仅仅以李斯青年时期的“厕鼠官仓鼠”之说，便认定李斯从来是一个私欲小人，同样是滑稽的。李斯与赵高，都是英雄与魔鬼的无过渡对接的异常人物，其突然变异，无疑隐藏着人性潜质的巨大秘密。但是，从社会原则与政治原则出发，任何时代的人事任用都只能遵循实践法则，以人物的既往历史去判定，而不可能以极少数的突然变例去判定。从本质上说，赵高与李斯的政治地位，是其努力奋争的结果，是历史的必然。从人事任用权力说，始皇帝重用赵高李斯是合乎逻辑的，同样是必然的。唯其如此，赵高李斯的突然的巨大的变异，实在是一种不可预知的偶然性。

种种偶然性导致的这场政变，是历史上摧毁力最强的恶性政变。

作为一种权力更迭的非常态方式，政变从来存在于从古至今的政治生活之中。就其结局与对历史的影响而言，政变有三种：一种是相对正义方发动的良性政变，譬如后世最著名的李世民玄武门之变；一种是仅仅着力于夺权而不涉及国策，无可无不可的中性政变，譬如赵武灵王末期的政变，以及后世的明成祖朱棣政变；第三种便是破坏力最强的恶性政变，其典型便是始皇帝身后的赵高李斯政变。

这场政变之所以成为恶性政变，是由其主要发动者的特质决定的。这一政变的轴心人物是赵高、胡亥、李斯三人。三人的具体谋求目标不同，但目标的根基点相同：都是为了谋求最大的个人利益，或为私欲所诱惑。其最为关键的李斯与赵高，都是帝国的赫赫功臣，赵高掌内廷大权，李斯掌国政大权，既有足够大的权力影响，又有足够大的社会声望，同时更有改变始皇帝既定意志的权力手段。

然则，政变之所以成为恶性政变，并不在于政变开始与过程中的权谋与恶欲，而在于政变成功之后的再度恶变。若胡亥即位后，赵高与李斯同心为政，妥善推行李斯已经在始皇帝在世时开始了的适度宽政，减少徭役征发，而避免了农民的突发暴动，这场政变完全可能成为无可无不可的中性政变。然则，事情没有按照正常的逻辑发展，而是再度恶变，大大偏离了李斯卷入政变的初始预期。这里，决定性的诱发因素又变成了胡亥。胡亥即位后，低能愚顽的享乐意识大发作，进一步诱发了赵高全面操纵国政的野心，并最终导致了赵高再次发动政变杀了胡亥。在这再度恶变的过程中，李斯几欲挣扎，几欲将国政扳回常态，然由于已经与帝国权力层的根基力量疏远，李斯的努力显得苍白无力，终于陷入了赵高的阴谋而惨死。

因再度恶变，这一政变终于走上了恶性道路。

恶果之一，秦帝国坚实的权力结构迅速崩溃。在赵高“诛大臣而远骨肉”的残酷方略下，嬴氏皇族被大肆杀戮，帝国功臣被一一剔除，中央政权发生了急剧的恶变。

恶果之二，反其道而行之的种种社会恶政——大工程不收反上，大征发不减反增，赋税征收不轻反重，迅速激发了激烈的民众反抗；由此而诱发复辟势力全面复活，使社会动荡空前激烈且矛盾交织难解，大灾难终于来临。

恶果之三，秦帝国群策群力的施政决策方式荡然无存，骤然转变为胡亥赵高的荒唐臆断。中央决策机构全面瘫痪，以致胡亥对农民暴动的社会大动乱程度的荒唐认定，根本无法得到应有的纠正。在始皇帝时期，这是无法想象的。

恶果之四，中央政令的荒谬，与社会治情严重脱节，致使郡县官吏无所适从，纷纷生出疏离之心。天下政务几近瘫痪，军力财力无法凝聚，无力应对愈演愈烈的社会动乱。

恶果之五，恶政导致秦帝国边地主力大军人心浮动，战心丧失，战力大减。九原主力军固然粮草不济，岭南主力军固然山高水远，然若不是恶政猖獗，以秦军之顽韧苦战传统，必全力以赴挽救国难。以章邯之刑徒军，尚能在平乱初期连战大捷，若秦军主力全面出动，稳定大局当不是难事。事实却不然，除了王离一部，两大秦军主力皆未大举出动。其根本原因，正在于政治的恶变从根基上毁灭了秦军将士的归属感。败政恶政无精兵，这是千古不变的道理。从政治特质决定军事特质的意义上说，秦军的声威骤然消失，并非不可思议的秘密，其根本原因，正在于政治的恶变。

综上所述，秦帝国灭亡的直接原因是显而易见的。

其二，战国大争传统形成的巨大惯性，导致了空前剧烈的全面动荡。

秦末动乱之快速剧烈，在整个人类历史上独一无二。

仅仅一年，天下大势面目全非。自古所谓天下大势，通指三个基本面：一曰朝局，二曰民治，三曰边情。朝局者，政情轴心也。民治者，人心根基也。边情者，存亡之首也。对此三个基本面的总体状况，古人一言以蔽之，统归于“治乱”两字。天下稳定康宁谓之治，天下动荡纷扰谓之乱。是故，治乎乱乎，天下大势之集中表征也。

从始皇帝病死沙丘的公元前 210 年七月二十二日，至公元前 209 年七月大乱之时，堪堪一年，天下由盛大治世陡然化作剧烈乱世，转折之快如飓风过岗万木随向，实在是中国历史上绝无仅有的一次大象飞转。及至大泽乡九百徭役揭竿而起，竟能达到“旬日之间，天下响应”的激速爆发之势，为后世任何大动荡所望尘莫及。在社会节奏缓慢的自然经济时代，皇皇强势一年急转直下，实在是不可思议的。在中国乃至整个人类历史上，事实上也只有这一次。

历代史家解释这一现象，无不归结为秦“暴政”蓄积已久，其发必速。所谓“天下苦秦久矣”，正是此等评判之依据。实则不然，这种轰然爆发而立即弥漫为整个社会大动乱的现象，固然与秦二世恶政有直接关联，也与始皇帝时期的帝国施政有关联，但不是必然性关联，尤其不是长期“暴政”激发一朝大乱的必然性因果关联。基本的原因是，秦帝国并非暴政，更不是长期暴政。秦末大动乱其所以骤然爆发且立即全面化，其所以成为人类历史之唯一，根本的原因，取决于那个时代独有的特质。不理解或有意忽视这一特质，则无法深刻解析这一历史现象。

秦末社会的独有特质，在于战国大争传统依然是主导性的时代精神。

这种精神，决定着时人对种种事件的认知标准，也决定着随之而来的反应方式与激烈程度。为此，要深彻体察两千余年之前的那场剧烈大爆发，首先得理解那个时代的价值理念，理解那个时代的行为方式。否则，不足以解释其普遍而剧烈的反应，不足以解释其大规模地酷烈演进。作为解析人群活的历史奥秘的探索者，最不能忽视的，是发掘那个时代已经被史书风干了的鲜活要素。否则，曲解是必然的。

首先要关注的大背景，是秦帝国建立后不同群体的社会心态。

秦帝国恶性政变发生之时，一统天下尚只有短短的十二年。无论以哪个时代的变化标尺衡量，十二年，都是个太短太短的时段。其时，七大战国生死拼杀的那一代人，全部正在盛年之期。新生一代，尚处于上一代人的风信标之下。家国兴亡所导致的巨大的精神鸿沟，尚深深植根于种种社会群体之间，尚有很远的距离才可能弥合。就权力层面说，战胜者成了一统天下的君王与功臣，战败者则成了失国失地的臣民或罪犯。此间鸿沟，既不可能没有，也不可能不深。就民众层面说，战胜国臣民的主宰感、荣誉感与尊严感，以及获取巨大的战胜利益的愉悦感，都倍加强烈。灭亡国家的民众浓烈的沦丧感、失落感与自卑感，以及在社会利益分割中的不公平感，被鲜明地放大了。此间鸿沟，既不可能没有，也不可能不深。就关注焦点而言，作为战胜者的帝国政权与本体臣民，立即将全部心力投入到了大规模的文明创制之中，力图以宏大的建设功业达到人心聚化，从而达到真正的天下大治。作为战败亡国的山东六国臣民，其需求则要复杂得多：民众孜孜以求的是，力图从统一新政中获得实际利益的弥补，获得精神沦丧的填充。六国贵族则殷殷渴求于复辟，殷殷渴求夺回已经失去的权力、土地与人民。此间鸿沟，不可能没有，更不可能不深也。

凡此种种鸿沟，意味着这时的社会心理尚处于巨大的分裂状态。

帝国政权的统一，距离天下人心的真正聚合，尚有很大的距离。

虽然，从总体上说，天下民众确定无疑地欢迎统一，并欣然接受了统一。始皇帝大巡狩刻石中的“皇帝并一海内，天下和平”并非虚妄之辞。然则，历史与社会的复杂性便在这里：对于一个魄力宏大且又洞彻天下的政权而言，上述种种社会鸿沟都可能在妥善的化解中渐渐趋于平复；而对于一个不知深浅的恶变政权，上述种种社会鸿沟，则可能立即从潜藏状态骤然转化为公开状态，精神鸿沟骤然转化为实际颠覆。

就其实质而言，秦帝国统一初期，整个社会心理仍旧处于一种不定型的可变状态，天下对秦帝国一统政权尚未形成稳定的最终认可。渴望重新回到战国大争时代的精神需求，仍然是一股普遍而强劲的社会思潮。无论是帝国中央在确立郡县制中爆发的“诸侯封建”说，还是六国贵族在当时的复辟言论与复仇暗杀行动，以及山东民众与当年封主的种种联结，甚或对贵族暗杀行动的实际掩护、民间流言、反秦石刻生发不息等等，都证明了这种可变性的强烈存在。

唯其如此，在后世看来相对寻常的种种事变，在这个时期都具有数倍数十倍放大的强烈反应后果。如秦二世胡亥般低能昏聩的君主，前世有之，后世更多有之。然则，其时社会反应之迟钝缓慢，远远无法与秦末之激烈快速相比。自西汉末期的绿林、赤眉农民军暴动起，任何时代的农民起义都是反复酝酿多年方能发动，发动后又长期转战，很难得到社会有效支持，至于普遍响应，更是极其罕见。此种现象，愈到中国后期愈明显。宋王朝享乐庸主多多，且内忧外患频仍，农民反抗经久不断，却数十年不见天下轰然而起。明代昏君辈出，首代杀尽功臣，此后外患政变迭出，后更有“家家皆净”之号的盘剥皇帝嘉靖，而明代酿成农民大起义，却竟然是在二百余年之后。纵观中国历史，其对昏暴君主的反应差别之大，直教人怀疑战国华夏族群与后世国人简直就不是一个种族。

此间根本，正在于活历史中的时代精神的巨大差别。

关注的根本点，是直接延续于秦帝国时代的战国精神。

春秋战国时代乃“多事之时，大争之世”，普遍的生命状态是“凡有血气，皆有争心”。当此之时，世风刚健质朴，不尚空谈，求真务实，对国家大政的评判既直截了当，又坦荡非常。春秋战国时代的普遍现象是：国有昏君暴政，则人才立即出走，民众立即反抗，或纷纷逃亡。这种刚健坦荡精神，既包括了对昏聩政治的毫不容让，也包括了对不同政见者的广阔包容，因之酿成了中国历史上的一系列政治奇观。在中国历史上，只有春秋战国时代的贵族/掌权者可以因政见不同而流亡，并能在流亡中寻觅时机以再度夺取政权。也只有这一时代的政治失败者，能在被贬黜流放中再度崛起，重新返回权力场。也只有在这一时代，士人阶层能以政见理念为标准，选择效力的国家，能“合则留，不合则去”，其特立独行千古罕见。也只有这一时代的民众，可以自由迁徙，“危邦不居”，可以对自己不能容忍的暴政一挥手便走，否则便聚而抗争。也只有这一时代的民众，真正地千刀万剐过昏暴的君主……凡此等等奇观，皆赖于这一时代的根基精神，皆为这一时代的社会土壤所开出的绝无仅有的奇葩。

这一时代现象，便是天下问政的风尚。

这一风尚的实际内涵，是对失败者的宽容，对在位者的苛刻。

在秦统一中国之后的十二年里，这种春秋战国遗风仍然以浓烈的历史传统，存在于现实社会。整个社会对已经灭亡的六国，并没有因为向往和平与统一而从精神上彻底抛弃。对具体到个人的六国贵族的复仇，更没有因为遵奉秦法而一概冷落。至于对复辟旧制带来的恶果，则因为没有复辟大毁灭的历史先例，其时尚无法深切体察。其时，天下民心对帝国大政的基本态势，仍然是春秋战国的价值法则：你果真高明，我便服你；你果真低能，我便弃你。始皇帝雄风烈烈大刀阔斧开天辟地大谋天下生计，谁都会看在眼里。好！帝国施政纵有小错，民也容忍了。秦二世低能昏聩杀戮重臣，享乐与聚敛并发，大谬也，是可忍孰不可忍！在那个时代，没有漫长的忍耐与等待，没有基于种种未来与现实利益而生发的反复权衡，没有“臣罪当诛兮，天子圣明”的愚忠世风，没有

“窃以为如何如何”的萎缩表达方式。人同此心，心同此理，一切都是简单明了的。

轰然之间，社会直感立可爆发为巨大的社会风暴。

这便是社会土壤，这便是时代精神。

就历史事实说，始皇帝以战止战而一统天下，民众无疑是真诚地欢迎，真心地景仰。一个新政权堪堪立定，便致力于破解人身依附、取缔封地旧制、决通川防、修筑道路、消除边患、建立郡县、统一文字、统一交通、统一田畴等等天下生计作为。再加上帝国君臣上下同心，政风清廉，遵奉法度等等后世罕见的清明政风。历经春秋战国数百年锤炼的天下臣民，不可能没有分辨力，不可能不真诚地景仰这个巍巍然崛起的新帝国。唯其如此，天下臣民容忍了相对繁重的徭役，容忍了相对繁重的赋税，也容忍了种种庞大工程中夹杂的与民生无关的奢华工程，如拆毁六国都城而在咸阳北阪写放重建。甚或，也容忍了勤政奋发的始皇帝任用方士求仙采药而求长生不老的个人奢靡与盛大铺陈。

归根结底，人民是博大、明智而通达的。事实上，人民在期待着始皇帝政权的自我校正。毕竟，面对始皇帝这样一个不世出的伟大君主，人民宁可相信他是愿意宽政待民，且能够自我校正的。这种天下心态，虽非春秋战国时代的主流精神，然却也是基本的复杂人性的活化事实，既是正常的，也是前世后世屡见不鲜的。

在人类历史上，伟大的君主不惜以累积民怨为代价而追求宏大功业，是极为常见的。这种君主，其归宿大体不外三途：其一，暮年自我校正，且能清醒善后，战国如秦昭王，后世如唐太宗；其二，有所悔悟而来不及自我校正，然却在生前能清醒善后，择贤君而立，故其弊端被后世继承者校正，后世汉武帝为此典型；其三，既来不及自我校正，又来不及清醒善后，骤然撒手而去，留下巨大的权力真空，导致巨大的颠覆性恶变。

无疑，始皇帝属于第三种情形。

始皇帝身后的恶性政变，既滑出了始皇帝的政治个性逻辑，又滑出了帝国法治的常态稳定性逻辑，本身便是一个历史罕见的偶然性。且作一条历史的延长线：若没有陈胜吴广的农民暴动及其引发的复辟恶潮，度过胡亥赵高的恶政之后，由子婴继位秦三世，帝国政治能否恢复平稳状态？应当说，答案是肯定的。果然如此，后世对秦政秦文明的评价又当如何？这一假设的意义，在于展现历史逻辑，在于清楚认识恶性政变并非因始皇帝时期的秦政而发，并不具有必然性。当然，秦帝国的法治并非高端文明时代的法治，其自身逻辑的历史展现力是相对脆弱的，其法治原点的高度集权性，具有足以破坏其稳定传承性的力量。法家学说之慎到派之所以注重对“势”的研究，盖出此因也。

于是，历史的逻辑在这里突然断裂了。

偶然的恶性政变，遭遇了深厚的历史传统。

强大的惯性力量，绞杀了本质上具有可变性的历史逻辑。

这便是秦帝国突然灭亡的历史本质。

……

伟大的秦帝国骤然消逝于历史的天宇，是中国文明史的一个巨大变数。

伟大的原生文明淡出高端文明视野，是中国文明史的一幕深刻悲剧。

沧海桑田，白云苍狗，我们民族的历史脚步在艰难泥泞中并未停歇。虽然，我们对那个伟大的帝国及那个伟大的时代，有着太多太深的误解，但是，我们毕竟在那个时代的光焰所照耀的旅程上走了过来。时空渐渐深邃，光焰渐渐暗淡。是历史的烟尘淤塞了遥远的文明之光，还是现实的纷扰遮蔽了我们的视野，抑或，我们已经飞入了历史的太空，再也不需要民族传统的根基？

蓦然回首，遥望帝国，一掬感动的热泪盈眶而出。

有哪一个时代，承受了无尽的指控，却依然坚实地支撑着她的后世子孙们！

[中信版《大秦帝国》跋]

轴心时代的文明光芒

这一版《大秦帝国》，是我与中信出版集团合作的结果。

十余年来，作为一部全方位开掘中国统一文明创建过程的历史文学作品，《大秦帝国》已经在市场与社会初步立住了根基。在各种以网络技术为基础的电子阅读平台普遍化的时期，一部五百余万字的作品能以纸质读物的传统形式，稳健地走进躁动不宁的社会大市场，并相对稳定地在各阶层文化人群中获得了认可，这是相当令人意外的。但是，在中国这样一个具有古老文明根基的现代大国，《大秦帝国》的市场拓展与中国庞大的阅读人口相比，还是有很大的社会历史空间。一部作品是否具有真实的被认知性，在当代社会的唯一检验方式，就是市场对它的接纳程度。因为，市场需求是基于自发性而产生的。任何非市场意志的“运作”，都不会从根本上决定一部作品的传播命运。一部作品是否能够在披沙拣金的历史潮流中存活下来并传之久远，起决定作用的永远是各阶层人群的阅读认知。

出版机构，是联结作品与市场不可或缺的社会平台。

我选择中信出版集团，有两个基本原因：

其一，中信出版集团是中国具有积极价值观取向的出版平台，其立足中国经济变革现实的关注点，其放眼世界文明的广阔视野，都使中信的出版物在社会树立了具有坚实出版信念的大学术形象。庄重性，而不是流俗性，是我作为作者特别欣赏的地方。

其二，建立在中信出版集团平台上的全新出版机构“中信·大方”拥有一群具有进取精神与阳光价值取向的职业人。施宏俊董事长、王蕾总编辑，以及几位极富朝气的年青干员，都与我有强烈的价值观共鸣，也有过彼此信任的愉快的合作经历。他们的题材选择原则，他们的职业精神，他们的契约意识，他们的信用实践，他们的工作风格，重叠融汇，给我留下了一种鲜明的感知——我是在与一个文明人群体打交道。

因此，本书交由中信出版集团出版，几乎是一种自然的转移。

之所以如此，一个更为深刻的原因，是《大秦帝国》所开掘发现的历史时代、历史精神，奠定了我们之间一种更为广泛的对历史与现实的共同认知。在这样的基础上，诸如编辑、装帧这样的技术问题，对于我就是特别省心的一件事，几乎是用不着反复商讨的。

春秋、战国、秦帝国三大时代的历史精神，给我们这个时代提供了一种巨大而深刻的历史参照——要完成深刻的文明重建与民族复兴，应该具有什么样的民族精神与时代精神？那个时代的中国，给世界古典文明史留下了一座无可超越的巅峰——在世界文明的“轴心时代”，中国创建了世界上独一无二的统一文明。

我们景仰中国统一文明开创时期。

那五百余年，是中国民族群永恒的生命力所在。

作为曾经的中国民族群的后裔，应该将那个时代伟大的精神遗产融入我们的血液，渗透我们的灵魂。虽然，那个时代已经远去。但是，它与我们这个时代的同质性转折、同质性奋争，是留驻人类历史天空的一片永远的阳光。

一个民族的梦想，就是力图复兴曾经的巅峰并达到新的高度。

夸父逐日，是我们这一代人追寻的精神图景。

愿中信版《大秦帝国》承载着这一抹强烈的历史光芒，走进你的心灵世界。

孙皓晖

2016年6月28日 ·海南积微坊